리스타트 에디션 서문

지난 2023년 8월 『디케의 ▨▨▨ ...
일이 있었습니다. ...
민들을 만나며 변화 ... ...
꼈습니다. 이후 생애 ... 정당을 만들
었고, 그 당의 대표가 되 ..., 총선에 참여하여 소
기의 성과를 거두었습니다. 기쁜 마음이 크지만, 한
편으로는 국민의 기대에 부응해야 한다는 각오를
다집니다. 앞으로 감당하고 헤쳐나가야 할 현실이
만만치 않다는 것을 잘 알기에 어깨가 무겁습니다.
지난 책에서 저는 "등에 화살이 박히고 발에는 사슬
이 채워진 몸이라 날지도 뛰지도 못하지만 기어서
라도 앞으로 가려고 한다"라고 결의를 밝혔습니다.
아직도 세상은 캄캄하지만 앞으로도 계속해서 저는
애국시민들과 묵묵히 걸어가고자 합니다. 맨 앞에
서서, 맨 마지막까지 '대한검국'과 싸우겠습니다. 그
리고 '민생선진국'의 제도적 기틀을 놓겠습니다. 고
맙습니다.

2024년 6월

조국 지음

디케의 눈물

대한검국에
맞선
조국의 호소

다산
북스

'길 없는 길'

대학 교수 시절 『왜 나는 법을 공부하는가』라는 단행본을 발간한 지 약 10년이 흘렀다.

그 책을 발간한 당시 내 심정은 이러했다. 나는 정치인도, 시민 운동가도, 철학자도 아니다. 나는 내 자신의 가장 큰 존재 가치를 공부하는 사람, 학인學人에 둔다. 그래서 책의 서문에 '나의 세상은 작은 7평 연구실에서 시작된다'고 썼던 것이다. 나는 살아오면서 한 번도 공부를 손에서 놓은 적이 없다. 정치에 깊숙이 참여를 하면서도 7평 연구실에서 법학 관련 논문과 판례를 읽고 꾸준히 논문을 쓰는 것은 물론, 전공을 넘어 사람과 세상에 대한 공부를 계속 이어갔다. 그것만이 내 삶의 존재 이유라고 생각했기 때문이다.

그러나 2023년 6월 12일 나는 서울대로부터 교수직을 파면당했다. 이제 나는 내가 그토록 사랑했던 학인이라는 소임을 내려놓고 하나의 시민으로서 '길 없는 길'을 가고자 하는 마음으로 이 글을 쓴다.

2014년 6월 『왜 나는 법을 공부하는가』가 발간된 후 박근혜 정권의 국정농단 게이트가 2016년에 터졌다. 박영수 특별검사는 윤석열 검사를 수사팀장으로 발탁해 수사를 진행했다. 분노한 주권자들이 촛불혁명을 일으켰고, 전국의 거리에서 권력기관 개혁을 요구했다. 2016년 12월 3일 박근혜 대통령은 국회에서 탄핵소추되었고, 2017년 3월 10일 헌법재판소는 탄핵을 인용해 박 대통령을 파면했다. 1925년 3월 18일 이승만 대한민국 임시정부 초대 대통령이 국제연맹League of Nations에 위임통치를 요청했다는 이유로 임시의정원에서 탄핵된 후 두 번째였다. 그리고 2017년 5월 문재인 정부가 출범했다. 나는 대학을 휴직하고 청와대에 들어가 민정수석비서관으로 일하며 문재인 대통령을 보좌했다.

민정수석비서관으로 촛불혁명의 요구였던 권력기관 개혁을 완수하고 대학에 복직하는 것이 나의 소임이라고 생각했다. 그렇지만 2019년 8월 법무부장관 후보로 지명되면서 모든 것이 무산되었다. 그 후 벌어진 사태에 대해서는 자세히 설명하지 않으려 한다. 검찰, 언론, 정치권이 합작한 전대미문의 공격이 전개되었고, 집안 전체가 풍비박산이 났으며 멸문지화에 가까운 형벌을 받았다. 등에 박힌 화살을 뽑을 틈도 없이 또 다른 화살이 날아와 내 가슴에 박혔다. 앞에서 칼을 들이대는 사람도 있었고, 등 뒤에서 칼을 꽂는 사람도 있었다. '조국'이라는 상처 입은 먹잇감을 물어뜯으려는 하이에나 떼에 둘러싸인 사냥감이 되어 꼼짝 못 하고 있었다. 나는 내 자신이 꽤나 용기 있는 사람으로 살아왔다고 자부했다. 그러나 나는 수없이 무너져 내렸고 처절한 고독 속에서 철저히 나를 다시 응시하게 되었다. 내가 다시 힘을 모을 수 있었던 것은 이름 없는 시민들이 수없이 보내준 응원과 격려, 진보와 보수를 떠나 '멸문지화'를 당하고 있는 한 개인과 가족에게 보여준 시민들의 위로와 연민 덕분이었다. 그 이후 나는 2019년 12월 기소가 되어 피고인 신세가 되었고, 현재 2심 재판을 받고 있다. 지금까지 나와 관련된 객관적인 사실과 법리에 대한 이견異見은 생략하더라도 '수신제가修身齊家'를 철저히 하지 못한 나의 과오와 불찰에 대해서는 지금도 깊게 자성하고 있다.

이명박·박근혜 대통령 수사와 기소를 지휘했던 윤석열 검사는 검찰총장이 된 뒤 문재인 대통령과 문재인 정부에 맹공을 퍼부은 후 정치인으로 변신해 대통령이 되었다. 2019년 《신동아》 9월호가 보도하기 전부터 시중에 떠돌던 '대호大虎 프로젝트'가 실현된 것이다. "살아 있는 권력" 수사라는 대의명분을 내걸고 수사권과 기소권이라는 쌍칼을 휘두른 후 자신이 "살아 있는 권력"이 되었다. 절대왕정을 무너뜨린 프랑스 대혁명이 공화국의 장군 나폴레옹 보나파르트Napoléon Bonaparte의 쿠데타(브뤼메르 18일 쿠데타)와 황제 즉위로 이어졌던 역사의 아이러니가 재현된 느낌이다. 얼마 전 브라질의 정치 상황과 비교하자면, 윤석열은 한국판 세르지우 페르난두 모루Sérgio Fernando Moro로 시작해 한국판 자이르 메시아스 보우소나루Jair Messias Bolsonaro가 되었다. 그는 한국판 '세차 작전Operação Lava Jato'의 주도자이자 수혜자였다. 이 과정에서 일부 '진보' 또는 '좌파' 인사들이 윤석열 검찰총장/후보를 떠받들며 지지했다. '검치檢治'를 '법치法治'라고 오인하고, 윤석열 개인을 정의의 화신으로 생각하는 '친검親檢·친윤親尹 진보'가 등장했다.

집권 후 윤 대통령은 자신이 수사하고 기소했던 이명박·박근혜 계열 사람들을 모두 사면·복권시켰다. 이로써 보수우파 진영은 윤석열 대통령을 새로운 수장으로 세우고 정권을 탈환한 후 대화합을 이루었다. 진영 전체의 이익을 보전·발전시키기 위한 하이브리드 전략의 성공이었다.

그리고 과거 정치권력의 하위 파트너에 불과했던 검찰이 정치권력을 장악했다. 검찰은 대한민국 사회의 먹이사슬에서 최상위 포식자捕食者가 되었다. 전두환 정권 시절 육사 내부 사조직이었던 '하나회' 출신이 권력의 핵심 역할을 했다면, 윤석열 정권 아래에서는 전현직 검사 카르텔이 권력의 핵심으로 자리 잡았다. '검찰공화국'이 수립되었고, 대한민국은 '대한검檢국'으로 변질된 것이다. 그리고 세상의 모든 문제를 압수·수색과 체포·구속으로 해결하려는 '형벌과잉'의 시대가 열렸다. 미국의 심리학자 에이브러햄 매슬로Abraham Maslow는 "가진 도구가 망치뿐이면, 모든 문제가 못으로 보인다"라고 갈파했는데, 윤석열 정권이 하려는 일, 할 수 있는 일은 형벌권이라는 망치를 휘두르는 것밖에 없어 보인다. 윤석열 정권에서 검찰이 "살아 있는 권력"에 대해 철저한 수사를 한다는 소식은 들려오지 않는다. 윤석열표 "살아 있는 권력" 수사론의 한계와 의도가 무엇인지 확인되었다.

이러한 역진逆進과 퇴행을 묵묵히 지켜보던 와중에 2014년 발간한 책이 13쇄를 찍었는데 남은 양이 많지 않아 올해 다시 찍으려 한다는 출판사의 연락을 받았다. 약 10년의 세월이 지났는데 그대로 쇄만 추가하는 것은 독자에 대한 예의가 아니라고 판단했다. 그 변화의 시간을 반영해 1장을 새로 집필하는 등 책 내용을 전면적으로 수정·보완하고, 책의 제목, 구성, 표지 등도 바꾸었다. 2011년 발간되었다가 절판된『조국, 대한민국에 고한다』에 수록되었던 언론 칼럼 중 여전히 의미가 있는 글을 가져와 배치했다. 이렇게 바꾸어놓고 보니 내용과 형식에서 전혀 다른 책이 되었다.

2019년 가을 서초동을 밝힌 촛불집회에 참석한 친구, 지인, 동지들이 보내준 동영상과 사진을 집 서재에서 보면서 숨죽여 울었던 그 심정을 되살리며 이 책을 썼다. 법무부장관이었다가 피고인이 되어 재판을 받고 있는 현실을 조선시대에 비유하면, '환국換局' 후 삭탈관직削奪官職된 형조판서가 유배에 처해진 모습일 것이다. 만신창이가 된 신세지만 국민 여러분께 '상소上疏'를 올린다는 마음으로 글을 다듬었다.

검찰공화국이 들어선 과정을 짚었고, 대한검국의 구조와 작동 원리를 분석했다. '법치'를 '법의 지배rule of law'가 아니라 '법을 이용한 지배rule by law'로 왜곡하는 논리를 비판했다. 정치권력의 변화에도 불구하고 여전히 변함이 없는 재벌공화국을 비판했다. 노동자의 권익 보호, 복지의 강화, 사회권의 보장이 있어야 '민주적 자본주의'가 가능하고 정치적 민주주의도 위태롭지 않게 된다고 주장했다. 모두 무거운 주제에 대한 심각한 의견이다. 독자들은 1~4장을 순서대로 읽을 필요가 없고, 관심이 있는 장부터 읽으면

된다. 독자들의 편의를 위하여 중간중간 도해를 넣었으니, 이것부터 일별하면 도움이 될 것이다.

나는 이제 대통령 민정수석비서관도, 법무부장관도 아닌 한 명의 시민이다. 1982년 법대 입학 후 근래까지 법을 공부하고 가르쳤는데, 피고인이 되어 법정에 출석하고 있다. 한편, 기소된 후 대학 교수직에 대해 '직위해제' 조치가 내려져 오랫동안 강의하지 못했다. 서울대학교가 나를 징계위원회에 회부한 사유 3개 중 2개는 1심에서 무죄가 나왔고 딸이 의학전문대학원 재학 시 받은 장학금에 대해 '청탁금지법 위반 유죄'가 나왔는데, 서울대학교는 이를 이유로 나에게 '파면'이라는 중징계를 내렸다. 문재인 대통령을 방문하기 위해 양산을 다녀온 지 이틀이 지난 뒤였다. 깊은 모욕감을 느꼈다. 나는 명예 회복과 권리구제 차원에서 행정절차를 밟고 있다.

이와 별도로 딸은 입시에 제출된 동양대 표창장이 '위조'였다는 이유로 부산대 의학전문대학원 입학이 취소되었다. 엄마가 근무하는 대학교에 가서 엄마 일을 도운 후 '총장님이 주셨다'면서 엄마가 준 표창장을 학교에 제출한 것밖에 없는 딸로서는 날벼락 같은 일이었다. 부산대 입학전형공정관리위원회는 자체 조사 후 결과 보고서를 발표했다(2021년 9월 30일). 요지는 다음과 같다.

(i) 조민이 1단계 서류전형을 통과한 것은 공인 영어 성적이 우수하기 때문이었다(자체 조사 결과 보고서 19면).

(ii) 2단계 면접전형은 당락에 영향을 주지 않았다(자체 조사 결과 보고서 19, 21면).

(iii) 조민의 문제 된 경력 서류와 관련해 "조민 지원자는 4개의 경력을 지원서에 기재하고 증빙서류를 제출하지 않았으며, 동양대 표창장만 제출"(자체 조사 결과 보고서 20면)했고, "문제 된 경력을 기재하지 않았거나 동양대 표창장을 제출하지 않았다면 불합격했을 것이라는 논리는 타당하지 않다"(자체 조사 결과 보고서 20면)이다.

자체 조사 결과 보고서는 정경심 교수의 항소심 형사판결 이후에야 공개되었고, 대법원 상고이유서 제출 이후 변호인단이 확보할 수 있었다. 행정법원은 부산대의 입학 취소 결정에 손을 들어주었고, 딸은 고민 끝에 항소를 포기하고 의사면허도 반납했다. 딸은 "모든 것을 다 버리고 초심으로 돌아가 원점에서 다시 시작하고자 한다"라며 심경을 밝혔다. 그렇지만 검찰은 딸을 기소했다. 검찰은 딸의 기소유예를 위해서는 아비가 혐의를 모두 인정해야 한다고 언론 브리핑을 통해 밝혔고, 이에 내가 13번째 대국민 사과를 하고 구체적 혐의는 법정에서 밝히겠다고 하자 일어난 일이었다. 검찰에게 "마이 뭇다"라는 말은 통하지 않는다.

이렇게 현실은 험난하지만, 여전히 나는 법의 역할을 믿으려 한다. '정의의 여신' 디케Dike는 망나니처럼 무지막지하게 칼을 휘두르는 모습이 아니라, 늘 균형과 형평을 중시하는 차분한 모습이다. 나는 디케가 형벌권으로 굴종과 복종을 요구하는 신이 아니라 공감과 연민의 마음을 갖고 사람을 대하는 신이라고 믿는다. 또한 머지않은 시간에 주권자 시민들이 '법치法治'가 '검치檢治'가 아님을 확실히 깨닫게 되리라 믿는다. 궁극에는 '법을 이용한 지배'가 아닌 '법의 지배'의 시간이 오리라 믿는다.

세상에서 빛나 보이는 자리와 지위는 모두 내려놓았거나 박탈당했지만, 한 명의 인간, 한 명의 시민으로 살아갈 삶도 의미 있으리라 믿는다. 아니, 의미 있게 만들어야 한다고 다짐한다. 비록 수모와 시련의 연속이지만, 모두 나의 운명이라고 생각하고 감당하고 있다. 고통의 터널이 얼마나 길지, 그 끝에 어떤 길이 있을지 모르나, 흠결과 과오를 반성하며 '길 없는 길'을 묵묵히 걸어가겠다.

2023년 9월

관악구 국사봉 언저리에서

7평 연구실,
그곳에서 나는 세상을 꿈꾼다

나의 세상은 작은 7평 연구실에서 시작된다. 주말을 제외한 대부분의 시간을 나는 여기에서 지낸다. 아주 뜨거운 여름에도, 아주 추운 겨울에도 이 작고 견고한 성은 나에게 즐거운 탐구의 시간과 고독한 성찰의 시간을, 동시에 뜨거운 참여의 시간을 허락해 준다. 직업이 교수이니 당연하다고 생각할지 모르지만, 나는 살아오면서 한 번도 공부를 손에서 놓은 적이 없다. 깊숙한 정치참여를 하면서도 마찬가지다. 법학 관련 논문과 판례를 읽고 꾸준히 논문을 쓰는 것은 물론, 전공을 넘어 사람과 세상에 대한 공부를 계속하고 있다.

정치참여를 하는 나에게 종종 "이제 출마해야죠?"라고 말하는 사람들이 있다. 내 의사와 무관하게 국회의원 선거, 지방자치단체장 선거, 교육감 선거 등에서 여러 번 후보로 거론되기도 했다. 나는 그때마다 분명히 거절 의사를 표시했다. 스스로 전혀 준비가 되어 있지 않다고 판단했기 때문이다. 그러나 대부분 진심으로 받아들여지지 않는다. 어쩔 수 없는 일이다.

나는 매 순간 중심을 잃지 않기 위해 노력한다. 중심이 없으면 칭찬과 환호에 쉽게 흔들릴 수밖에 없다. 오늘의 칭찬과 환호는 내일 뒤집어질 수 있다. 한순간에 비난과 경멸, 야유와 조롱으로 바뀔 수 있다. 그만큼 달콤하지만 영원하지 못한 것이 바로 주변의 시선이다. 중심을 유지하며 내가 서 있는 자리에서 해야 할 일을 하기 위해 오늘도 공부한다. 내 삶의 두 축은 '학문'과 '참여'다. 어떤 이는 "세상사에 개입하지 말고 공부나 해라!"라고 비난하고, 또 다른 이는 "상아탑을 떠나 대중의 바다에 뛰어들어라!"라고 명령하기도 하지만, 나는 그저 나의 길을 가려 한다.

집필 제안을 받은 건 벌써 2년 전이었다. 한창 세상사에 깊숙이 관여해 목소리를 내는 중이었고, 개인적으로도 일이 많아 바쁜 때였다. 그런데도 책 집필 제안을 받아들인 것은 주제가 '공부'였기 때문이다. 평생 공부를 소명이자 운명으로 생각했기에 덥석 수락했다. 공부에 대해 쓰는 것은 어렵지 않을 줄 알았다. 그러나 쉬운 작업이 아니었다. 공부는 종이 위에서만 이루어지는 것이 아니기 때문이다. 나는 되도록 많은 것을 '공부'라는 프레임에 담아 설명하고 싶었다.

공부란 자신을 아는 길이다. 자신의 속을 깊이 들여다보며 자신이 무엇에 들뜨고 무엇에 끌리는지 무엇에 분노하는지, 아는 것이 공부의 시작이다. 공부란 이렇게 자신의 꿈과 갈등을 직시하는 주체적인 인간이 세상과 만나는 문이다. 자신이 행복해지기 위해, 그리고 모두가 행복한 세상을 만들기 위해 공부를 해야 한다. 이 점에서 공부에는 끝이 없다.

나는 중산층 가정에서 태어나 서울대를 졸업하고 미국 유학을 다녀와 서울 강남 지역에 살면서 대한민국 학벌의 정점인 서울대에 교수로 자리 잡고 있다. '스펙'으로만 보면, 나는 성공한 사람이다. 요즘 청년들 말로 재수 없어 보일 수도 있다. '좌파 엘리트', '강남좌파' 등의 비아냥거림이 있다는 것도 안다. 그런 내가 국가보안법 위반으로 5개월간 감옥에 있었다고 하면 많은 사람들이 놀란다. 다른 법도 아니고 '간첩', '빨갱이' 등을 연상시키는 국가보안법을 위반한 '전과자'라서 그럴 것이다. 얼핏 보면 거리가 먼 이 양극단의 과거는 지금의 나를 형성했다고 해도 과언이 아니다.

서울대 교수가 '공부'에 대해 말하는 것, 식상하거나 지겨운 얘기로 보일 것 같다. '승자'의 자랑질이나 훈계로 들릴 수도 있지 않을까 걱정된다. 그렇지만 서울대 법대에 입학한 학생이 왜 사법고시를 보지 않고 '딴짓'을 했을까, 막 교수가 됐을 때 왜 포승줄에 묶여 감옥으로 가야 했을까, 출소 후에는 어떤 마음으로 무슨 공부를 했기에 다시 교수가 됐을까 등은 나름의 흥미와 의미가 있는 이야기가 될 것 같다. 세간의 기준으로 보면 '바닥'에 떨어졌다가 '정상'에 오른 사람으로 비칠지도 모르겠다. 그러나 '국보법 전과자'와 '서울대 교수' 사이에는 일관된 그 무엇이 있다.

누군가는 나의 학력이나 경력을 거론하며 편한 길을 놔두고 왜 힘든 길을 자처해서 가느냐고 묻는다. 물론 나도 학교 안에 은거하고 싶을 때가 있다. 그러나 참여와 실천이 고난이라고 생각하지는 않는다. 오히려 대한민국이라는 정치·사회 공동체에 살고 있는 시민의 당연한 권리이자 의무라고 생각한다. 플라톤Plato은 이렇게 경고한 바 있다.

"정치참여를 거부하는 데에 대한 벌 중의 하나는 당신보다
저급한 자들에 의해 지배당하게 되는 것이다."

공동체의 문제와 모순이 보이는데, 그것을 외면하거나 호도하

는 것은 식자의 자기부정이다. 종종 황당무계한 허위중상도 받고 있으나 감수해야 할 일이다.

어떤 인간이 될 것인가? 이는 누구에게나 평생 계속되어야 할 질문이다. 어떤 공부를 하면서 살아야 하는지에 대한 고민 또한 중요하다. 나는 지식인이자 법학자의 삶을 살기로 마음먹었다. 돈과 힘보다 사람이 우선하는 세상을 만드는 데에 조금이라도 기여하고 싶다는 바람에서다. 구체적으로는 정치적 민주화를 넘어 사회·경제적 민주화를 이루기 위한 법과 제도를 만들고 싶다. 20여 년 전에 감옥에 갇혔던 것도, 지금 적극적으로 정치·사회참여에 나서는 것도, 그리고 연구하고 논문 쓰는 것도 다 이러한 이유에서다.

나는 정치인도, 시민운동가도, 철학자도, 구도자도 아니다. 그들과 손을 잡고 세상의 변화를 위해 나 자신의 역할과 소임을 기꺼이 하려는 공부하는 사람, 즉 학인일 뿐이다. 가수 이상은의 노래처럼 "삶은 여행"이다. 이제 나도 "혼자 비바람 속을 걸어갈 수" 있는 나이가 됐다. 그리고 "수많은 저 불빛에 하나가 되기 위해 걸어가는 사람들"과 함께 심장박동과 호흡과 보폭을 맞추면 고독하지 않다. 수많은 별들이 모여 밤하늘을 밝힌다. 나는 자신의 색조와 조도로 빛을 낼 것이다. 각자의 영역에서 각자의 능력에 따라 고민하고 땀 흘리는 이들과 함께 말이다.

마지막으로 이 책에는 《경향신문》, 《시사인》 등 언론 지면에 발표했던 시론이 포함되어 있음을 밝힌다. 그리고 어린 시절부터 근래까지 살아온 이야기에 대해 인터뷰 후 초벌 정리를 해준 류재운 작가와 인내심을 가지고 탈고를 기다려준 다산북스 관계자 여러분께 감사를 표한다.

2014년 4월

관악산 구미당에서

차례

1장 대한검국의 등장, 괴물의 연대기

"검찰이 정치권력을 장악하다"

2장 법을 이용한 지배 vs. 법의 지배

"약자를 배제하는 법치는 부정의다"

3장 변함없는 재벌공화국

"민주적 자본주의는 꿈인가"

4장　공감하는 인간들의 연대

"우리 사람이 되긴 힘들어도 괴물이 되진 말자"

도해

1장__ 대한검국의 등장, 괴물의 연대기

"검찰이 정치권력을 장악하다"

법이 총칼이 되는
시대가 열리다

1987년 정치적 민주화 이후 주권자는 군부 쿠데타를 걱정하지 않는다. 태국이나 미얀마의 군부 쿠데타는 해외 토픽 정도로 이해되고 있다. 야당의 존재가 인정되고 자유로운 선거가 시행되고 있으며, 선거를 통해 정권 교체가 이루어지고 있다. 러시아나 튀르키예처럼 최고지도자가 헌법을 여러 번 바꾸어 수십 년간 집권하는 일은 일어나지 않는다. 언론·출판·집회·결사의 자유는 보수정부 아래에서 하향하는 경향이 있지만, 경제협력개발기구OECD 국가 하위 수준으로는 보장되고 있다. 국민들은 대통령을 욕하고 조롱하는 것을 두려워하지 않는다. 박정희 또는 전두환 같은 독재자, 그리고 그런 독재자에 의한 폭압적 권력 운영이 다시 나타나기는 힘들다.

촛불집회·시위라는 한국형 '아래로부터의 민주주의'도 활성화되어 있다. 2002년 미선, 효순 두 여중생이 미군 장갑차에 압사한 사건을 계기로 시작된 촛불집회·시위는 2004년 노무현 대통령 탄핵 반대, 2008년 한·미 쇠고기 협상 반대, 2014년 세월호 추모 등을 위한 촛불집회·시위로 이어졌고, 2016년 박근혜·최순실 게이트를 규탄하는 촛불집회·시위는 박근혜 대통령의 탄핵으로 귀결되었다. 2019년에는 검찰개혁을 촉구하는 촛불집회·시위가 서초동에 열려 거대한 촛불십자가를 만들어냈다. 이러한 '광장민주주의'는 한국 민주주의를 근본에서 뒷받침하는 힘이다.

그런데 윤석열 정부 출범 이후 정치권력을 '윤석열 라인' 검사 카르텔이 장악하는 유례없는 일이 발생했다. 그 이전부터 경제권력은 재벌 카르텔이 쥐고 있음은 모두가 아는 사실이다. 검사 카르텔이나 재벌 카르텔 외에도 국회, 언론, 학계 등에 파워 엘리트들이 존재하지만, 현재 정치권력의 핵심은 검사 카르텔에, 경제권력의 핵심은 재벌 카르텔에 있다. 이 두 카르텔은 선출된 권력이 아니지만 민주공화국 대한민국의 운영에 결정적 영향력을 행사하고 있다. 검찰과 재벌이라는 두 카르텔에 의한 과두제寡頭制, oligarchy

를 해결하는 것이 21세기 민주공화국 주권자의 새로운 과제가 되었다.

* * *

박정희 정권 이후 오랫동안 권력의 핵심은 대통령과 중앙정보부(현 국가정보원의 전신)에 있었다(이승만 정권 시절에는 중앙정보부가 없었고 경찰이 정권 유지의 핵심 도구였다). 1961년 '5·16 군사쿠데타'의 주역인 김종필은 쿠데타 성공 직후 중앙정보부를 창설하고 초대 부장이 되었다. 소재지 '남산'으로 불렸던 중정이 행사한 야만적 폭력은 반체제 또는 야권 인사에게만 사용되지 않았다. 대표적인 예가 1971년 '10·2 항명 파동 사건'이었다. 공화당 내 실력자였던 김성곤 의원 등이 야당의 내무장관 해임건의안에 동의해 건의안이 통과되자, 박 대통령의 지시에 따라 중정은 김 의원 등 공화당 의원 23명을 연행하고 고문을 가했다. 이 과정에서 김 의원의 콧수염이 뽑혔다는 일화는 널리 알려진 사실이다.

중앙정보부와의 관계에서 검찰은 보조자에 불과했다. 박정희 통치 시대 대표적 정치검사로는 신직수와 김기춘을 꼽을 수 있다. 박정희 5사단장의 법무참모였던 신직수는 박정희 정권 이후 중앙정보부 차장을 거친 후 검찰총장과 법무부장관이 되었고, 이어 중앙정보부장이 되었다. 김기춘은 중앙정보부 대공수사국 부장을 거친 후 검찰총장과 법무부장관이 되었다. 정치검사들의 출세 경로에는 늘 중정 근무가 있었다.

1979년 10월 26일 박정희 대통령이 최측근 김재규 중앙정보부장에게 살해되는 사건이 벌어진다. 김재규가 박 대통령을 살해하게 된 이유 중의 하나는 중정과 대통령 경호실의 권력 다툼이었다. 차지철 경호실장은 집무실에 "각하가 곧 국가다. 각하를 지키는 것이 국가를 지키는 것이다"라는 글귀를 걸어놓고 권력을 휘두르고 있었다. 그는 중앙정보부장, 국방부장관, 내무부장관, 검찰총장, 치안본부장, 육해공군 참모총장 등을 위원으로 하고 자신이 위원장을 맡은 '대통령경호위원회'라는 기구를 만들어 2인자 노릇을 했다.

'10·26 사태' 이후 이 수사를 당시 전두환 보안사령관이 담당하게 되면서 권력지형이 변화한다. '10·26 사태' 이후 '12·12 쿠데타'로 전두환·노태우가 중심이 된 '신군부新軍部'가 집권을 하고 그중 육사 출신 사조직인 '하나회'가 권력의 핵심으로 자리 잡는다. 그리고 보안사령부(보안사, 기무사령부의 후신이자 현 방첩사령부의 전신)가 중정을 제압하고 우위에 선다(전두환은 1980년 4월 중앙정보부장 서리를 겸임했다).

그렇지만 이후 국가안전기획부(안기부, 중앙정보부의 후신이자 현 국가정보원의 전신)의 보안사령부에 대한 우위는 복원된다. 전두환의 심복으로 대통령 경호실장이었던 장세동이 1985년 안기부장으로 임명되어 여러 정치공작을 지휘했다. '신군부'는 군사 문제로 관할이 한정된 보안사보다 광범위한 관할을 갖는 안기부가 권력 유지의 도구로 더 적합하다는 사실을 인식했다. 또한 보안사가 전면에 나서면 '군사독재'의 본성이 드러나기에 보안사를 뒤로 물러나게 했다. 이후 안기부는 '관계기관 대책 회의'를 주관·주도하면서 체제 유지의 첨병으로 활동했고, 이때 검찰과 경찰은 서열상 안기부의 하위 조직이었다(그리고 경찰은 검찰의 수사지휘에 복종해야 하는 조직이었다). 검찰과 경찰 내에서는 '공안' 부서가 다른 부서보다 더 큰 힘을 갖고 있었다. 이러한 권력기관 서열은 김영삼 대통령의 '문민정부' 기간에도 마찬가지였다.

군사독재 시절에는 물론 '1987년 헌법체제' 아래에서도 검찰은 현재의 "살아 있는 권력"에 충성했다. 2022년 10월 18일 김의겸 민주당 의원은 국회 법사위 국정감사 질문에서 다음과 같이 말했다.

"YS(김영삼 정부) 때 검찰에 출입했는데, 그때 서울(중앙)지검의 모 차장 검사가 기자들 앞에서 '우리는 개다. 물라면 물고 물지

말라면 안 묻다'고 했다."(강조는 인용자가 하였음, 이하 생략)

2013년 11월 고 이용마 MBC 기자는 월간지《참여사회》11호에서 다음과 같이 일갈했다.

"'검사'라면 가장 먼저 떠오르는 생각은 '권력의 사냥개'다. 주인이 "가서 물어!"라고 시키면 물불 가리지 않고 달려가서 무는 존재, 주인이 시키기 전에는 절대 물 수도 없는 존재다. (…) 하지만 최근엔 이런 사냥개 이미지에 한 가지 더 덧붙여졌다. 권력자에게 빌붙어 아양을 떠는 애완견 이미지다. 돈 많고 힘센 권력자들의 무법 행위 앞에서 비굴하게 꼬리를 내리고 기분을 맞추려고 보이는 행태를 빗댄 것이다."

"검찰은 권력의 시녀侍女"라는 말도 널리 회자되었다. 검찰 자체도 권력이었지만, 여전히 검찰은 독재권력에 충성하고 이를 보좌하는 보조적 권력에 머물러 있었다.

독재 정권 시절 검사들이 회식 자리에서 "좌익 척결, 우익 보강"을 외치며 '폭탄주'를 돌려 마셨다는 사실에서 알 수 있듯이, 검찰 조직은 전체적으로 보수우파 정치이데올로기를 체화하고 있었다. 군사독재 시절 회자되었던 '육법당陸法黨'이라는 말에서 알 수 있듯이, 육사 출신 군인들과 법대 출신 검사들의 유착은 끈끈했다. 김영삼 정부 출범 후 검찰은 전두환-노태우가 주도한 12·12 쿠데타와 5·17 군사반란에 대해 "성공한 쿠데타는 처벌할 수 없다"는 해괴한 논리로 불기소처분을 했다. 검찰의 정치적 편향을 잘 보여주는 사례인데 자신들의 '부역附逆'을 사후적으로 정당화하는 것이었다. 이 결정의 주임검사를 맡은 서울중앙지검 공안1부 장윤석 부장검사는 후일 참여정부 시절 검찰 게시판에 정부 비판 글을 올리고 사직한 후 국민의힘의 전신인 한나라당 국회의원(경북 영주시)이 된다. 물론 이 '성공한 쿠데타 처벌 불가론'은 국민적 공분을 일으켰고, 그 여파는 김영삼 대통령의 특별지시와 군사반란 주모자들에 대한 공소시효를 정지시키는 '5·18 특별법' 제정으로 이어졌다.

정치적 민주화 이후 검찰은 점점 조직의 외연과 영향력을 넓혀가면서 독자적 '준準정당'으로 변화해 갔다. 개발독재 단계에서는 소수의 조직화된 군부 엘리트가 쿠데타를 일으켜 정권을 잡고 권력을 독점적으로 운영했다면, 개발독재를 벗어나는 시점부터 여러 다른 권력 엘리트 집단이 목소리를 내게 된다. 그들은 정권 초기에는 정치권력과 협력하고 정권 말기에는 미래의 권력에 줄을 대고 현재 정치권력을 공격하면서 독자적 힘을 키워나갔다. 같은 맥락에서 김누리 교수는 "'폭력의 지배Autocracy'에서 '자본의 지배 Plutocracy'를 거쳐 '기술관료의 지배Technocracy'로 이행한 것"이라고 분석했다.[1]

특히 '검사동일체'와 '상명하복'을 조직 운영 원리로 삼고 있던 검찰은 다른 엘리트 집단에 비해 우위에 섰다. 대한민국 검찰은 OECD에 속한 다른 국가의 검찰과 달리 '수사권', '경찰에 대한 수사지휘권', '기소권', '영장청구권' 등을 독점하고 있었기 때문에 다른 엘리트 집단을 손쉽게 제압할 수 있었다. 이러한 '무기'를 가진 검찰은 정치권력과도 힘겨루기를 시작했다. '권력의 사냥개'에 그치지 않고, '주인'인 정치권력이 약해진다 싶으면 '주인'을 물어뜯었다. 이즈음 "정권은 유한하고 검찰은 무한하다"라는 건배사가 검찰 내에서 공유되었다.

군부의 총칼이 최고의 무력이었던 시간이 끝나가면서, 수사권·기소권·영장청구권 등 이른바 '검찰권'이 최고의 무력이 되는 시간이 다가오고 있었다. 법보다 주먹이 앞서는 시대가 끝나가면서, 법이 주먹 같은 역할을 하는 시대가 열린 것이다.

변곡점 "나는 사람에게
충성하지 않습니다"

2012년 이명박 정부 말기, 제18대 대통령 선거운동 기간에 국가정보원 소속 심리정보국 요원들이 댓글공작을 전개한다. 당시 야당이었던 민주통합당이 국정원 전현직 관계자로부터 제보를 받고 경찰에 신고했고, 민주통합당과 경찰은 심리정보국 요원 중의 한 명인 김하영 씨가 작업을 하던 오피스텔을 찾아가 대치하는 상황이 벌어진다. 국가정보원이 자행해 온 불법 대선 개입이 발각된 것이다.

당시 김용판 경찰청장이 권은희 수서경찰서 수사과장에게 전화를 걸어 압수수색영장 신청을 신중히 결정하라는 취지의 말을 했고, 권 과장이 이를 폭로하자 총경 승진에 탈락하고 관악경찰서 여성청소년과장으로 발령이 난다. 이후 2013년 경찰은 이 사건을 국정원의 선거 개입으로 결론을 내리고 기소 의견으로 검찰에 송치했다. 검찰은 윤석열 서울중앙지검 특수1부장(사법연수원 23기)을 팀장으로 특별수사팀을 구성해 수사를 전개했고, 원세훈 국정원장, 김용판 경찰청장 등을 기소한다. 당시 부팀장은 박형철 부장검사(사법연수원 25기)였다. 이후 윤석열은 인사상 불이익을 받았고, 박형철은 검찰을 떠났다. 그렇지만 권력기관 내 국정원의 절대 우위는 무너지게 된다. 10·26 사태 이후 중정이 보안사에 의해 타격을 받았다면 이제는 검찰에 의해 타격을 받았고, 이 검찰 수사는 대중적 지지를 받았다.

김용판 청장은 이후 2020년 국민의힘의 전신인 미래통합당의 국회의원(대구달서병)으로 당선되는데, 윤석열 검찰총장은 훗날 국민의힘 대선후보가 된 후 김 의원을 만나 "미안하다"고 사과한 뒤 막걸리를 마시며 화해했다고 보도되었다. 나는 이 대목에서 권력을 얻기 위해서는 언제든지 치고, 언제든지 손잡는 정치의 민낯을 보았다. 나는 대체 윤 후보가 김 의원에게 무엇이 미안했던 것인지 의아했다.

이 국정원 선거 개입 수사 과정에서 국정원과 맞섰던 윤석열,

권은희 두 사람은 대중적 인기를 얻었고, 범진보 진영은 이들에게 열렬한 응원을 보냈다. 나 역시 두 사람에게 박수를 보냈다. 특히 윤석열 국가정보원 댓글사건 특별수사팀장은 2013년 10월 21일 국정감사에서 조영곤 전 서울중앙지검장 등 윗선의 수사 축소 압력을 폭로했고, 이 자리에서 그가 한 말 "저는 사람에게 충성하지 않는다"는 크게 회자되었다. 그런데 이 유명한 말 앞에 이루어진 문답은 제대로 알려지지 못했다. 즉, "조직을 사랑합니까?"라는 당시 여당 새누리당 정갑윤 의원의 질문에 윤 검사는 "네, 대단히 사랑하고 있습니다"라고 답했다. 그의 답변을 종합하면, "사람에 충성하지 않고 검찰 조직에 충성한다"는 뜻이었다.

박근혜 정권에 의해 인사불이익을 받은 윤석열 검사는 2016년 '최순실 게이트'와 박근혜 정권의 국정농단을 수사하는 박영수 특별검사에 의해 수사팀장으로 발탁된다. 수사팀장으로 내정된 윤 검사가 한 말도 인기를 끈다. "검사가 수사권 가지고 보복하면 그게 깡패지, 검사입니까?"가 그것이었다. 윤석열 검사는 이러한 두 번의 특별수사 과정 속에서 국민적 스타가 되었다. 당시 시대 상황에서 국민들은 "사람에 충성하지도 않고, 수사권으로 보복하지도 않는 검사"를 원했고, 윤 검사는 국민들이 듣고 싶어 한 말을 들려줬다.

이러한 배경에서 2017년 민주당 대선 경선 당시 이재명 대통령 후보는 공약 1호로 윤석열을 검찰총장으로 임명하겠다고 발언하게 된다. 이 시점에 윤석열, 이재명 두 사람은 2022년 제20대 대선에서 경쟁 후보로 만나게 될 것을 상상하지도 못했을 것이다.

한편, 권은희 과장은 2014년 상반기 재보궐선거에서 민주당의 전신인 새정치민주연합 후보로 광주광역시 광산구(을)에 출마해 당선되었다. 그런데 권 의원은 2015년 새정치민주연합을 탈당하고 안철수가 이끄는 국민의당에 입당했고, 이후 바른미래당, 국민의힘으로 차례로 당적을 변경했다. 최근에는 국민의힘 안에서 소수파가 되어 국민의힘 당론에 반하는 발언을 하고 있다. 변화무쌍한 정치 지형과 그에 따른 정치인의 당적 변경을 보여주는 실례다.

이명박 정권 국가정보원의 불법 대선 개입, 박근혜 정권의 국정농단 등을 계기로 정치지형이 크게 요동쳤고, 검찰, 경찰 또는 보수 진영 내에서도 이명박·박근혜 정권에서 이탈하는 사람들이 생겼다. 특히 검찰은 이러한 기회에 국가정보원에 대한 수사를 통해 권력 관계를 역전시키고자 했다.

이는 2017년 촛불혁명과 박근혜 탄핵, 그리고 문재인 후보의 대통령 당선으로 이어졌다. 2017년 촛불혁명은 단지 '진보'의 전유물이 아니었다. '국정농단'이라는 희대의 사태를 맞이해 진보와 중도 보수가 연합해 이루어낸 성과였다. 박근혜 대통령 탄핵도 유승민, 김무성 등 당시 여당 새누리당 안의 '비박非朴' 인사들이 동참했기에 가능했다. 이러한 맥락에서 문재인 대통령과 문재인 정부는 국정농단에 분노하고 박근혜 탄핵에 동참했던 합리적 보수 인사를 포용하기 위해 많은 노력을 기울였다. 문재인 대통령은 취임 직후 2017년 5월 19일 윤석열 검사를 검사장으로 승진시키면서 서울중앙지검장으로 파격 발탁했다. 당시 이 발표를 들은 청와대 출입기자들의 탄성을 기억한다. 당시 범여권 내에서 "윤석열은 검찰주의자일 뿐이다"라는 우려 섞인 지적도 있었지만, 대중적으로 윤석열은 검찰 내 '개혁 세력'의 상징적 인물이 되어 있었다.

문재인 정부는 검찰을 제도적으로 개혁하려 했지만, 수사와 기소에는 일절 관여하지 않았다. 과거 정부는 민정수석비서관을 검찰 고위 간부 출신으로 임명해 주요 사건의 수사와 기소를 검찰 수뇌부와 '조율'한 것으로 알려져 있다. 그러나 검찰개혁 추진을 시대적 사명으로 생각한 문재인 대통령에게 이러한 '거래'는 검찰개혁의 후퇴를 초래할 수 있기에 용납할 수 없는 것이었고, 그래서 학자 출신인 나를 민정수석비서관으로 선택했다. 검사들이 비검사 학자의 '수사지휘'를 들으려 하겠는가. 청와대가 검찰 수사를 막거나 압력을 가했다면 이후 모두 직권남용죄로 기소되었을 것이다. 검찰의 수사와 기소에 청와대가 관여하지 않을 테니, 검찰도 검찰개혁에 관여하지 말라는 것이 문 대통령의 확고한 소신이었다. 나는 민정수석비서관 재직 동안 검찰개혁제도 방안 논의와 검찰 인사 협의를 위해 문무일 총장과 회동을 가진 적은 있지만, 수사와 기소 문제로는 어떠한 검사에게도 연락한 적이 없었다. 그래서 나는 청와대 안팎에서 검찰 수사에 대한 불만을 들어야만 했다. 정부 초기 검찰은 전병헌 정무수석과 김은경 환경부장관에 대한 수사와 기소를 감행했는데, 청와대는 사후 통보를 받았을 뿐이었다. 문재인 대통령 역시 이 수사와 기소에 대해서는 일언반구도 없었다.

단, 검찰의 '사법농단' 수사가 개시되었을 때 나는 이 수사가 과도하다는 생각을 갖고 있었음을 밝히고 싶다. '사법농단' 관련 판사들에 대한 법원 내부 징계가 지연되는 상황에서 검찰이 전격적으로 강제수사에 들어간 데에는 이번 기회에 검찰에 대한 거의 유일한 사후통제기관이었던 법원을 길들이려는 검찰의 조직적 목표와 이익이 있었을 것으로 추측된다.

문재인 정부 민정수석실은 검찰개혁 방안을 주도적으로 마련하고 관련 기관과 소통·조율했고, 검찰과거사위원회가 과거 잘못된 검찰권 행사를 반성하고 재발방지책을 마련하는 것을 바깥에서 도왔다. 문무일 검찰총장은 검찰 과거사 반성에 적극적이었다. 고박종철 열사의 부친인 박정기 선생의 병실을 직접 찾기도 했다. 문총장은 고위공직자범죄수사처 신설에 대해서는 관할 범위를 '법조인'으로 좁혀 마련하자는 사견을 개진했다('법조비리수사처' 안). 그리고 박상기 법무부장관과 김부겸 행정안전부장관이 합의한 검경수사권 조정안에는 강하게 반대했다.

반면, 수사권조정이 진행되는 과정에서 윤석열 서울중앙지검장은 공수처 신설과 검경수사권 조정합의안에 모두 동의한다는 의사를 박형철 반부패 비서관을 통해 전해왔다. 윤 지검장은 검찰총장 후보 당시 청와대의 검증 인터뷰에서도 같은 뜻을 표명했다. 경찰에 대한 검사의 수사지휘권도 폐지하거나 대폭 축소할 수 있다고 했다. 게다가 검찰총장 후보 청문회에서는 수사와 기소의 '분리'에 대해서도 장기적으로 옳은 방향이라고 답변했다.

그러나 윤석열 검사장이 검찰총장으로 임명된 후 검찰개혁에 대한 이러한 입장이 180도 바뀌었음은 확인된 사실이다. 2022년 2월 12일 노영민 전 대통령 비서실장은 오마이TV와의 인터뷰에서 "검찰총장 면접 당시엔 윤 후보가 4명의 후보 중에서 공수처의 필요성 등 검찰개혁에 가장 강력하게 찬성했는데 총장이 된 후부터 태도가 바뀌었다"면서, "그때 거짓말을 했다", "정직한 사람이 아니다"라고 비판한 바 있다. 이러한 '거짓말'과 관련해 유시민 작가는 2023년 7월 19일 '매불쇼'에 출연해, 윤석열의 행동양식을 침팬지의 행동양식에 비유해 설명했다. 집단 우두머리가 되고자 하는 수컷 침팬지는 우두머리가 되기 위해 온갖 일을 다 하고, 우두머리가 되면 서열 밑에 있는 침팬지를 괴롭히고 그 위에 군림한다. 유 작가는 윤석열은 "말의 내용이 중요하지 않은" 사람이기에, 우두머리가 되기 위해서는 무슨 말이든 다 하고 "출제자의 의도"에 맞추어 답을 할 뿐이라고 분석했다. 이에 반해 침팬지와 달리 수평적 관계를 중시하는 다른 유인원 보노보에 가까운 문재인 대통령은 윤석열의 말을 믿었다고 보았다.

윤석열 검찰총장이 문재인 정부에 대한 공세를 펼치기 시작한 이후 누가 윤석열을 검찰총장으로 밀었느냐 등에 대한 비판적 문제 제기가 계속되었다. 윤 총장에 대해 당시 집권 세력 전체가 기만당했고 그 결과 오판을 했다. 그러나 누구를 탓하기 전에 당시 고위공직자 검증을 최종적으로 책임지는 민정수석비서관으로서 윤 검사에 대한 진보·개혁 진영의 우호적 평가에 경도되어, 윤석열 검사에 대한 검증을 철저히 하지 못했던 것이 아닌가 자성한다. 민정수석실 내부에서도 윤 검사에 대한 평가가 갈리었는데, '검찰지상주의자'라는 비판을 더 심각하게 생각했어야 했던 것이 아닌지 자책한다. 요컨대, 다름 아닌 내가 최고 인사권자인 문재인 대통령을 보좌하는 역할을 충분히 하지 못했다.

역진

개혁의 성과는
모두 뒤엎어졌다

지난 2017년 박근혜 정부의 국정농단 사태로 인해 1987년 6월 항쟁에 버금가는 '아래로부터의 운동'이 터져 나왔고, 그 결과는 박근혜 대통령의 탄핵이었다. 촛불혁명의 진행 속에서 검찰개혁을 필두로 한 국가권력개혁의 요구가 거세졌다. 국가정보원, 검찰, 경찰, 기무사령부가 혼용무도昏庸無道했던 '국정농단' 사태의 원인 제공 기관이었고, 이들 권력기관의 개혁은 촛불혁명의 요구였다. 문재인 정부의 국정개혁 과제 중 국가권력개혁이 제1순위에 올랐던 것은 바로 이 요구에 부응하기 위함이었다.

문재인 정부는 국정원, 검찰, 경찰, 기무사 등에 대한 제도 개혁을 차례대로 추진해 매듭지었다. 이 개혁은 권력 오·남용 근절, 집중된 권한의 분산, 권력기관 간의 상호 견제와 균형 등의 원칙에 따라 설계되었다. 경찰에 1차적 수사종결권을 부여하는 검경수사 권 조정(수사와 기소의 완전분리는 다음 단계 과제로 설정되었다), 국가수사본 부 신설을 통한 수사경찰과 행정경찰의 분리, 제주에서만 실시되 고 있던 자치경찰제의 전국 확대, 고위공직자범죄수사처 신설, 국 정원의 대공수사권 폐지와 경찰 이관('3년 유예기간'이라는 단서 조항에 따라 2024년 1월 1일부터 실시), 기무사의 국내 정치 개입 금지 등이다. 나는 민정수석비서관으로 이 업무를 담당했다. 이후 국회는 검찰 의 직접수사권을 '6대 범죄'(부패·경제·공직자·선거·방위사업·대형참사 범 죄)에서 '2대 범죄'(부패·경제 범죄)로 축소했고, 이는 2022년 9월 1일 부터 시행되었다.

그러나 윤석열 정부가 들어선 후 이러한 성과는 모두 뒤엎어 졌다. 먼저 법무부는 '시행령'—'검사의 수사개시 범죄 범위에 관한 규정'(대통령령)—을 통해 검찰의 직접수사권을 확대했다. 예컨대, 공직자 범죄 중 직권남용과 허위 공문서 작성, 선거 범죄 중 매수 및 이해유도 등을 '부패 범죄'로 규정하고, 방위사업 범죄와 마약류 유통 관련 범죄를 '경제 범죄'로 규정해 검찰의 직접수사권 범위 안 에 넣었다. 입법부가 법률로 제한한 것을 행정부가 시행령을 통해

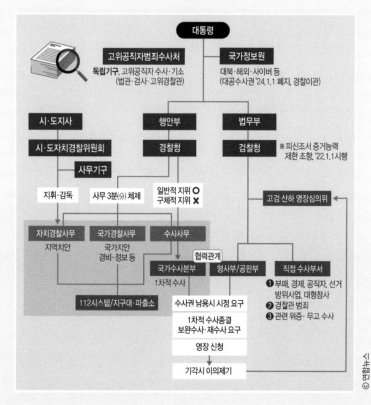

문재인 정부 국정원·검찰·경찰 개혁 체계도 (2021년 1월 1일 기준)

확장시킨 것이다. 그리고 법무부는 '수사준칙'(검사와 사법경찰관의 상호협력과 일반적 수사준칙에 관한 규정)을 개정했는데, 그 내용을 보면 경찰 '송치사건'에 관한 보완수사를 검찰이 직접 진행하도록 만들고, 경찰 '불송치사건'의 경우 검찰이 사건을 넘겨받아 직접 수사할 수 있는 길을 열어두었다. 이는 법률에 따라 경찰에 부여된 1차적 수사종결권을 무력화시키는 것이다. 이와 같이 법무부는 법률로 제한된 검찰의 수사권을 시행령을 통해 수사권조정 이전으로 되돌려 놨다. '검수원복'(검찰수사권 원상복구)이 이루어진 것이다.

행정안전부는 1991년 내무부 '경찰국'을 없애고 '경찰청'이 '외청外廳'으로 독립한 후 31년 만에 행정안전부 안에 '경찰국'을 신설해 경찰에 대한 정권의 통제장치를 마련했다. "'경찰국'이 신설되면 행안부장관이 인사권을 통해 사실상 경찰의 개별 사건 수사 등 구체적 사무에도 개입할 우려가 생긴다"며 '경찰국' 신설에 반대하는 총경회의에 참석했던 사람들은 징계 또는 한직 발령을 받았다. 이 회의를 주도한 이유로 정직 3개월의 징계를 받은 류삼영 총경은 경정급 간부가 맡는 112상황팀장으로 전보되었다. 사실상 강등이었다. 박근혜 정권은 윤석열 검사를 대구고검으로 좌천시켰는데, 윤석열 정권은 류삼영 총경을 좌천시켜 버린 것이다. 류 총경은 이에 항의하여 사표를 던졌다.

한편, 경찰청은 독립적 경찰수사의 제도적 상징인 '국가수사본부'의 장(치안정감)에 검사 출신 정순신 변호사(사법연수원 27기)를 임명했다가 아들의 학교폭력과 이를 무마하기 위한 부모의 노력이 드러나 낙마하는 일이 발생했다. 국가수사본부장은 전국의 경찰청장과 경찰서장을 포함해 3만 명이 넘는 수사경찰을 지휘한다. 이 인사는 과거 1971년 박정희 대통령이 만 31세 이건개 검사를 서울시경국장(현재 서울경찰청장에 대응하는 자리)에 임명했던 사건을 연상시켰다.[2] 정순신 변호사는 '윤석열 라인'의 특수부 검사 출신으로 한동훈 법무부장관과 이원석 검찰총장의 사법연수원 동기이니, 서로 이심전심의 관계다. 그리고 윤석열 서울중앙지검장 시절 그 밑에서 인권감독관으로 일했다. 윤희근 경찰청장은 정 변호사를 추천하기 전 대통령실과 의견을 교환했다고 밝혔다. 경찰국 신설이 '인사'를 통해 경찰 조직을 장악하려는 것이라면, 검찰 출신 국가수사본부장 임명은 '수사'의 방향을 검찰이 결정하겠다는 것이었다.

검경수사권 조정을 통해 검찰의 수사지휘권이 폐지되었으나, 윤석열 정권은 국가수사본부장 인사를 통해 사실상 검찰의 수사지휘권을 부활시켜 경찰을 다시 검찰에 복속된 조직으로 만들고자 한 것이다.[3] 정순신 변호사의 사퇴로 검찰의 경찰 장악 시도는 '미수'로 그치게 되었다. 그리고 국가수사본부장에는 경찰 출신이 임명되었다. 그러나 경찰을 장악하려는 검찰의 의지는 다른 방식으로 관철될 것이다.

국가정보원은 '대통령훈령'—'보안업무규정 시행규칙'—을 개정해 공직자 신원조사 권한과 대상을 대폭 확대했고, 이로써 국정원은 '세평' 정보를 수집해 대통령실에 보고할 수 있게 되었다. '세평' 정보를 수집하기 위해서는 국정원 직원이 관계 기관에 출입하고 관계자를 접촉하게 되는데, 이 과정에서 자연스럽게 국정원은 인사는 물론 정치에 개입하게 된다.

게다가 윤석열 대통령과 국민의힘은 법률을 다시 개정해 국정원의 대공수사권을 복원시켜야 한다고 주장하고 있다. 특히 2023년 3월 13일 윤 대통령은 국민의힘 지도부 만찬에서 민주노총에 대한 국정원 수사를 언급하며, "국정원 대공수사권 폐지는 잘못"이라고 발언했다. 한동훈 법무부장관도 2023년 6월 12일 국회 답변에서 "국정원 대공수사권이 폐지될 경우 대공수사의 공백이 크게 있을 것"이고 "(그렇게 될 경우) 민주노총 간첩단 사건 같은 수사는 불가능해진다"라고 말했다. 이는 모두 국정원을 '수사기관'이 아니라 '정보기관'으로 재정립시켰던 문재인 정부의 결단을 뒤집겠다는 의지의 표현이다. 2024년 1월부터 이관되는 대공수사권을 국정원에 돌려주겠다는 것이다. 현재 국회 다수당이 민주당인 만큼 이

러한 법 개정은 어렵겠지만, 국민의힘이 2024년 총선에서 다수당
이 된다면 법 개정을 추진할 것이다.

2023년 6월 26일 국무총리 직속 자문기구인 '경찰제도발전위
원회'의 박인환 위원장(검사 출신)은 국가정보원 퇴직자 모임 '양지회'
가 주최한 토론회에서, "최근 간첩단 사건이 나오는데, 문재인 비호
가 아니면 불가능한 일"이라고 주장하고, 문재인 정부의 국정원 대
공수사권 폐지를 비판하면서 "문재인이 간첩이라는 것을 70퍼센트
이상의 국민이 모르고 있다"라고 말했다. 현 집권 세력의 시각을
단적으로 보여주는 사례였다.

문재인 정부는 '기무사령부'를 '안보지원사령부'로 바꾸고 권한
을 엄격히 제한했는데, 윤석열 정부는 이를 '국군방첩사령부'로 다
시 비꾸면서 권한을 확대시켰다. 즉, "공공기관의 장이 법령에 근거
해 요청한 사실의 확인을 위한 정보의 수집·작성 및 배포"를 방첩
사의 '군 관련 정보의 수집·작성·처리 업무'의 세부 항목으로 규정
했고, 군사 분야에만 한정됐던 방첩사 지원 업무의 범위를 "통합방
위 지원"으로 넓혔다. "통합방위"를 어떻게 해석하는지에 따라 기
무사가 민간 분야 정보를 수집할 수 있게 된 것이다.

이상과 같이 문재인 정부의 권력기관개혁은 하나하나 뒤집히
고 있다. 법률로 이뤄진 개혁은 '시행령', '준칙', '대통령령' 등으로 기

반이 흔들리고 있다. 2024년 총선에서 국민의힘이 다수당이 된다면, 법률마저 바꿔 권력기관의 모든 틀을 문재인 정부 이전의 모습으로 돌리려고 할 것이 분명하다. 이 점에서 당시 민정수석으로 권력기관개혁을 주 임무로 삼고 일했던 나로서는 무참한 심정이다. 그리고 이러한 역진과 퇴행을 예상하고 방지하지 못한 데 대해 국민 여러분 앞에 석고대죄하고 싶다. 내가 부족했다.

입에는 달콤한 말,
배 속에는 날카로운 칼

2019년 8월 9일 내가 법무부장관 후보로 지명된 후 전개된 검찰 수사에 대해 진보 성향의 김민웅 목사, 유시민 작가, 장은주 영산대 교수, 이태경 토지정의연대 대표 등은 "검찰 쿠데타" 또는 "검란檢亂"의 시작이라고 규정했다. 한편 2019년 9월 25일 극우 유튜버 이봉규 씨도 '사법 쿠데타'라는 용어를 사용했다. 그는 자신의 유튜브 채널 이봉규TV에서 미국 FBI 국장이 20년 만에 한국을 방문해 당시 윤석열 검찰총장을 만난 보도를 거론하면서, "FBI 국장은 윤석열이 사법 쿠데타를 일으킬 수 있는지, 한미동맹에 대해 어떤 철학을 갖고 있는지"를 확인하려 했다고 발언했다. 또 "국가의 운명이 바뀔 수 있다"라는 말을 하며 "미국이 윤석열을 확 밀어줘서 사법 쿠데타를 일으키는 것까지 승인해 줄 수 있다"라고도 말했다. 한참의 시간이 지나고 제20대 대선을 앞둔 2022년 2월 12일 노영민 전 대통령 비서실장은 오마이TV와의 인터뷰에서 이렇게 말했다.

"검찰총장 후보 면접할 때 윤석열은 가슴에 배신의 칼을 숨기고, 문재인 대통령을 속였고 국민을 속였다."

윤석열 총장이 문재인 정권에 대한 "배신의 칼"을 품은 시점이 2019년 9월 서초동에서 일어난 '조국수호 촛불집회' 때부터가 아니었는가라는 사회자의 질문에, 노 전 실장은 이렇게 답했다.

"아니다, 처음부터였을 것이다. (검찰총장이 된) 처음부터 그러지 않았을까 의심도 한다."

2019년 2월 25일 검찰총장으로 임명되었을 때부터 "배신의 칼"을 품었다는 것이다. 물론 노 전 실장도 당시 윤석열 총장의 속마음을 확인할 수는 없었을 것이다. 단, 대통령 비서실장은 정부관계자

그 누구보다 많은 정보 보고를 받는 사람이다. 사후적이지만 노 전 비서실장이 이런 말을 공개적으로 했다는 것은 의미심장하다.

민주화운동의 원로인 함세웅 신부는 2023년 7월 23일 오마이 TV 인터뷰에서 윤석열 대통령에 대해 다음과 같이 말했다.

"그분이 위장을 좀 잘했대요. (…) 검찰청장 후보자가 검찰을 개혁하겠다고 약속을 하니까, (문재인 전 대통령이) 믿을 수밖에 없죠. 그 말을 조사를 합니까? 수사를 합니까? 아주 위장술 이 대단한 사람이었는데 문재인 대통령도 속았고 저희도 속 았습니다."

그리고 2023년 6월 30일, 더불어민주당 윤영찬 의원은 라디 오 인터뷰에서 다음과 같이 말했다.

"이분(윤석열 대통령)이 어찌 됐든 문재인 정부에서 사실상 쿠 데타를 통해서 검찰개혁을 반대하면서 조국 수사를 하셨던 분이다. 그래서 대통령이 되셨다. 조국 장관을 문재인 대통 령께서 임명하시지 않았나. (윤석열 당시 검찰총장이) 반발을 하 면서 사실상 대통령의 인사에 대해 인사청문회도 하기 전에 수사에 들어갔다. 그러한 것들이 저는 사실상 검찰개혁을 거부하기 위한 검찰총장으로서의 일종의 쿠데타였다고 생각한다."

윤석열 정부가 들어선 후 1년이 되지 못한 시점인 2023년 2월, 제1당이자 야당인 민주당은 검찰이 이재명 대표에 대해 구속영장을 청구하자 윤석열 정부를 "전두환 군사 독재 정권보다 더한 검사 독재 정권"(이경 상근부대변인)으로 부르고 강력한 반대 투쟁에 나섰다. 2023년 2월 17일 이재명 대표는 최고위원회에서 "윤석열 정권의 만행은 법치의 탈을 쓴 사법사냥"이고 "민주주의와 법치주의가 윤석열 검사독재 정권의 칼날에 무참하게 짓밟히고 있다"라고 비판했다. 2023년 2월 22일 민주당 소속 김동연 경기도지사는 검찰의 경기도청에 대한 압수수색 후 "'檢주국가'의 실체를 똑똑히 봤다"는 글을 페이스북에 올리며, "대한민국 시계를 얼마나 거꾸로 돌리려고 합니까? 권위주의 시대로 돌아가자는 것입니까? '民주국가'가 아니라 '檢주국가'라는 말이 나오는 것도 무리가 아니다"라고 강하게 비판했다. 김 지사는 2023년 3월 언론 인터뷰에서는 "윤석열 정부는 권력에 기댄 권폭權暴"이라고 맹공했고, 3월 16일 자신의 SNS에 3주간 경기도청에 상주하며 압수수색을 진행한 검찰을 향해 "법치라는 이름의 독재"라고 비판했다. 원내 제1당 민주당의 상황 인식이 바뀐 것이다.

　2019년 8월 이후 시작된 나와 내 가족 대상 수사에 대한 법적 평가는 부분적으로 종결되었다. 배우자 정경심 교수는 유죄판결이 확정되어 복역 중이다. 고통스럽다. 나에 대해 1심 법원은 유죄판결을 내렸지만, 항소해 2심이 진행 중이다. 두 재판에 대해 하고 싶은 말은 많지만, 피고인 신세라 자제하며 겸허한 자세로 남은 재판에 임하고자 한다. 다만, 당시 윤석열 검찰총장이 '조국 불가론'의 근거로 박상기 법무부장관과 청와대 주요 관계자에게 역설했던 '조국 사모펀드' 건은 아무 근거가 없음이 확인되었음은 명기해 두고 싶다. 그리고 나와 내 가족의 과오와 불찰이 윤 총장이 대권에 도전하는 명분과 빌미를 만들어줬던 점에 대해 깊이 자성·자책하고 있음을 다시 한번 밝히고 싶다.

　'군사쿠데타'가 총, 칼, 탱크를 사용한다면, '검찰 쿠데타'는 수사권과 기소권이라는 검찰권을 사용한다는 차이가 있다. '검찰 쿠데타'의 완성은 검찰총장 출신 대통령의 배출, 그리고 검찰의 권력 장악이었다. 2014년 3월 브라질 세르지우 페르난두 모루 수사 판사(한국의 검사 권한까지 보유한 판사)가 시작한 '세차 작전Operação Lava Jato'도 같은 맥락에서 '검찰·사법 쿠데타'라고 할 수 있다. '윤석열

대권 프로젝트'를 추진하던 사람들이 '브라질 모델'을 참조했을 가
능성이 있다.

　　모루는 국영석유업체 페트로브라스가 계약 수주 대가로 대형
건설사들로부터 뇌물을 받은 혐의에 대한 수사를 시작으로 정치인
수사를 전개했다. 그는 예비구금 제도를 활용해 집권 노동당PT과
정부 인사들을 부패 혐의로 구속시켰고, 언론 플레이를 통해 수사
대상자에게 유죄의 낙인을 찍었다. 각 수사 단계마다 '돌체 비타',
'카사블랑카', '최후의 심판' 등 호기심을 끄는 코드명을 붙여 홍보했
다. 대중은 모루를 '슈퍼맨'으로 형상화해 "슈퍼 모루Super Moro"라
고 부르며 열광했다. 시민들은 모루의 얼굴이 박힌 티셔츠를 입고,
그의 이름이 새겨진 스티커를 차에 붙이고 다녔다.

　　이렇게 반부패투쟁의 영웅이 된 모루는 2016년 3월 루이스 이
나시우 룰라 다시우바Luiz Inácio Lula da Silva 전 대통령에게 구속
영장을 발부했고, 브라질 빈농 출신 노동운동의 영웅으로 대통령
이 된 룰라는 뇌물을 받은 부패 정치인의 낙인이 찍혀 추락했다. 이
어 2016년 9월 보수 야당은 반독재운동가 출신으로 룰라의 후계자
였던 지우마 호세프Dilma Vana Rousseff 대통령이 재정회계법을 위
반했다는 이유로 탄핵해 노동당 정권을 무너뜨렸다. 2018년 4월
마침내 구속된 룰라는 두 건의 재판에서 총 25년 징역형을 선고받

2019년 6월 보우소나루 정권의 지지자들이
브라질 의회 앞에 세운 슈퍼맨 복장의 세르지우 모루 법무부장관의 풍선 모형

았다. 이러한 '세차 작전' 과정에서 모루는 여러 번의 언론 인터뷰를 통해 자신은 비정치적 인물로 남을 것이며 정계 진출 의사가 없다고 말했다.

룰라의 대선 출마가 불가능해진 상태에서 "브라질의 트럼프"로 불리던 극우보수 정치인 자이르 보우소나루가 대통령으로 당선되었고, 대선 4일 후 모루가 법무부장관으로 임명될 것이라고 발표되었다. 군사독재가 막을 내린 브라질에서 '검찰·사법 쿠데타'를 통해 군사독재 시절의 기득권 세력이 재집권한 것이다. 이 과정은 2019년 하반기 이후 한국 상황과 비교하지 않을 수 없다. 윤석열은 한국판 '모루'로 시작해 한국판 '보우소나루'가 되었다.

그런데 2019년 6월 '더 인터셉트'라는 온라인 매체가 모루와 연방검사 사이에 이루어진 휴대전화 통화 내용을 공개했는데, 금지된 수사 방향 조율을 양측이 논의하는 내용이 들어 있어 큰 파장이 일어난다.[4] 2019년 11월 연방대법원은 룰라를 구속 580일 만에 석방했고, 2021년 3월 연방대법원은 모루의 수사와 판결이 편파적으로 이루어졌다는 이유로 룰라에 대한 하급심 유죄판결을 파기한다. 그리고 룰라는 다시 대선에 출마해 보우소나루를 꺾고 대통령으로 당선되었다(이 대선에서 모루는 출마를 준비했으나 지지율이 잘 나오지 않자 중도 포기했다).

윤석열 검찰총장은 '조국 수사'와 뒤이은 추미애 법무부장관과의 충돌을 발판으로 대권후보로 부각되었고, 마침내 정치인으로 변신했다. 이 과정에서 보수언론은 물론 진보 언론도 윤 총장보다 추 장관을 비난했다. 추미애 장관이 윤석열 총장에 대한 징계를 청구하자 보수와 진보를 막론하고 추 장관에게 십자포화를 퍼부었다. 이후 1심 행정법원은 이 징계가 정당하다고 판결했지만, 추 장관을 비난하던 사람들은 침묵했다.

당시 윤 총장이 주변에 "문재인 대통령에 대한 충심은 변함이 없다", "문재인 정부의 성공을 위해서 내가 악역을 맡았다"라고 발언했다는 《경향신문》 유희곤 기자의 단독 보도도 나왔다(2019년 12월 6일). 현시점에서 윤 총장의 이런 말이 진심이었다고 믿기는 어렵다. 구밀복검口蜜腹劍(입으로는 달콤함을 말하나 배 속에는 칼을 감추고 있다)이었다고 평가하지 않을 수 없다. 유 기자는 어떻게 이런 내밀한 발언을 얻었을까? 이런 정보를 유 기자에게 준 검찰 인사의 의도는 무엇이었을까? 수사의 정당성을 선전하기 위해 검찰이 정보를 유 기자에게 던져줬다고 보인다.

윤석열 총장이 추미애 장관과 정면 대결하고 2021년 3월 4일 총장직을 사직한 후 비로소 대권에 도전하기로 마음먹었다고 생각하는 것은 매우 안이한 판단일 것이다. 2019년 《신동아》 9월 호에 따르면, '대호 프로젝트'가 2019년 2월 검찰총장 임명 직후부터 가동되었다고 한다.

노영민 전 대통령 비서실장도 윤석열 검사가 검찰총장으로 임명되었을 때부터 "배신의 칼"을 품었다고 추측했다. 이와 같은 기사나 의견을 뒷받침하는 구체적 증거를 확인할 수는 없다. 그렇지만 아무리 늦어도 '조국 수사'와 추미애 법무부장관과의 충돌 사이 어느 시점에 '윤석열 대권 프로젝트'가 본격 가동되었다고 보는 것이 합리적일 것이다. '윤석열 라인' 전현직 검사들이 프로젝트에 기여하는 것과 동시에, 정치권과 언론계의 '윤핵관'들도 이즈음 형성되면서 윤석열 대통령 만들기에 나섰을 것이다. 이 '윤핵관'들의 정치적 노선이 철두철미 '반反 문재인', '극우 강경보수'였음은 물론이다. 수구보수 진영은 정권을 되찾기 위해 자신들의 두 수장, 이명박·박근혜 대통령을 구속기소했던 윤석열을 새로운 수장으로 내세우는 선택을 한 것이다. 윤석열 개인의 맹렬한 권력욕망, 정치권력을 되찾아야 한다는 수구보수 진영의 절실함, 축소된 검찰권을 다시 확대해야 한다는 검찰 조직의 이해관계 등이 융합된 결과였다.

윤석열 후보가 2021년 6월 29일 대선 출마를 선언한 이후 문재인 대통령과 문재인 정부를 맹렬하게 비난했음은 모두가 아는 사실이다. 출마선언문 일부를 소개한다.

"이 정권이 저지른 무도한 행태는 일일이 나열하기 어렵습니다. 정권과 이해관계로 얽힌 소수의 이권 카르텔은 권력을 사유화하고, 책임의식과 윤리의식이 마비된 먹이사슬을 구축하고 있습니다. 이 정권은 권력을 사유화하는 데 그치지 않고 집권을 연장해 계속 국민을 약탈하려 합니다."

2021년 12월 29일 대구·경북 지역 방문 당시 연설한 내용 일부는 다음과 같다.

"오래전 우리가 자유민주주의라는 정신에 입각해 민주화운동을 할 때 좌익 혁명이념, 북한의 주사(주체사상) 이론 등을 배워서 민주화운동 대열에 끼어가지고 마치 민주화 투사인 것처럼 자기들끼리 도와가며 살아온 집단들이 이번 문재인 정권 들어서서 국가·국민을 약탈하고 있다."

윤석열 후보는 제20대 대선에서 승리해 대통령이 되었다. 박근혜 탄핵을 둘러싸고 분열되었던 수구보수 진영은 박근혜 수사를 주도한 윤석열을 앞장세우고 정권을 탈환했다. 집권 후 윤 대통령은 자신이 수사하고 기소했던 이명박·박근혜 사람들을 모두 사면·

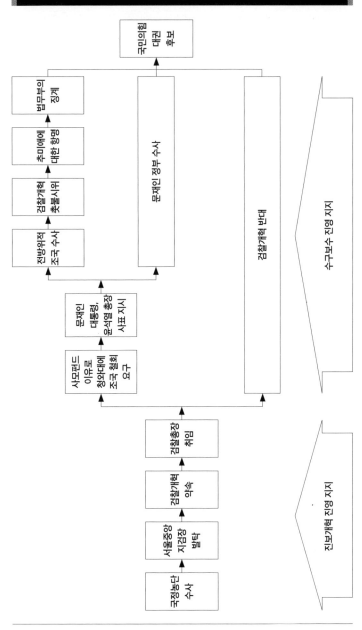

〔도해 1〕'대호 프로젝트' 진행 흐름 요약도

국정농단 수사 → 서울중앙 지검장 발탁 → 검찰개혁 약속 → 검찰총장 취임

진보개혁 진영 지지

사모펀드 이유로 청와대에 조국 철회 요구 → 문재인 대통령, 윤석열 총장 사표 지시

전방위적 조국 수사 → 검찰개혁 총불시위 → 추미애에 대한 항명 → 법무부의 징계 → 국민의힘 대권 후보

문재인 정부 수사

검찰개혁 반대

수구보수 진영 지지

복권시키면서 보수대화합을 이루었다.

그런데 문재인, 이재명, 민주당 등의 정치노선과 정책을 비판하면서 윤석열 후보를 지지하고 국민의힘 집권을 옹호하는 '좌파' 또는 '진보'도 등장했다. 이재명 후보가 당선되면 한국이 파시즘화될 수 있다고 주장하면서 이를 막기 위해 윤석열을 지지해야 한다는 입장을 공표한 '좌파' 이론가 윤소영 교수, "포퓰리스트 이재명보다 자유민주주의자 윤석열이 낫다"라며 "진정한 좌파라면 정권 교체를 위해 윤석열 후보 지지를 감수"해야 하고, "민주당 재집권을 막기 위해서 윤석열 후보의 지지도 감수할 수 있다"라고 주장한 '전국학생행진'이라는 '좌파' 학생운동조직 등이다. 민주당과 이재명 후보를 국민의힘과 윤석열 후보보다 더 위험한 존재라고 규정하고 반민주당·반이재명 연합전선을 구축해야 한다는 기괴한 '좌파' 전략이었다. 페미니스트를 자처하는 신지예 한국여성정치네트워크 대표는 윤석열 후보 선대위에 합류해서 선거운동을 벌였다. 신 대표는 2018~2020년 녹색당 공동운영위원장으로 활동했고, 2018년 지방선거 당시 녹색당 서울시장 후보로 출마했다가, 2020년 녹색당을 탈당하고 무소속으로 총선에 출마했던 사람이었다.

세칭 '조국 흑서黑書'라는 책을 낸 강양구, 권경애, 김경율, 서민, 진중권 등 자칭 '좌파' 또는 '진보' 인사들도 윤석열 주변으로 몰려갔다('조국 흑서'에 대해서는 미디어비평지 '세상을 바꾸는 시민언론 민들레'에 박지훈 씨가 2023년 5월 13일 게재한 "'카더라'와 음모론의 막장 조합, '조국 흑서'"라는 칼럼을 참조하라). 이들 중 대표 격인 진중권 씨는 정의당원 또는 정의당 지지자였지만, 윤석열 검찰총장이 대선후보 여론조사 결과에 대해 겸양의 의사를 밝히자 "이분 참 진국"이라고 치켜세웠고 (2020년 2월 2일), 윤석열 지지 33인 포럼 발족 행사에서 기조 발제자로 나섰다(2021년 5월 19일). 추미애 장관과 윤석열 총장이 충돌할 때 일관되게 후자를 옹호하고 전자를 조롱했고, 법무부 징계위원회가 윤 총장에게 정직 2개월 징계를 내리자 "죽창만 안 들었지 인민재판"이라고 비판했다(2020년 12월 16일). 그리고 국민의힘 대선주자 면접관으로 참여해 윤석열 후보 등에게 질의하는 역할을 맡았다(2021년 9월 8일). 2020년 12월 25일에는 청년 극우 유튜브 채널 '성제준TV'에 출연해 우호적 대화를 나누기도 했다. 여기서 그는 "나 같은 경우는 사회주의가 몰락했을 때 생각을 싹 바꿨거든. 자유민주주의가 얼마나 소중한지를 깨닫게 된 것이에요"라고 말하면서, 운동권 출신의 민주당 586 정치인들이 "인민민주주의적 습속"을 갖고 있다고 비판했다. 민주당 정치인들보다 윤석열 후보가 낫다는 판단을 했던 것이다. 한편, 진 씨는 김건희 씨의 통화 녹취록이 공개되자 "(그) 내용 중 공익적으로 문제가 될 만한 부분은 '안희

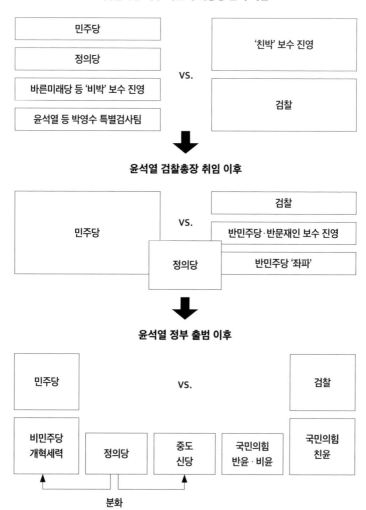

〔도해 2〕 윤석열 대통령 집권 전후 정치지형 변화

촛불혁명 이후 박근혜 대통령 탄핵 이전

민주당		'친박' 보수 진영
정의당	vs.	
바른미래당 등 '비박' 보수 진영		검찰
윤석열 등 박영수 특별검사팀		

윤석열 검찰총장 취임 이후

		검찰
민주당	vs.	반민주당·반문재인 보수 진영
	정의당	반민주당 '좌파'

윤석열 정부 출범 이후

| 민주당 | vs. | 검찰 |

| 비민주당 개혁세력 | 정의당 | 중도 신당 | 국민의힘 반윤·비윤 | 국민의힘 친윤 |

분화

정 불쌍하다. 나와 남편은 안희정 편이다'라고 말한 것 딱 하나"라고 감쌌고(2022년 1월 19일), 민주당이 김건희 씨의 '도이치모터스 주가조작', '허위 경력 기재', '뇌물성 후원' 의혹 등에 대한 특별검사임명법안을 당론으로 발의하자 "이재명 물타기"이며 "현실성이 없다"라고 평가절하했다(2022년 9월 8일).

'조국 흑서'의 저자들은 '진보' 또는 '좌파'의 가면을 쓰고 윤석열 후보와 국민의힘 집권을 위한 외곽 도우미 역할을 수행했다. 단, 2023년 7월 1일에 이르러 진중권 씨는 "윤석열 정부는 과거 이명박, 박근혜 정부보다 더 심하다. 속았다는 느낌이 든다"라고 말하며 발을 뺐다.

권력 그 자체가 된 시녀

　　제20대 대선에서 윤석열 후보는 이재명 후보를
0.78퍼센트포인트 차이(약 24만 표)로 누르고 대통령에 당선되었다.
제20대 대선은 윤석열 개인의 승리가 아니라 검찰 조직의 승리였
고, 그 뒤에서 후원하고 연대했던 수구보수 진영의 승리였다. 그런
데 윤석열 지지를 선언했던 '좌파' 이론가 윤소영 교수는 2022년
《신동아》 1월 호 어느 인터뷰에서 "윤 후보가 당선되더라도 현 정
부 초기에 비해 검찰의 권한이 강화될 가능성은 낮다"라고 말했다.
한국 사회를 '신식민지 국가독점자본주의 사회'로 규정하고 '반제반
독점 민중민주주의 혁명론'의 이론 틀을 제시한 '좌파' 교수가 윤석

열 대통령에게 보내는 신뢰가 놀라웠다. 실제 현실은 어떠했는가. '검찰공화국'이 도래했다.

2장에서 서술하겠지만, '법의 지배rule of law'는 사라지고 '법을 이용한 지배rule by law'가 판을 치고 있다. 군사독재 시대에서는 검찰권이 정치권력의 의도대로 운영되는 정도였다면, 이제 검찰 자체가 정치권력을 잡았다. "권력의 시녀"가 권력 자체가 된 것이다. 검찰청이 경찰청, 국세청, 관세청 등 17개 청 위에 군림함은 물론,[5] 정부 각 부서 요직에 전현직 검사를 배치해 "검찰 가족"이 지배하는 나라가 만들어졌다. 전두환 정권 시절 육사 '하나회'가 권력의 핵심 역할을 했다면, 윤석열 정권 아래에서는 전현직 검사들이 권력의 핵심으로 자리 잡았다. '신군부新軍部' 대신 '신검부新檢部'의 집권이 이루어진 것이다. 그리하여 대한민국은 검찰이 지배하는 '대한검檢국'이 되어버렸다. 이대로라면 대한민국 헌법 제1조 제1항을 "대한민국은 검찰공화국이다"로 바꾸고, 제2항을 "대한민국의 주권은 검찰에게 있고 모든 권력은 검찰로부터 나온다"로 바꿔도 전혀 어색하지 않을 것이다.

먼저 용산 대통령 비서실에는 전직 검사 및 검찰사무관들이 요직에 배치되었다. 대선 기간 동안 '서초동 캠프'를 주관했던 주진우 법률비서관(전 서울동부지방검찰청 부장검사, 사법연수원 31기), 이시원 공직기강비서관(전 서울남부지방검찰청 부장검사, 사법연수원 28기), 복두규 인사기획관(전 대검찰청 사무국장), 이원모 인사비서관(전 대전지방검찰청 검사, 사법연수원 40기) 등 검찰에서 윤석열을 보필했던 사람들이 인사와 감찰 라인을 장악했다. 이시원 비서관은 과거 서울시 공무원 간첩 조작 사건 담당 검사로 징계를 받은 사람이지만, 윤 대통령이 대구고검에서 일할 당시 잘 모신 사적 인연이 있어 부름을 받은 것으로 알려져 있다. 이원모 비서관의 배우자는 윤석열 대통령 나토 방문 시 민간인으로 공군 1호기에 탑승해 논란을 일으킨 신지연 씨(자생한방병원 신준식 이사장의 둘째 딸)이며, 윤 대통령이 검사 시절 두 사람을 중매한 것으로 알려져 있다. 이들 외에도 이영상 국제법무비서관(전 서울중앙지검 특수1부부장, 사법연수원 29기), 윤재순 총무비서관(전 대검찰청 운영지원과장) 등이 검찰 출신이다. 대통령과 지근거리에 있는 부속실장에는 강의구 전 검찰총장 비서관이 임명되었다.

용산 대통령 비서실 안에서 최상급자는 김대기 대통령 비서실장이고, 그 외에도 여러 수석비서관이 있지만 검찰 출신 비서관들에 비해 존재감은 미미하다. 국가안보실의 실세로 '신냉전' 정책을 주도하고 있는 김태효 안보실 1차장은 검사 출신이 아니지만, 그의 부친은 대검 중수부장·서울중앙지검장을 역임한 김경회 씨다. 윤 대통령이 총애하는 '특수부 라인'의 대선배인 것이다.

그리고 윤 대통령은 고위공직자 인사 검증 권한을 법무부에 맡겼다. 청와대 민정수석실을 폐지하고 민정수석실이 보유하고 있던 권한을 법무부로 넘긴 것이다. 법무부 인사정보관리단이 독립적으로 운영된다고는 하지만, 이 조직에는 검사들이 다수 파견되어 일하고 있다. 이원모 인사비서관과 복두규 인사기획관이 주도해 후보자를 추천한 후, 법무부 인사정보관리단의 1차 검증이 이루어지고, 이시원 공직기강비서관이 이끄는 공직기강비서관실의 2차 검증이 이루어진다. 추천부터 1차와 2차 검증까지 모두 '윤석열 라인' 인물들이 주도하는 구조인 것이다(아들의 학교폭력으로 낙마한 정순신 변호사에 대한 검증이 실패한 구조적 이유가 여기에 있다). 이제 국무총리, 대통령 비서실장, 각 부처 장관, 국가정보원장, 검찰총장, 경찰청장, 국세청장 등 고위공직자 후보들은 법무부와 검찰의 눈치를 보지 않을 수 없게 되었다. 과거 문재인 정부 청와대 인사수석실과 검증을 담당하는 민정수석실 산하 공직기강비서관실에는 단 한 명의 검사도 없었다.

윤 대통령은 행정부 요직에 '윤석열 라인' 전직 검사들을 배치했는데, 국가정보원 기획조정실장(차관급)에 조상준 전 서울고등검찰청 차장검사(사법연수원 26기) · 김남우 서울동부지방검찰청 차장검사(사법연수원 28기)를 차례로 임명했다. 조상준 기조실장은 2006년 대검 중앙수사부에서 론스타 헐값 매각 사건 수사를 하면서 윤 대통령과 인연을 맺었고, 이후 윤석열 검찰총장에 의해 대검 형사부장으로 발탁되었으며, 검찰을 떠난 후 김건희 여사의 주가조작 사건 변호인으로 활동했다. 김남우 기조실장은 검사 재직 시 추미애 전 법무부장관 아들의 군복무 시절 휴가 의혹 관련 수사를 지휘했다.

국무총리 비서실장(차관급)에는 박성근 전 순천지청장(사법연수원 26기)이 임명되었다. 박 비서실장은 대형 건설업체 서희건설 이봉관 회장의 맏사위(이 회장은 김삼환 목사의 사위가 시무하는 청운교회 장로로 여러 대형 교회의 시공을 맡았다)로, 서울중앙지검 형사7부 부장검사 재직 시 이명박 정부의 4대강 사업 사건을 불기소처분했다. 검사가 비서실장으로 자리 잡고 있는 상황에서 '책임총리'라는 말은 아무 의미가 없을 것이다. 그리고 윤 대통령은 금융감독원장(차관급)에 이복현 전 부장검사(사법연수원 32기)를 임명했다. 그는 '윤석열 라인'의 막내로, 민주당이 수사와 기소 분리 법안 처리를 당론으로 채택하자 이에 항의하며 사표를 냈다. 첫 '검사 출신 금감원장의 임명'은 '관치官治 금융'을 넘어 '검치檢治 금융'이 전개된다는 신호다.

이들 말고도, 일찍이 정치인으로 변신했던 검사 출신 정치인들을 입각시켰다. 즉, 권영세 전 의원(사법연수원 15기)을 통일부장관에, 원희룡 전 의원(사법연수원 24기)을 국토부장관에, 그리고 박민식 전 의원(사법연수원 25기)을 국가보훈부장관에 임명했다. 법제처장(차관급)에는 서울대 법대 79학번이자 사법연수원 23기 동기인 이완규 전 부천지청장을 임명했다. 이 법제처장은 추미애 장관이 윤 검찰총장에 대해 징계를 내리자 이 소송에서 윤 총장을 대리했고, 윤석열 대통령의 장모 최은순 씨의 사건을 맡아 변호했다. 민주평화통일자문회의 사무처장(차관급)에는 서울대 법대 79학번 동기이자 윤 대통령의 40년 지기이며 국민의힘 전신인 자유한국당 해운대갑 당협위원장을 역임했던 석동현 변호사를 임명했다. 석 사무처장은 윤석열 정부가 일제강점기 강제동원 피해자 배상에 대한 대법원 판결을 무시하고 '제3자 변제'를 택하자, 이를 지지하면서 "식민 지배를 받은 나라 중에 지금도 사죄하라거나 배상하라고 악쓰는 나라가 한국 말고 어디 있나"라며 "일본에 반성이나 사죄 요구도 이제 좀 그만하자"라고 주장했다.

국가인권위원회 상임위원(차관급)에는 한나라당 법률지원단 부단장을 역임한 검사 출신 김용원 변호사(사법연수원 10기)를 임명했고, 국민권익위원회 부위원장(차관급)에는 대선 캠프에서 활동했던 검사 출신 정승윤 교수(사법연수원 25기)를 임명했다. 법무부차관에는 이노공 변호사(사법연수원 26기)가 임명되었는데, 이 변호사는 윤

석열 서울중앙지검장이 4차장검사로 발탁한 사람이었다. 당시 3차
장검사는 한동훈 장관이었다.

　정부의 외곽기관이기는 하지만, 국민연금 기금운용위원회 산
하 상근전문위원으로 검사 출신인 한석훈 변호사(사법연수원 18기)가
선임되었다. 한 변호사는 2021년『박근혜대통령 탄핵과 재판 공정
했는가』라는 제목의 책을 발간한 사람이다. 이러한 한 변호사의 선
임은 윤석열 정권이 헌법재판소의 박근혜 대통령 탄핵 결정과 윤
석열 수사팀의 국정농단 수사의 정당성을 부정하는 '태극기 부대'
와 손을 잡았음을 보여주는 방증이다. 그리고 한국가스공사 상임
감사위원에는 검찰사무관 출신으로 윤석열 대통령의 검사 시절 측
근으로 꼽혔던 강진구 전 법무부 법무연수원 연구위원이 내정됐
다. 강 감사위원은 윤석열 서울중앙지검장하에서 사무국장을 맡
았고, 윤석열 검찰총장이 대검찰청 사무국장으로 쓰려고 했으나
청와대 검증에서 탈락해 불발된 사람이었다. 한편 경북도는 경북
독립운동기념관장에 검사 출신 한희원 동국대 대학원장(사법연수원
14기)을 선임했다. 한 관장은 독립운동에 관해서 아무런 전문적 식
견이나 경력이 없는 사람으로, 경북도 주최 대중 강연에서 '정한론'
의 창시자 요시다 쇼인吉田松陰이 운영한 쇼카손주쿠松下村塾를 인
재 양성의 성공 사례로 언급한 바 있다.

수협은행 상임감사에는 윤석열 대통령 장모 최은순 씨와 부인 김건희 씨의 변호를 맡은 검사 출신 서정배 변호사(사법연수원 24기)가 대통령실의 단수 추천을 받아 선임되었다. 직급은 떨어지지만, 교육부장관 보좌관에는 우재훈 검사(현직, 사법연수원 41기)가 임명되었다. 매우 특이한 선택이었다. 임기 3년에 억대 연봉이 보장되는 서울대 병원 감사에는 박경오 전 검찰 수사관이 임명되었다. 유례 없는 인사였다. 검사는 물론 검찰 수사관도 챙기는 것이다. 도대체 검찰 출신 인사가 차지하는 영역의 한계가 어디까지일지 궁금하다.

그리고 윤석열 정권은 감사원을 동원해 전현희 권익위원장을 임기 종료 전에 쫓아내기 위해 노력하다가 실패했는데, 그 후임자로 김홍일 전 부산고등검사장(사법연수원 15기)을 임명했다. 김 위원장은 서울중앙지검 3차장 시절 2007년 대선을 2주 앞두고 이명박 한나라당 대선후보가 ㈜다스의 실소유주가 아니며, 이 후보의 BBK 주가조작 혐의도 무혐의라고 결정을 내리고 이를 발표했던 사람이다. 검찰권을 사용해 이명박의 권익을 챙겼던 사람이 국민의 권익을 챙길 수 있을지 의문이다. 김 위원장이 대검 중수부장 재직 시 윤 대통령은 중수2과장으로 그 아래에서 일했으며, 지난 대선 시기 김 위원장은 윤 후보 캠프의 '정치공작진상규명특별위원회' 위원장으로 활동했다.

물론 이러한 검찰 출신 인사 중 가장 우위에 있는 사람은 "소통령" 또는 "황태자"로 불리는 한동훈 법무부장관이다. 윤석열 대통령은 민정수석실을 폐지하면서 민정수석비서관의 권한을 법무부장관에게 주었기에 윤석열 정부 법무부장관의 힘은 역대 어느 법무부장관보다 강력해졌다. 군사 쿠데타의 지도자 박정희에게 김종필이 있었다면, 윤석열에게는 한동훈이 있다. "혁명 동지" 관계인 것이다. 김종필이 중앙정보부장과 국회의원으로 활동하면서 박정희 정권의 2인자 역할을 한 것처럼, 한동훈은 윤석열 정권의 2인자 역할을 하려고 할 것이다. 한 장관이 해외 출장길에 공항에서 번역서 『펠로폰네소스 전쟁사』의 붉은 표지가 보이도록 들고 나간 것은 법무부장관을 넘어서는 그의 권력의지를 우회적으로 보여준 장면이었다.

그리고 2024년 총선에서 검사 출신이 대거 국민의힘 또는 그 위성정당의 공천을 받아 출마할 것이라는 보도가 이어지고 있다. 국민의힘 주요 인사들과 보수언론들은 앞다투어 한동훈 장관의 총선 차출을 주장하고 있다. 여러 언론은 현재 행정부 요직에서 일하고 있는 검사 출신 인사들도 출마할 것이라고 보도하고 있다.

2022년 12월 국민의힘 당협위원장 인선에서는 윤석열 라인 검사 출신들이 여럿 임명되었다. 예컨대, 인천 동구·미추홀갑 조직위원장에 서울중앙지검 특수2부장 출신인 심재돈 변호사가, 경기 의왕·과천 지역구 조직위원장에는 서울고검 공판송무부장 출신인 최기식 변호사가 임명되었다. 충북 청주 서원구 당협위원장에는 김진모 변호사가 임명되었는데, 그는 이명박 정부 청와대에서 민정2비서관을 지냈고 민간인 사찰 관련 국가정보원 특활비 불법 수수 의혹으로 유죄를 받았으나 윤 대통령의 특별사면을 받았다. 당협위원장이 되면 공천에 유리함은 불문가지다.

윤 대통령의 노골적인 지원에 힘입어 당 대표가 된 김기현 국민의힘 대표는 향후 공천에서 윤 대통령의 요구를 외면할 수 없을 것이다. 이후 국민의힘 공천 과정에서 '반反윤' 또는 '비非윤'을 제거한 후 그 자리에 '윤석열 라인' 검사들이 대거 들어가 기존의 '윤핵관' 의원들과 함께 국회 내 친위조직 역할을 할 것으로 예상된다. 만약 이렇게 된다면 검사 출신들이 행정부와 입법부를 좌지우지하는 유례없는 체제를 보게 될 것이다.

사법부는 어떠한가? 김명수 대법원장이 임기를 다하기 전 제청할 수 있는 대법관 두 자리에 대해서 대통령실은 대법관후보추천위원회에 오른 특정 두 후보자를 찍어서 이 사람들이 제청되면 임명을 거부하겠다는 메시지를 공개적으로 내보냈다. 유례가 없는 일이었다. 그런데 김 대법원장은 이를 충실히 따라 다른 후보자 둘을 제청했다.

2023년 9월 김명수 대법원장과 11월 유남석 헌법재판소장의 임기가 각각 만료되는데, 두 자리 모두 윤석열 대통령이 임명한다. 윤 대통령의 정치성향상 법논리에서는 물론 정치·사회적으로 보수적 시각을 가진 법조인을 임명할 가능성이 높다. 윤 대통령은 2027년 9월 16일 임기가 만료되는 오경미 대법관 1명을 제외하고, 자신의 임기 중 대법원장을 포함한 대법관 13명과 헌법재판소장을 포함한 헌법재판관 9명을 임명한다. 이 중에서 대법관은 윤 대통령이 임명한 대법원장의 제청을 받은 사람을 윤 대통령이 임명하게된다. 이 과정에서 윤 대통령과 그가 임명한 새 대법원장 사이에는 이심전심의 교감이 있을 것이다. 그 결과 검사 출신 대법관이 다시 임명되고(문재인 대통령은 검사 출신 대법관을 한 명도 임명하지 않았다), 대법관 구성이 보수 일변도로 재편되는 일이 일어날 것이다.

이런 상황에서 2023년 7월 검찰이 김명수 대법원장을 직권남용과 허위 공문서 작성 혐의로 기소하기로 했다는 보도가 나왔다. 2020년 5월 사법행정권 남용 의혹을 받던 임성근 부장판사가 사표를 내자 김 대법원장은 민주당이 탄핵을 추진한다는 이유로 사표 수리를 거부한 적이 있었다. 이에 관해 국회에서 논란이 일자 김명수 대법원장은 그런 사실이 없었다고 문서로 답했다. 검찰은 이를 두고 거짓 답변서를 작성했다며 김 대법원장을 허위 공문서 작성 혐의로 기소한 것이다. 상황이 이렇게 되기까지는 임 부장판사가 김 대법원장과의 대화를 녹취해 공개한 것이 결정적이었다. 과거 김명수 대법원장이 문재인 대통령에 의해 임명될 때부터 수구보수 진영은 법원 내 국제인권법학회 출신의 대법원장이 탄생했다며 비난을 가했다. 검찰은 '보수' 성향 양승태 대법원장을 '사법농단' 사건으로 기소한 것에 이어, '진보' 성향 김명수 대법원장마저 기소하려는 것이다. 법체계상 법원 아래에 있는 검찰이지만 이러한 기소를 통해 법원에 대한 우위를 확보하는 한편, 법관들에게 심리적 압박을 가하려는 것으로 보인다.

검찰이 수사권조정만큼 반대했던 고위공직자범죄수사처는 어떻게 될 것인가? 윤석열 대통령은 후보 당시 "공수처가 권력의 시녀가 되어버렸다"라고 비판했다. 최강욱·황희석 등 제21대 총선 후보자들에 대한 부정적 여론을 형성하기 위해 고발을 사주한 혐의로 공수처가 손준성 검사를 기소한 것을 의식한 발언이다. 그리고 윤 대통령은 고위공직자범죄에 대한 공수처의 우월적 지위를 인정하는 공수처법 제24조가 "독소조항"이라고 단정하면서,[6] "개선을 시도했다가 안 되면 폐지를 추진하겠다"라고 공약했다. 물론 공수처법 개정은 현 야당 민주당의 동의가 있어야만 가능하다. 그렇기에 윤석열 정권은 국가수사본부장에 검찰 출신 정순신 변호사를 임명해 경찰에 대한 검찰 지배를 복원시키려 했던 것처럼, 공수처 장에 〈윤석열 라인〉 검사 출신을 임명할 것으로 보인다. 현재 김진욱 처장은 판사 및 헌법재판소 재판연구관 출신으로, 2024년 1월이 되면 3년 임기가 만료된다. 새로운 공수처장이 고위공직자범죄 수 사의 방향을 어디에 두고, 어디에 방점을 찍을 것인지는 예측하기 어렵지 않다.

정부조직법상의 형식적 국가권력구조 이면에서 검찰의 헤게 모니가 실질적으로 관철되는 상황을 그림으로 나타내면 '도해 3'과 같다.

'검찰공화국'이 도래했다는 사회 분위기는 기업에도 영향을 미 치고 있다. 윤석열 정권이 '친기업 노선'을 취하고 있기에 기업들이 우호적이기도 하지만, 검찰이 언제든지 기업 수사를 벌일 수 있다 는 점 때문에 기업들은 정권의 눈 밖에 나지 않으려고 노력하고 있 다. 그리고 검찰 출신 사외이사를 영입해 보호막 또는 소통창구를 마련하고자 애쓰고 있다. 예컨대, 김현웅 전 법무부장관(호텔신라·현 대오일뱅크), 김준규 전 검찰총장(삼성카드), 강남일 전 대검차장(HL만 도), 구본선 전 대검차장(한화시스템), 조상철 전 서울고검장(롯데쇼핑), 김희관 전 광주고검장(신세계건설), 김기동 전 부산지검장(현대캐피탈),

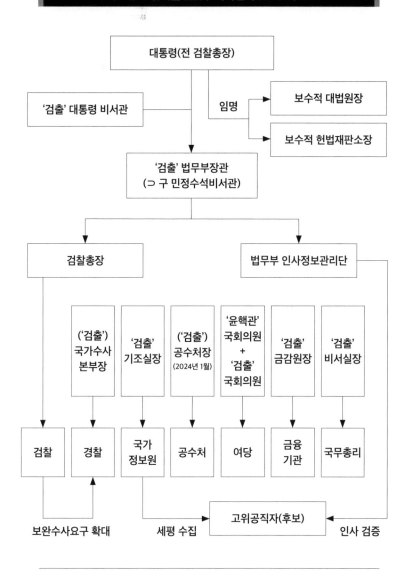

〔도해 3〕 윤석열 신검부 국가권력구조 요약도

대통령(전 검찰총장)

'검출' 대통령 비서관

임명 → 보수적 대법원장

→ 보수적 헌법재판소장

'검출' 법무부장관
(⊃ 구 민정수석비서관)

검찰총장

법무부 인사정보관리단

('검출')
국가수사
본부장

'검출'
기조실장

('검출')
공수처장
(2024년 1월)

'윤핵관'
국회의원
+
'검출'
국회의원

'검출'
금감원장

'검출'
비서실장

검찰

경찰

국가
정보원

공수처

여당

금융
기관

국무총리

보완수사요구 확대

세평 수집

고위공직자(후보)

인사 검증

권익환 전 서울남부지검장(한화), 이동열 전 서울서부지검장(대한전선·현대위아), 신유철 전 서울서부지검장(예스코홀딩스), 차경환 전 수원지검장(롯데케미칼·현대건설기계), 권순범 전 대구고검장(고려아연), 이상호 전 대전지검장(이마트), 공상훈 전 창원지검장(자이에스앤디), 윤웅걸 전 전주지검장(두산) 등 검찰 고위 간부 출신들이 속속 대기업 사외이사로 영입되었다. 검찰 전관前官에 대한 이런 예우는 검찰 조직 전체의 먹이사슬을 보전·확대하는 것을 의미한다.

포식자

지금 시민들은
누구를 가장 두려워하는가

이상에서 나열한 전현직 검사의 약진은 단지 검사들의 전성시대가 왔다는 사실만을 뜻하지 않는다. 윤석열 정권이 다름 아닌 '검찰공화국', 즉 "검사에 의한, 검사를 위한, 검사의 정권"임을 보여주는 증거다. "만사검통萬事檢通"의 시대가 온 것이다. 대한민국 사회의 먹이사슬에서 검찰이 최상위 포식자捕食者가 된 것이다. 경제권력, 즉 재벌은 정치인을 관리 대상으로 생각하지만 검찰만큼은 두려워했다. 총수를 잡아 가둘 수 있기 때문이다. 그런데 검찰총장 출신이 대통령이 되어 국가권력 운영을 검찰 운영하듯이 하고 있으니 재벌이 대통령과 검찰 앞에서 머리를 더 조아리는 형국이 되었다.

　정치검사의 행태를 적나라하게 묘사했던 2017년 영화 「더 킹」의 포스터에는 "대한민국의 왕은 누구인가"라는 문장이 적혀 있다. 영화 속 한 장면에는 "대한민국에서 우리보다 센 놈 있으면 나와보라 그래!"라는 대사도 있다. 윤석열 정권 아래에서 이런 표현들은 더욱 무겁고 심각하게 다가온다.

　일반 국민들도 '검찰공화국' 현상을 점점 더 명확히 인식하고 있다. 뉴스토마토가 여론조사 전문기관 미디어토마토에 의뢰해 2022년 2월 12~13일 실시한 여론조사 결과, 윤석열 정부 출범에 따른 검찰공화국 우려에 대한 의견을 묻는 질문에 "우려된다"는 답변이 43.6퍼센트, "우려되지 않는다"는 답변이 47.3퍼센트로 나타났다. "잘 모르겠다"는 응답은 9.1퍼센트로 집계됐다.

　윤석열 정부가 들어선 지 한 달 정도가 지난 시점인 2022년 6월 27일 쿠키뉴스가 의뢰한 데이터리서치 여론조사에서는 '검찰공화국 주장'에 대한 동의 응답 비율이 증가한다. 즉, '윤석열 대통령의 국정운영·인사에 대해 검찰공화국이라는 주장에 동의하는지'를 묻는 여론조사에서 동의 응답은 61퍼센트("아주 동의한다" 46.5퍼센트, "조금 동의한다" 14.5퍼센트)로 나타났다. 반면, 비동의 응답은 35.2퍼센트("별로 동의하지 않는다" 18퍼센트, "전혀 동의하지 않는다" 17.2퍼센트)를 보였다.

　윤석열 정부가 들어선 지 약 10개월이 지난 시점인 2023년 2월 16~17일 오마이뉴스가 리얼미터에 의뢰해 '윤석열 정부 검찰공화국 주장 공감 여부'를 조사한 결과, "공감한다"는 응답이 57.5퍼센트("매우 공감한다" 47.1퍼센트, "어느 정도 공감한다" 10.4퍼센트), "공감하지 않는다"는 응답은 39.8퍼센트("전혀 공감하지 않는다" 27.5퍼센트, "별로 공감하지 않는다" 12.3퍼센트)로 집계됐다. 검찰과 언론이 유착되어 있다는 주장에 공감하는지 물은 결과, "공감한다"는 응답이 절반 이상인 56.8퍼센트("매우 공감한다" 40.9퍼센트, "어느 정도 공감한다" 15.9퍼센트)로 나타났고, "공감하지 않는다"는 응답은 39퍼센트("전혀 공감하지 않는다" 22.1퍼센트, "별로 공감하지 않는다" 16.9퍼센트)로 "공감한다"는 응답이 더 높았다.

　윤 정부 초기 미디어토마토 조사에서는 "검찰공화국이 우려되지 않는다"가 우려된다는 의견보다 다수였으나, 2022년 6월 이후 역전되었고 이후 그러한 인식이 유지되고 있음을 확인할 수 있다. 한편, 연세대학교 법학전문대학원 김종철 교수는 다음과 같이 분석한다.

　"검찰은 통치도구로서의 오명을 과거청산의 주역으로 세탁

시키면서 민주화가 진전되면 진전될수록 권력기관 카르텔의 중심으로 위상이 갈수록 높아졌다. 그 정점이 검찰총장 출신으로 검찰을 권력투쟁의 발판으로 삼는 대통령의 탄생이라고 할 수 있다. 흔히들 제왕적 대통령제를 운위하는데, 도식적이지만 본질을 드러내 보이기 위해 은유하자면, 권위주의 시대에 절대 권력의 반지를 낀 대통령이 통치의 중심이었고 검찰을 위시한 권력기관 카르텔이 그 수족이었다면, 이제 민주화로 절대반지가 봉인되자 권력기관 카르텔이 정치의 중심을 차지하게 된 것이다. 현실을 대입하자면 지금이 윤석열 정부라고 부르지만 윤석열 대통령은 검찰권력을 배경으로 했고 검찰 출신으로 통치의 중심을 구축하고 있기 때문에 검찰이 정권의 중심이라고 해도 과언이 아니다."[7]

권력의 소재를 가장 쉽게 알 수 있는 질문은 "권력의 핵심을 누가 차지하고 있는가?"이다. 앞에서 보았듯이 윤석열 정권 출범 후 재편된 권력구조는 명백히 정치와 사회 전 분야에서 검찰 헤게모니를 보장·강화하고 있다. 평생 반독재민주화운동에 헌신해 온 원로 사제 함세웅 신부가 2023년 2월 《한겨레》와의 인터뷰에서 '검찰독재'를 강하게 비판한 것은 같은 맥락에서 이해할 수 있다.

"윤석열 정부가 무절제하고 무도한 검찰권·행정권 남용으로 삼권분립을 파괴하고, 국회 기능을 무력화시키고 있다. 이승만 정권 시절에는 경찰 독재, 박정희 정권에서는 중앙정보부 독재, 전두환 정권에서는 군사 독재였다. 그런데 민주화운동은커녕 독재 정권에 부역만 하던 검찰의 시대가 되어버렸다. 이제는 검찰권력을 정리할 때가 됐다. 어려운 시기이지만 우리 민주화 세대의 마지막 시대 과업이다."[8]

1970~1980년대에는 학부모와 교사 중 학업 성적이 우수한 자식 또는 학생에게 육군사관학교에 진학하라고 권하는 경우가 많았다. 기성세대는 군사정권이 "군인에 의한, 군인을 위한, 군인의 정권"임을 잘 알고 있었기 때문이다. 당시 육사는 단지 직업군인이 되기 위한 교육기관이 아니었다. '하나회'라는 육사 출신 사조직이 대통령을 두 명이나 배출함은 물론, 권력의 요직을 독차지하고 있었다. 육사를 졸업하고 장군이 되면 정치인이나 고위 행정관료로 변신할 수 있었고, 그 정도는 아니더라도 대위 무렵 전역을 하면 최소한 '사무관'으로 행정부에 근무할 수 있는 각종 혜택이 제공되었다. 정치적 민주화 이후 이런 특혜는 종결되었다. 그런데 앞 절에서 보았듯이, 윤석열 정권 출범 이후 이러한 육사 출신이 누리던 인사적

특혜가 검사 출신에게로 흘러간 셈이다.

권력의 소재를 알 수 있는 두 번째 질문은 "시민이 누구를 제일 두려워하는가?"이다. 권위주의 또는 군사독재 정권하에서 시민은 군부를 두려워했고, 중앙정보부 또는 안기부를 무서워했다. 그러나 현재 보통의 시민들은 군부나 국정원을 겁내지 않는다. 그 대신 검찰의 압수·수색, 체포·구속, 기소와 중형 구형을 겁낸다. 국가는 원래 '합법적 폭력'의 독점체다. 과거에는 총, 칼, 납치, 고문, 살해 등 '비법률적·초법률적 폭력'을 겁냈다면, 이제는 형벌권이라는 **법률적 폭력**을 겁낸다. 2021년 11월 25일 윤석열 국민의힘 대선후보는 대학생들과의 대화에서 다음과 같이 말했다.

"여러분이 만약 기소를 당해 법정에서 상당히 법률적으로 숙련된 검사를 만나서 몇 년 동안 재판을 받고 결국 대법원에 가서 무죄를 받았다고 하더라도 여러분의 인생이 절단난다. 판사가 마지막에 무죄를 선고해서 여러분이 자유로워지는 게 아니다. 여러분은 법을 모르고 살아왔는데 형사법에 엄청나게 숙련된 검사와 법정에서 마주쳐야 된다는 것 자체가 하나의 재앙이다. 검찰의 기소라는 게 굉장히 무서운 것이다."

과거 권위주의 또는 군사독재 정권이 고문과 폭행으로 시민의 인생을 절단냈다면, 검찰 정권은 수사권과 기소권이라는 국가형벌권으로 시민의 인생을 절단낸다. '절단切斷'은 자르고 베어 끊는다는 의미다. 시민으로서는 이러한 '칼'을 쥐고 휘두르는 검찰을 두려워하지 않을 수 없다. 게다가 이러한 '절단'은 '법치'라는 이념적 외양을 쓰고 있기에 저항하거나 반발하기도 어렵다.

검사檢事들은 종종 자신을 '칼잡이', 즉 '검사劍士'로 자처한다. 이 점에서 윤석열 정권은 우리 역사에서 고려시대 무신정권武臣政權, 현대의 박정희·전두환 군사독재 정권에 이은 네 번째 무신정권이다. 각각 칼, 총, 형벌권을 무기로 삼고 거병擧兵해 정권을 잡았다. 무신정변 후에는 항상 피바람이 불었다. 이의민은 의종의 허리를 부러뜨려 죽였고, 박정희는 '인혁당 사건' 등을 일으켜 수많은 민주화 인사를 중정에서 고문했고 마침내 '사법살인'했으며, 전두환은 광주에서 피의 학살을 저질렀다.

헌법은 '무죄추정의 원칙'을 규정하고 있으나, 기소되고 나면 일반 사회에서는 '유죄추정의 원칙'이 작동하기에 피고인은 오랫동안 사회적 편견과 낙인에서 벗어나기 힘들다. 2021년 온 사회를 떠들썩하게 했던 윤미향 의원 수사를 생각해 보자.

언론과 정치권은 '윤 의원이 위안부 할머니들을 이용해 돈을 챙겼다', '공금을 유용해 딸을 유학시켰다', '단체 자금을 유용해 개인 부동산을 구입했다', '안성힐링센터를 헐값에 팔았다', '배우자 회사에 일감을 몰아줬다' 등등 이후 허위로 판명된 수많은 혐의를 부각시키며 몰아세웠다. 그리고 검찰은 보조금관리법 위반, 지방재정법 위반, 사기, 기부금품법 위반, 준사기, 업무상 배임, 업무상 횡령, 공중위생관리법 위반 등 자그마치 8개 혐의로 기소하고 징역 5년을 구형했다. '먼지털이 수사'에 이어 '투망식 기소'를 한 것이다. '투망식 기소'는 수사를 마친 후, 최종적으로는 무죄가 나오더라도 온갖 혐의를 다 모아 일단 기소부터 하는 기법이다. 즉 '투망'을 던져 '뭐든 하나만 걸려라'라는 식의 기소를 뜻한다. 대중에게는 피고인이 수많은 범죄를 저질렀다는 인식을 심어 주고, 법원에는 모든 혐의에 무죄판결을 할 수 없게 심리적 압박을 가하는 효과가 있다.

그러나 1심 법원은 이 중 7개 혐의에 무죄를 선고하고, '10년 동안 1700만 원을 가져다 썼다'는 업무상 횡령 혐의에만 벌금형을 선고했다(유죄판결이 난 건의 경우 오랜 시간이 흘러 영수증을 확보하지 못한 탓이 컸다). 그렇지만 윤 의원에게 붙은 딱지는 좀처럼 떨어지지 않고 있다. 그는 민주당으로 복당도 하지 못하고 있다. 그에 대해 마녀사냥을 전개했던 사람들은 전혀 사과하지 않고 있다. 오히려 여전히 회심의 미소를 짓고 있을 것이다.

퇴행 '이명박근혜' 정권의
난폭한 부활

국정 철학과 정책에서 윤석열 정권은 이명박·박근혜 정권의 후계자임이 분명하다. 윤석열 정부는 2022년 부천국제만화축제에서 금상을 받은 고교생 작품 '윤석열차'에 대해 강한 경고를 날렸다. 이 논란 후 문화체육관광부와 경기도교육청은 한국만화영상진흥원의 전국학생만화공모전에 대한 후원을 중단했다. 이명박 정부 시절 'G20 쥐 그림'을 그린 후 서울중앙지검 공안부에 의해 수사를 받고 처벌된 박정수 씨 사례, 그리고 '미네르바'라는 필명으로 '다음 아고라'에서 이명박 정부의 경제 정책을 비난하다가 '허위사실'을 유포했다는 혐의로 서울중앙지검 마약조직범죄수사부에 의해 구속되어 수사를 받으며 고통을 겪은 박대성 씨 사건이 떠올랐다(박 씨는 무죄 선고를 받았으나, 수사와 재판 과정에서 겪은 시련과 언론의 신상털이 등으로 인해 심각한 건강 이상이 생겨 사회생활을 중단하게 된다).

윤 대통령이 미국을 방문해 바이든 대통령을 만난 후 비속어를 쓰는 장면을 최초 보도한 MBC는 전용기 탑승 배제라는 제재를 받았다. 윤 대통령은 2022년 11월 18일 출근길 회견에서 MBC 보도를 "가짜 뉴스", "악의적 행태"라고 직접 비난했다. 이를 보며 나는 이명박 정부가 광우병 위험 보도를 이유로 MBC 「PD수첩」 관계자를 수사하고 기소한 사건이 떠올랐다. "바이든-날리면" 보도를 했던 MBC 임현주 기자의 경우, 한동훈 법부부장관의 인사청문회 자료를 유출했다는 혐의로 임 기자의 신체, 의복, 소지품, 다이어리, 취재수첩, 주거지, 차량 등에 대한 압수수색이 진행되었다(이와 관련해 민주당 최강욱 의원과 보좌관들에 대해서도 압수수색이 이루어졌다).

2023년 3월, 검찰은 TV조선 재승인 과정에서 점수 조작에 개입했다는 혐의로 한상혁 방송통신위원장에 대해 구속영장을 청구했다. 영장전담판사는 "주요 혐의에 다툼의 여지가 있다"고 기각 사유를 밝혔고, 검찰은 한 위원장을 불구속기소했다. 이명박 정부 시절 검찰이 KBS 정연주 사장에 대해 국세청과의 소송을 포기해

회사에 손해를 입혔다는 이유로 배임죄로 기소를 한 사건이 떠올랐다. 정 사장은 1, 2심에서 무죄판결을 받고 이는 대법원에서 확정되었다. 두 기소 모두 보수 정부가 언론을 장악하려고 이전 정부에서 임명된 인사를 강제 교체하려는 의도에서 이뤄진 것이었다. 그리고 방송통신위원회는 남영진 KBS 이사장과 MBC 대주주인 방송문화진흥회의 권태선 이사장에 대한 해임 절차를 개시했다. 게다가 이명박 정권 시절 청와대 홍보수석비서관으로 언론탄압에 앞장섰던 이동관 씨는 자신이 방송통신위원장으로 지명되자, 비판 언론을 "공산당 신문·방송"이라고 호칭했다. 향후 방송통신위원회가 어떤 일을 할 것인지를 예고하는 망언이었다.

이런 환경에서는 표현의 자유와 언론의 자유가 위축될 수밖에 없다. '국경없는기자회'가 2022년 발표한 한국의 '언론자유 지수'는 2021년보다 4단계 떨어진 47위다. 문재인 정권 5년 동안 '언론자유 지수'는 각각 43위, 41위, 42위, 42위, 43위로 내내 아시아 1위였다. 영국의 시사 주간지 《이코노미스트》의 부설기관인 '이코노미스트 인텔리전스 유닛EIU'이 2022년 발표한 한국의 '민주주의 지수'는 지난해보다 8단계나 떨어진 24위를 기록했다. '충분한 민주주의full democracy' 국가 중 꼴찌를 기록한 것이다.

2022년 7월, 윤 대통령은 한동훈 법무부장관에게 "기업활동을 위축시키는 과도한 형벌규정을 개선하라"며 중대재해처벌법 완화를 지시하는 반면, 2022년 11월 29일 국무회의에서 화물연대 파업을 비판하면서, "법을 지키지 않으면 고통이 따른다는 것을 알아야 법치주의가 확립될 수 있다"라고 경고했다. 또한 후보 시절 "일주일에 120시간이라도 일하고 바짝 쉬는 게 낫다"라고 발언했고, 대통령이 된 후에도 직접 나서서 현행 주 52시간 노동제를 개정해 주 69시간 노동이 가능하도록 하겠다고 여러 차례 공언했다. 이명박·박근혜 정권보다 더 과격한 '친기업 반노동' 정책의 천명이었다.

한편, 한반도를 둘러싼 4대 강국 간에 국익 중심 실리외교를 펼치는 정책 대신, '가치동맹'의 이름 아래 미국과 일본의 하위 파트너로 한국을 배치하고 중국 및 러시아와의 대결 구도를 강화하는 외교 정책이 추진되고 있다. 심지어 일본과의 준準군사동맹까지 추진될 모양새다. 이 정책은 중국과 러시아 시장의 위축이라는 경제적 부작용을 일으키고 있음은 물론, 한반도의 정치·군사적 긴장을 고조시키고 있다.

윤석열 정부는 문재인 정부 시절의 한일 관계 악화를 우리 대법원의 '강제징용공 판결' 탓으로 돌리고 일본 정부의 입장에 부합하는 결정을 내렸다. 윤석열 정부는 세금을 사용하여 후쿠시마 오염수의 안전성을 홍보하면서 일본 정부의 오염수 방류를 묵인했다. 여당 국민의힘은 이전 입장을 뒤집고 방류를 옹호했다. 박근혜 정부가 위안부 피해자들의 의사에 반해 일본 정부와 타결했다가 여론의 강력한 반대에 부딪혀 무산된 '한일 위안부 합의'도 언제 되살아날지 모른다. 한국 정부의 동의 또는 묵인 아래 주한일본대사관 앞에 설치된 '평화의 소녀상'도 철거될지 모른다.

이러한 상황이 되니 김정희원 교수는 윤석열 정부를 "'자유'와 '시장'의 이름으로 개인을 소외시키고 원자화하며, 이와 동시에 다양한 처벌 기제와 공권력 수행을 통해 개인을 사회로부터 축출하고 범죄화"하는 "신자유주의 처벌국가"라고 규정했다. 그리고 김동춘 교수는 "구조적 부정부패나 부정의는 슬쩍 감추고, 피라미를 잡으면서 '순진한' 보통 사람들의 분노를 정치적으로 이용"하며, "중하층의 위기와 불안을 정권에게 돌리지 못하도록 소외층을 때려잡는 속임수 정책"을 구사하는 "형벌국가"라고 규정했다.

표현의 자유를 억압하고 언론을 통제하고, 친기업·반노동 정책을 펼치고, 미국과 일본 편향의 동맹 외교를 추진하는 등 '이명박근혜' 정권의 난폭한 부활을 우리는 참담한 심정으로 목격하는 중이다. 대의민주주의의 형식은 유지되고 있지만 선출되지 않은 권력인 검찰이 정치권력의 핵심을 장악한 현실, 수사가 정치를 대체

하고 억누르는 현실, '자유'가 냉전시대 '반공반북 자유주의'와 세
계적으로 파탄 난 '친기업 신자유주의'의 의미로만 강조되고, 시민
과 노동자의 자유권과 사회권은 억압되는 현실 앞에서 무엇을 할
것인가. 가톨릭 신자는 아니지만, 2013년 9월 16일 프란치스코
Franciscus 교황이 성녀 마르타의 집에서 한 말로 답을 대신한다.

"그들이 통치하니 우리는 아무 상관이 없다고 누구도 말할
수 없습니다. 나는 그들의 통치에 책임이 있으며 그들이 더
잘 통치하도록 최선을 다해야 합니다. 능력껏 정치에 참여함
으로써 최선을 다해야 합니다. 교회의 사회교리에 따르면 정
치란 가장 높은 형태의 자선입니다. 정치는 공동선에 봉사하
기 때문입니다. 예수에게 사형을 내린 빌라도처럼 손을 씻고
뒤로 물러나 있을 수 없습니다. 우리는 뭔가 기여해야 합니
다. 좋은 가톨릭 신자라면 정치에 참여해야 합니다. 스스로
최선을 다해 참여함으로써 통치자들이 제대로 다스리게 해
야 합니다."

정치가 바뀌어야 검찰공화국도 바꿀 수 있다. 미흡하긴 했지
만 공수처 설치, 검경수사권조정도 정치가 이뤄낸 것이다. 예로부

터 독재권력은 자신들에 대한 비판을 무시한다. 다만 국민이 가진 투표권의 행사를 두려워할 뿐이다. 국민의 정치참여만이 '대한검국'을 '대한민국'으로 되돌릴 수 있다.

문재인 정부는 수사와 기소의 '분리'를 지향하면서 단계적으로 검경 간의 수사권 '조정'을 추진하고 성취했다. 수사와 기소를 분리하기 위해 검찰이 직접수사권을 행사하는 범죄를 담당하는 '중대범죄수사청' 법안도 발의되었다. 그러나 윤석열 정권은 시행령을 통해 이러한 모든 개혁을 무산시켰다. 2017년과 2019년 거리를 밝혔던 촛불시민의 요구는 중대한 일격을 맞았다. 앞에서도 밝혔지만, 이러한 반동에 대해 전 대통령 민정수석비서관으로서 깊은 책임감을 느끼며 국민 앞에 엎드려 사죄한다.

검찰개혁 운동은 다시 출발점에 섰다. 1장을 마무리하며 강조하고 싶은 것이 있다. 수사와 기소의 분리를 추진함과 동시에, 검찰에 대한 민주적 통제가 필요하다. 시민사회와 학계에서는 '지방검찰청 검사장 직선제' 도입을 주장해 왔다. 이는 미국에서 이미 실시하고 있는 제도다. 검사의 임명 방식은 법률로 정하는 것이기에 국회가 결정할 수 있다. 물론 선출된 검사장의 임기, 임명 절차, 검찰총장과의 관계 등은 논의가 필요하다(지방검찰청 검사장에 대한 직선제가 도입되면 현재도 '옥상옥'이라고 불리는 고등검사장 제도는 폐지되어야 할 것이다).

그러나 주권자 국민은 자신이 선출한 권력에 의해서만 지배받는다는 원칙을 이제 실현할 때가 되었다. 문재인 정부 이후 이뤄진 검찰 개혁의 내용과 향후 전망을 그림으로 나타내면 '도해 4'와 같다.

〔도해 4〕 문재인 정부 검찰개혁의 주요 내용과 현황

	검경수사권 '조정'	수사와 기소의 '분리'	지방검찰청 검사장 직선제
주요 내용	① 검사의 직접수사권 축소 ② 경찰의 1차 수사종결권 인정, 검사의 보완수사권 인정 ③ '공수처' 신설(검찰의 기소 독점 변경, 검사 범죄에 대한 수사 활성화)	① 검찰청을 '기소청'으로 재편 ② '중대범죄수사청' (한국형 FBI) 신설	① 검찰에 대한 민주적 통제 ② 고등검찰청 폐지
현황	문재인 정부 때 모두 성취, 윤석열 정부 출범 후 시행령으로 수사권조정 무력화	윤석열 정부 출범 전후 법안이 제출되었으나 계류 중	

2장__ 법을 이용한 지배 vs. 법의 지배

"약자를 배제하는 법치는 부정의다"

법은 지배계급의 도구?

"법이 정부의 주인이고 정부가 법의 노예라면 그 상황은 전도유망하고, 인간은 신이 국가에 퍼붓는 축복을 만끽할 것이다."

'철인哲人 지배'를 주장했던 플라톤이지만, 그는 차선책으로 '법의 지배'를 제시했고, '법의 지배'의 요체는 법에 의한 정부 통제라는 점을 설파했다. 정부의 자의적 권력행사를 법으로 막아야 인간은 '축복'을 누릴 수 있다는 것이다.

"자유는 법률의 보호를 받아 최초로 성립한다. 이 세상에 법

말고는 자유가 있을 수 없다."

아우렐리우스 아우구스티누스Aurelius Augustinus는 법이야말

로 자유를 지켜줄 수 있는 최후의 보루라고 말했다. 억압과 폭력으

로부터 시민의 자유를 지키는 역할을 하는 것이 법이라는 것이다.

그런데 이렇듯 당연한 성현聖賢의 말과 현실은 다르다. 오히려

법이 정부의 노예이고, 법이 자유를 옥죄는 수단이 아닌가 하는 의

문이 들기도 하고, 법은 '지배 계급의 도구'라는 마르크스주의 명제

에 고개를 끄덕이게 되기도 한다.

국가권력의 범죄

법은 사회 구성원이 지키기로 약속한 규칙이다.

그런데 이를 집행하는 국가권력이 법을 어기는 일이 자주 일어난

다. 단적인 예로 국가정보원을 포함한 여러 국가기관의 대통령선

거 개입 범죄가 있다.

2012년 이명박 정부 말기 국내 정치 개입이 금지된 정보기관

이 수장의 지시에 따라 진보 성향의 서울시장 후보와 대통령 후보를 비방하는 글을 올렸다. 국가보훈처는 총선과 대선 시기 야권을 종북·좌파 세력으로 몰아가는 워크숍과 안보교육 등을 통해 선거에 개입했음이 확인됐다. 이상의 행위는 대표자를 선출하는 과정에 개입해 유권자의 선택을 왜곡시킨 것으로 대의민주주의를 전면 부정하는 엄청난 헌정문란범죄다. 민주주의의 골간을 훼손하는 국가범죄가 일어났음에도 정파적 이익에 눈이 먼 일부 법률가 또는 법률가 출신 정치인들은 이러한 중대범죄를 옹호·호도·외면하는 추태를 부렸다.

'좌익효수'라는 살벌한 아이디로 온라인에서 맹활약한 국정원 요원의 글을 보라. 5·18 민주화운동을 '폭동'으로 왜곡하고 호남인을 '홍어종자'라고 비하했으며, 김대중 대통령을 'X대중', 문재인 후보를 '문죄인', 박원순 시장을 'X숭이'라고 조롱하며 비난했다. 국정원은 처음에는 '좌익효수'가 국정원 직원이 아니라고 전면 부인했다가, 사실임이 밝혀지자 몰랐다고 발뺌했다.

모두를 경악시킨 사건이 또 벌어졌다. 사건 조작은 권위주의 정권에서나 일어나는 일인 줄 알았으나, 그렇지 않았다. '재북在北 탈북 화교 출신 서울시 공무원 간첩 조작 사건'에서 국정원은 유우성 씨의 여동생 유가려 씨를 협박해 오빠가 간첩이라는 거짓 자백을 받아냈다. 2013년 1월 유 씨는 간첩 혐의로 구속기소되었는데, 2013년 8월 1심 재판에서 무죄판결을 받았다. 그러자 국정원은 중국 측 공문서를 위조하고 탈북민을 매수해 위증하게 했다가 탄로가 났다. 국가권력이 무고한 시민을 간첩으로 만드는 공작을 벌였던 것이다. 연이은 사건들을 보면 민주공화국의 적, 법치의 적이 정말 누구인가 묻게 된다. 게다가 서울중앙지검 공안부 소속 검사로 이 사건에서 책임이 인정되어 정직 1개월의 징계를 받았던 이시원 변호사가 윤석열 정부 출범 후 인사 검증을 담당하는 대통령비서실 공직기강비서관으로 임명되었다는 소식 앞에서는 어이가 없다.

유우성 씨의 변호인이었던 김용민 민주당 의원은 개탄한다.

"위조 과정을 접한 변호인단은 말이 나오지 않았다. (…) 충격을 넘어 공포였다. 국정원은 정보기관이 아니라 범죄 조직이었다. (…) 한편 검사들 역시 책임에서 자유로울 수 없다. 중국에서 회신 공문이 온 직후 검찰도 내부 대책 회의를 했는데 서로 다른 내용의 출입경기록이 존재함을 알고 있었으니, 위조를 알고 있었거나 적어도 묵인, 방조했던 것으로 보인다. (…) 검찰 수사의 방향은 이시원, 이문성 검사가 무능한 쪽으로 정해졌고, 명가의 보도처럼 휘두르는 그 흔한 압수수색도 없고 강제수사조차 하지 않았다."[1]

윤석열 대통령이 국가보훈부장관으로 임명한 박민식 장관이 특수부검사 시절 관계했던 사건을 보자. 박 장관은 서울중앙지검 특수1부 수석검사 시절 법조브로커 김홍수 씨로부터 금품을 받은 혐의로 김 모 씨(민주당 의원 보좌관)를 구속기소했다. 구속수감되어 있던 김홍수 씨는 1회 차 검찰조사 때는 진술이 모호했는데, 두 번째 조사 전까지 검찰에 자그마치 266회나 출석을 하고는 보좌관 김 모 씨에게 금품을 제공했다고 진술한다. 그리고 다이어리를 물증으로 제출한다. 그러나 2006년 11월, 1심 재판부는 검찰이 핵심 증거로 제시한 김홍수 씨의 다이어리가 조작되었을 가능성이 높다고 판결문에 명시적으로 적시摘示한다. 즉, 법원은 장기간 작성되었다는 김홍수의 다이어리가 줄곧 같은 필기구의 같은 필체로 작성된 점, 다이어리 기재 내용과 세부 사실관계가 맞지 않는 점을 지적했다. 민주당 보좌관 출신 김 모 씨는 이후 2심과 3심에서 모두 무죄를 받았다.

김홍수 씨의 266회 검찰 출석에서 무슨 대화가 오갔는지, 김 씨가 허위 다이어리를 작성한 이유와 동기는 무엇인지 등은 수사와 감찰이 필요한 사안이었다. 수사권력이 범죄를 허위 조작하려

사주한 정황이 뚜렷한 사건이었기 때문이다. 그러나 박 검사는 아무 징계도 받지 않고 2006년 사직한 뒤 2008년 정치인으로 변신했다. 언론보도에 따르면 박 검사가 사표를 내자 당시 특수부 선배 검사인 윤석열 검사가 연락을 해와서 만났는데, 윤 검사는 사직하지 말고 검찰에 남으라고 권했다고 한다. 여기서 '검찰주의자' 윤석열의 철학을 우회적으로 확인할 수 있다.

차별적 정의

법 집행의 공정성도 의문스럽다. 온 나라를 들끓게 했지만 이제는 잊힌 2005년 삼성그룹의 'X파일' 사건을 보자. 1997년 대선을 앞두고 당시 안기부 직원이 불법 도청한 'X파일'에는 《중앙일보》 회장인 홍석현 씨와 삼성그룹 부회장인 이학수 씨가 특정 후보에게 정치자금을 제공했다는 내용과 함께 전현직 검찰 고위 간부에게 '떡값'을 줄 계획을 세우는 내용이 들어 있었다. 'X파일'의 내용은 2007년 말 '관리의 삼성'을 자랑하는 삼성그룹이 정계·관계·언론계·법조계를 어떻게 '관리'했는지를 폭로한 김용철 변호사의 양심선언이 진실을 담고 있음을 확인해 줬다. 그런데

'X파일'이 공개된 후에도 삼성과 《중앙일보》 수뇌부는 공소시효가 지났다는 이유로 수사도, 기소도 되지 않았고, 검찰 고위 간부에 대한 조사도 형식적으로 마무리되었다. 그러나 'X파일'을 세상에 알린 문화방송 이상호 기자와 노회찬 의원은 유죄판결을 받았다.

모든 법 논리를 떠나 불법 선거를 도모한 삼성 측 인사, 불법 도청을 행한 안기부 직원, '떡값'을 받은 '떡검'들은 형사처벌에서 완벽하게 자유로운데, 'X파일'을 보도한 기자와 이를 공개한 국회의원은 전과자가 된다는 사실은 '법 허무주의legal nihilism'를 조장하는 역설이 아닐 수 없다.

최근의 사례를 보자. 검찰은 건설업자 윤중천으로부터 별장 성접대를 받았던 김학의 전 법무부차관에 대해 2013년과 2015년 두 번이나 무혐의처분을 내렸다. 보통 시민의 육안肉眼으로도 영상 속의 인물이 김학의라는 사실은 쉽게 확인됨에도 불구하고 검찰은 개의치 않았다. 문재인 정부 출범 후 검찰과거사위원회가 만들어져 이 사건의 진상이 드러나자, 2019년 3월 김 전 차관은 변장한 채 몰래 출국을 시도하다가 법무부 직원에게 포착되어 출국은 무산되었고, 이후 수사를 받고 뇌물죄로 유죄판결을 받았다. 단, 별장 성접대 의혹은 공소시효 문제로 판단 대상이 되지 않았다.

그러자 검찰은 출국금지 절차에 '불법'이 있었다는 점을 부각하며 맹렬히 수사를 벌인 후, 김 전 차관의 출국을 막기 위해 자신의 자리에서 제 할 일을 한 사람들을 모두 기소했다. 조직에 망신을 안겨준 조직 외부자와 내부 '배신자'는 절대 가만두지 않겠다는 의지의 표현이었다. 조직 외부자는 차규근 법무부 출입국본부장과 이광철 청와대 민정비서관이고, 내부 '배신자'는 이규원 검찰과거사진상조사단 파견 검사다. 차규근, 이광철 두 사람은 1심 재판에서 모두 무죄를 받았고, 이규원은 징역 4개월의 선고유예가 내려졌다. "검사가 수사권 갖고 보복하면 깡패지, 검사냐"라는 윤석열 총장의 명언(?)이 떠오르지 않을 수 없었다. 상식을 가진 사람이라면 이러한 검찰권 행사가 공정했다고 강변하기는 매우 어려울 것이다.

이 과정에서 언론도 한몫을 했다. 특히 진보언론이라는 《한겨레》의 태도가 특이했다. 강희철 기자는 "김학의 긴급출국금지는 적법했나?"(2019년 4월 15일)라는 제목의 칼럼에서 검찰의 논리와 대동소이한 논리를 전개했다. 한편 《한겨레》 현장 기자 41명은 성명(2021년 1월 26일)에서 "지난 2021년 1월 15일 자 지면에 실린 「김학의 출국금지, 절차 흠결과 실체적 정의 함께 봐야」라는 제목의 사설은 '실체적 정의'를 위해 적법한 절차를 지키지 않았던 상황을 옹호하는 논리로 쓰였다"며 "절차적 정의는 결코 훼손될 수 없는 법치주의의 핵심 가치"라고 주장했다. 이 역시 검찰 논리의 반복이었다.

다음으로 2020년 발생한 검사 술접대 사건을 보자. 검찰은 라임자산운용의 핵심 인물인 김봉현 전 스타모빌리티 회장으로부터 '술접대'를 받은 검사 3명 중 2명에 대해 청탁금지법(일명 '김영란법') 위반 여부를 수사했다. 수사 결과 해당 검사들은 오후 11시 이전에 귀가했기에 이후 추가된 밴드비, 팁 등을 제외하고 1인당 96만 2000원의 접대를 받은 것으로 계산이 되어 기소를 면했다. 접대비를 자리별로, 시간별로 끊어서 검사에게 가장 유리한 방식으로 계산한 검찰의 셈법이었다. "유검무죄有檢無罪 무검유죄無檢有罪"라는 말이 회자될 수밖에 없었다. 그런데 이후 2022년 1심 재판부는 기소된 검사에 대해서도 무죄를 선고했다. 김봉현 전 회장과 친한 청와대 행정관이 옆방에 있다가 이 술자리에 합류했기 때문에 1인당 접대비를 다시 계산하면 93만 9167원이 되어 100만 원이 되지 않는다는 이유였다.

이와 극단적으로 대비되는 사건이 있다. 윤석열 정부의 첫 대법관으로 임명된 오석준 대법관은 2011년 12월 서울행정법원 행정1부 재판장 재직 시절 800원을 횡령한 버스 기사를 해임한 고속버스 회사의 처분은 정당하다고 판결했다. 17년간 버스 기사로 일한 노동자는 2010년 승객에게 받은 요금 6400원 중 6000원만 회사에 내고 나머지 400원을 사용해 자판기 커피를 두 차례 사 마셔

800원을 횡령했다는 이유로 해고됐다. 당시 지방노동위원회와 중앙노동위원회는 횡령 금액이 소액인 점 등을 들어 부당해고로 판정했지만, 오석준 당시 행정소송 재판장은 해고가 정당하다고 판결했다. 버스 기사는 이후 '해고자'로 낙인찍혀 재취업을 하지 못하고 막노동판을 전전해야 했다.

그런데 이 판결은 오 후보자가 85만 원 상당의 접대를 받은 검사의 면직에 대해 "가혹하다"고 한 판결과 대비돼 입길에 올랐다. 오 후보자는 2013년 2월 자신이 수사 중인 사건 변호사로부터 술값 등 85만 원어치 접대를 받은 검사가 낸 면직 취소소송에서 "파면은 가혹하다"며 징계를 취소하라고 판결했다. 당시 판결문에는 "향응의 가액이 85만 원 정도에 불과하고, 위법·부당한 행위를 했는지 자료가 없다"며 징계가 과도했다고 봤다.

한편, 최근 뉴스타파와 3개 시민단체(세금도둑잡아라, 함께하는시민행동, 투명사회를위한정보공개센터)의 행정소송 과정에서 검찰의 특수활동비가 공개되었다. 2017년 5월부터 2019년 9월까지 29개월 동안 검찰이 사용한 특수활동비는 모두 292억 원이었다. 이 중에서 윤석열 당시 서울중앙지검장이 26개월 동안 사용한 특수활동비는 모두 38억 6000만 원으로 한 달 평균 1억 4800만 원이었고, 검찰총장 기간에 사용한 특수활동비는 한 달 평균 8억 원이었다(윤 총장의 나머지 재직 기간인 17개월 동안의 사용 내역은 시민단체가 공개를 청구하지 않은 상태다). 정부 부처 장관의 특수활동비는 말할 것도 없고, 재벌 대기업 총수의 특수활동비를 훌쩍 넘는 수준이었다. 특수활동비는 현금으로 지급된다. 검찰은 식당의 이름과 결제 시간을 가리고 영수증을 공개했는데, 고깃집과 횟집에서 회식 비용으로 사용된 것으로 추정된다. 만약 다른 공무원들이 이렇게 공금을 사용했다면, 바로 횡령 혐의로 압수수색을 받고 기소되었을 것이다.

개인적으로 겪은 시련도 언급하지 않을 수 없다. 2019년 '윤석열 검찰'은 내 딸의 고교 시절 인턴 또는 체험 활동을 확인한다는 이유로 딸이 고등학생 때 쓴 일기장을 압수하고 대상 기관 출입기록을 압수수색했음은 물론, 딸의 동선 파악을 위해 나와 딸 명의의 국민카드, 농협카드, 삼성카드, 신한카드, 우리카드, 하나카드, 롯데카드, 현대카드, 한국씨티은행 신용카드 및 체크카드 등 모든 카드의 사용 내역을 압수수색해 사용 분석했다. 이후 딸에게 발부된 증명서에 기재된 '인턴 또는 체험 활동 시간'이 실제 시간보다 많다는 이유(예컨대, 실제 시간은 70시간인데 증명서에는 인턴 또는 체험 활동 시간이 96시간으로 기재되어 있었다) 등으로 배우자 정경심 교수는 유죄판결을 받았다.

그런데 윤석열 정부 출범 후 보건복지부장관 후보로 지명된 정호영 후보자(경북대 의대 교수)에 대해서 경찰은 어떻게 했을까? 수사권조정 이후 입시 비리에 대한 1차 수사권은 경찰(국가수사본부)이 갖는다. 정 후보자가 경북대병원장으로 재직하던 전후 딸과 아들은 나란히 경북대 의과대학에 편입했다. 정 후보자의 아들은 척추질환으로 군 면제를 받았는데, 경북대 의대 편입 시 제출한 서류에 한 학기에 19학점 수업을 들으며 경북대 U-헬스케어 융합네트워크 연구센터에서 매주 40시간의 '학생 연구원' 활동을 했다고 기재했다. 경찰은 정 후보자와 아들의 전체 신용카드와 체크카드의 사용 내역을 확인했을까? 19학점을 들으며 '학생 연구원'으로 주 40시간 근무한 사실이 정말 맞는지 확인했을까? 내 딸에게 했던 것처럼 연구센터 출입 기록을 확보해 시간을 분초 단위로 점검했을까? 정 후보자의 딸이 의대에 편입했을 때 후보자의 청탁이 있었는지 확인하기 위해 구술평가 만점을 준 정 후보자의 논문 공저자들을 엄격하게 조사했을까?

그리고 이명박 정권에서 국정원장으로 대선에 개입해 공작을 벌여 도합 징역 14년을 선고받은 원세훈 씨는 대선 개입 수사의 주도자였던 윤석열 대통령에 의해 잔여형(7년)이 반감되는 사면을 받고 법무부 결정으로 가석방되었다. 유례가 없는 이례적인 관대함이었다. 그런데 당시 국정원의 민간인 사찰 피해자였던 내가 국정원 대상 소송 1심에서 이기자(위자료 5000만 원 배상), 법무부는 불복하고 항소했다. 이를 통해 윤석열 정부의 휘어진 잣대를 새삼 실감할 수 있었다.

최근 전 국민의 관심을 받은 사건이 있었다. 2023년 7월, 양평 고속도로의 종점이 양서면에서 강상면으로 전격적으로 변경된 일이 언론에 공개되었다. 윤석열 정부가 출범한 후 2022년 6월 1일 치러진 지방선거에서 국민의힘 소속 후보가 양평군수로 당선되어 취임했는데, 그 직후 국토부와 양평군이 상호 협의해 축구장 3개를 합친 크기의 김건희 씨 일가 소유 토지가 있는 강상면으로 종점을 변경한 것이다. 이 사실이 폭로되자 원희룡 장관은 고속도로 사업 자체를 백지화하겠다고 발표했다.

그러나 '누가, 어떻게 살아 있는 권력 중의 권력인 김건희 여사의 친정 가족에게 엄청난 이익을 안겨주려 했는지'는 밝혀지지 않고 있다. 만약 문재인 정부 시절 고속도로 종점이 김정숙 여사 일가 소유의 토지로 변경되었다면 어떤 일이 일어났을까? 청와대, 국토부, 양평군 관계자 등에 대한 압수수색이 적어도 백 번은 일어났을 것이고, 모든 언론은 문재인 대통령과 정부를 할퀴고 물어뜯었을 것이다. 그러나 현재 검찰은 조용하다.

2023년 7월 21일 의정부지방법원은 토지 매입 과정에서 총

349억 원가량이 저축은행에 예치된 것처럼 잔고증명서를 네 차례 위조하고 그중 한 장을 민사소송에 영향을 미칠 목적으로 제출한 혐의 등으로 기소된 윤석열 대통령의 장모 최은순 씨의 유죄를 인정하고 법정구속했다. 그런데 덜 알려진 사실이 있다. 2022년 7월 최 씨와 공범으로 기소된 동업자 안 씨에 대한 재판에서 재판부는 위조사문서행사 범죄사실을 안 씨에게만 적용하고 최 씨를 배제한 이유를 석명釋明하라고 검찰에 요구했다. 석명준비명령서에서 재판부는 "법정에서의 증인신문결과를 토대로 판단했을 때 최은순을 기소 대상에서 아예 제외한 것은 다소 의문이 있다"며, "그러한 판단 근거, 이 법정에서 관련자의 증언이 있은 후에도 (검찰이) 별다른 조치를 취한 것이 없다면 그 이유는 무엇인지 등을 상세히 밝히기를 바란다"고 지적했다. 그러나 검찰이 따르지 않았다.

조직 수장의 장모에 대한 수사를 미루고 미루다가 여론이 들끓자 수사를 전개했지만, 기소할 때 '위조사문서행사' 부분은 뺐다. 그리고 재판부가 의문을 표시했음에도 추가하지 않았는데, 이는 매우 이례적인 대응이었다. 검찰이 최 씨의 유죄가 나올 경우 형량을 줄여주기 위해 기소 건수를 줄여놓는 방침을 갖고 있었음을 확인할 수 있다. 최 씨가 윤석열 총장의 장모가 아니었다면 이러한 유화적 태도를 견지했을지 의문이 들지 않을 수 없다.

이상에서 보았듯이 국가형벌권의 편파성은 수사의 대상이 전현직 검사와 그 가족으로 구성되는 '검찰 가족'이나 '친검찰인사'인가, 아니면 '비검찰 가족', '반검찰인사'인가에 따라 두드러지게 나타난다. 전자의 경우 최대한의 절제와 관대함이 이루어지고, 후자의 경우 최대한의 남용과 잔혹함이 실현된다. 공수처 관할 사건 외에는 기소권을 독점하고 있으면서 직접수사권 외 경찰에 대한 보완수사요구권을 보유한 검찰에 의해 각각 과소 정의와 과잉 정의가 실현되는 것이다. 검찰의 대표적인 표적 수사 방식인 '사냥식 수사'의 구도는 '도해 7'을 참조하고, 또 다른 방식인 '투망식 기소'는 87~88쪽에서 상술한 윤미향 의원에 대한 기소를 떠올리면 좋을 것이다.

　　'검찰 가족'에 대한 저강도 수사 및 기소의 예는 앞에서 본 윤석열 대통령의 장모 최은순 씨 사건에서 단적으로 드러난다. '검찰 가족'이라고 하더라도 여론이 들끓는 상황이 되면 고강도 수사 및 기소로 바뀐다. 검찰은 최은순 씨에 대한 수사를 계속 지연시키다가 범죄 혐의가 분명해지고 여론이 악화되자 "싼 티켓"을 끊어 재판에 넘겼다. '대장동 50억 클럽' 사건으로 구속된 박영수 전 특별검사의 경우를 보면, 검찰은 수사 착수를 최대한 미뤘다. 그러다가 2023년 4월 국회가 '화천대유 50억 클럽 뇌물 의혹 사건의 진상 규명을 위한 특검법'을 신속처리안건(패스트 트랙)으로 지정하자, 수사의 강도

〔도해 5〕 검찰의 차별적 수사·기소 요약도

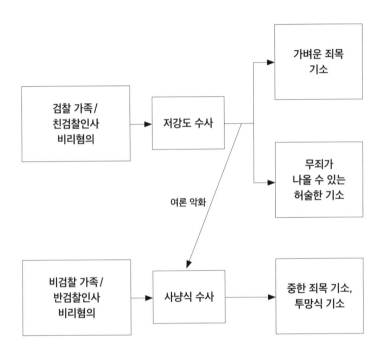

를 높였다. 특검을 통하여 '50억 클럽'의 실체가 밝혀지게 되면 검찰이 비난을 받을 것이 분명하기에 조직 보호를 위해 기조를 바꾼 것이다.

윤석열 대통령은 검찰총장 시절 "살아 있는 권력 수사"(세칭 '살권수')를 내걸고 대중적 인기를 끌었고 이를 기반으로 권력을 잡았다. 그런데 윤석열 정권하 검찰에서 '살권수'는 사라졌다. 오히려 검사들은 "우리 대통령"이라고 외치고 있다. 《한국일보》 강철원 기자는 전한다.

"검사 대통령이 배출되면서 몸값이 급등하자 일부 구성원들은 본분을 망각하기 시작했다. 제보가 이어지는 걸 보니 분위기가 심상치 않은 것은 분명해 보인다. 최근에도 새벽 시간에 지인에게서 연락이 왔다. 다소 흥분한 목소리였다. 조직이 망가지고 있다는 건 알았지만, 이 정도일 줄은 몰랐다고 했다. 그를 화나게 만든 것은 '우리 대통령' 때문이었다. 술자리에서 '우리 대통령'이라는 말이 검사들 입에서 연신 터져 나왔다고 한다. 대한민국 대통령이기 이전에 검사들의 대통령이라는 뜻이었다. 우리가 안 도우면 누가 돕겠냐는 얘기였다."[2]

이는 검찰과 정권이 한 몸이 되었음을 뜻하는 것이다. 검사들이 '살권수'를 발동하는 대상에서 윤석열 정권은 제외되었다. 이러한 검찰 '살권수'론의 변화를 그림으로 나타내면 '도해 6'과 같다.

헌법이 보장하는 형사절차상 시민의 방어권도 행사 주체가 누구인가에 따라 법적 대응이 달라진다. 2021년 9월 뉴스버스가 손준성 검사와 국민의힘 김웅 의원(전 검사)의 최강욱 의원에 대한 고발사주 의혹을 보도하자, 당일 대검 소속 검사는 대검에 있는 컴퓨터 25대를 포맷했고, 텔레그램과 카카오톡의 대화도 모두 삭제했다. 앞에서 본 김봉현 전 스타모빌리티 회장의 검사 룸살롱 접대 사건에서 전현직 검사 4명은 모두 휴대전화를 분실 또는 폐기했다. 물론 법적으로 자신의 형사처벌이나 징계를 막기 위해 증거를 인멸하는 것은 범죄가 아니다. 문제는 검사가 아닌 시민이 유사한 행위를 하면 검찰은 증거인멸의 우려가 있다는 이유로 구속영장을 청구한다는 점이다. 그리고 언론도 증거인멸을 한 검사에 대해서는 비판을 삼간다. 특히 보수언론의 경우는 진보 성향 인물이 같은 행위를 하면 대대적으로 비난하지만, 보수 성향 인물에 대해서는 헌법적 기본권을 운운하며 옹호하는 이율배반을 당당하게 펼친다.

2023년 5월 한동훈 장관의 개인정보유출 혐의로 MBC 임현주 기자와 MBC 뉴스룸에 대한 영장이 발부되어 압수수색이 진행되

윤석열 검찰총장 시기	윤석열 대통령 시기
'살권수' 기치 아래 문재인 정부 대상 전방위적 수사	윤석열 정부 대상 수사 실종
윤석열 총장의 측근과 가족에 대한 수사 최대 지연	윤석열 대통령의 측근과 가족에 대한 수사 실종

었다. 기자가 장관 인사청문회 자료를 타사 기자와 공유하면 범죄라는 것인데, 이전 대부분의 장관 후보 인사청문회에서 이루어졌던 관행이었지만 그때도 이런 식의 강제수사가 진행된 적은 없었다. 아무튼 경찰이 검사에게 신청하고 검찰이 법원에 청구해 영장이 발부되었다.

이와 대비되는 다른 사건을 보자. 2019년 당시 자유한국당 주광덕 의원은 어디서 입수했는지 모를, 불법으로 유출된 내 딸의 고교 생활기록부를 공개했다. 이후, 거기에 적혀 있는 딸의 인턴 활동내용과 시간 등에 대한 검찰의 초정밀 수사와 이에 기초한 기소가이루어졌다. 그런데 검찰은 불법 유출된 생활기록부를 공개한 주의원에 대해 경찰이 신청한 통신영장은 받아들이지 않았다. 이후 검찰의 1차 영장 반려 이후 경찰이 다시 통신영장을 신청하자 그제야 영장을 청구했다. 그러나 검찰은 주 의원의 휴대전화, 대포폰, 집, 자동차 등에 대한 압수수색영장은 모두 불청구했다. 현행법상 영장청구권은 검사가 독점하고 있으니 경찰은 더 이상 강제수사를 할 수 없게 되었고, '참고인중지' 처분을 내려 수사는 중단되었다. 검찰은 왜 경찰의 영장신청을 반려했을까? 언론보도에 따르면 고교 생활기록부 등 해당 자료는 고등학교에서 유출된 것이 아니라, 검찰로부터 유출된 것으로 보인다고 했다.

상황이 이러하니 "소수의 사람들이 '법의 지배'라는 외피 속에서 '반칙' 또는 '꼼수'라 불리는 온갖 수단을 동원해서 기득권을 얻고 유지하는 체제"가 지속되고, 이러한 "도적盜賊 지배체제"가 "정의의 레짐"으로 포장되고 있다는 법철학자 장은주 교수의 비판에 고개가 끄덕여진다.[3] 이러한 '차별적 정의'에 대해서는 국민들도 인식하고 있다. 2023년 6월 23~24일 동안 '여론조사 꽃'이 제시한 질문 "윤석열 정부의 검찰 수사가 정치적으로 편향되어 있다는 주장에 대해 어떻게 생각하십니까?"에 대한 답을 보자. ARS 조사의 경우 '편향되어 있다'가 60.9퍼센트, '편향되지 않았다'가 35퍼센트였고, CATI 조사(컴퓨터를 이용한 전화 조사)의 경우 '편향되어 있다'가 62.1퍼센트, '편향되지 않았다'가 30.7퍼센트였다.

법의 정신은 힘이 강하고 약하든, 돈이 많고 적든 간에 법 앞에서는 모두가 평등해야 한다는 것이다. 금金과 권權의 우위와 횡포를 막겠다는 것, 여기에 법의 요체가 있다. 그렇지 않고 힘이 센 자나 돈이 많은 자가 법 위에 군림하거나 법 앞에서 유리한 입지를 차지한다면, 그것은 곧 법의 사망이다. 우리는 언론을 통해 대통령이나 법무부장관이 심각한 표정으로 법치를 강조하고 법을 어기면 엄벌하겠다며 경고하는 장면을 종종 접한다. 그런데 이 발언의 대상자는 대부분 정치적 반대자이거나 사회·경제적 약자다.

앞서도 언급했듯이, 지난 2022년 7월 윤석열 대통령은 한동훈 법무부장관에게 "기업활동을 위축시키는 과도한 형벌규정을 개선하라"며 중대재해처벌법 완화를 지시했다. 반면, 2022년 11월 29일 국무회의에서는 화물연대 파업을 비판하면서, "법을 지키지 않으면 고통이 따른다는 것을 알아야 법치주의가 확립될 수 있다"라고 경고했다. 기업에는 관대함을, 노동자에게는 고통을 주는 것이 정녕 법치주의란 말인가.

대통령의 이러한 인식은 바로 법 집행에 영향을 미쳤다. 예컨대, 경찰은 한국지엠을 상대로 제기한 근로자지위확인 소송의 대법원 선고가 조속히 내려질 것을 촉구하면서 대법원 앞에서 2년간 진행해 온 노숙농성 노동자들을 2023년 5월 23일 강제해산했다. 이어 5월 31일 경찰은 포스코의 부당노동행위 중단과 성실 교섭을 요구하며 400일 이상 망루에서 고공농성을 벌이고 있던 광양 소재 포스코 사내하청 노동자를 곤봉과 방패로 내리쳐 유혈사태를 일으켰다. 이에 한국노총은 경제사회노동위원회 참여 중단을 선언하고 윤석열 정권 퇴진운동을 벌이겠다고 선언했다. 2009년 쌍용차 노조원이 사측의 일방적 구조조정에 반발해 벌인 평택공장 점거농성에 대해 경찰이 감행한 폭력진압이 떠올랐다. 참고로 2017년 경찰청 인권침해사건 진상조사위원회는 이 진압이 과잉진압이었다는 결과를 발표했으며, 2022년 대법원은 헬기 진압 등 경찰의 과잉진압에 저항한 행위는 '정당방위'에 해당한다고 판결했다. 그리고 경찰은 2017년 이후 집회 해산 목적으로는 단 한 번도 사용하지 않았던 캡사이신 최루액을 구비하고 민주노총 집회에 대응했다.

이상과 같은 집행과 해석의 편파성을 보면 기원전에 사마천이 『사기』 '유협열전游俠列傳'에서 말한 문장이 생각난다.

竊鉤者誅 竊國者侯 (절구자주 절국자후)

"관원의 혁대 고리를 훔친 자는 죽임을 당하지만, 나라를 훔친 자는 제후가 된다"라는 뜻이다. 작은 도둑은 엄벌을 받고, 큰 도둑은 권력을 잡는다는 것이 만고불변의 진리인가.

법을 이용한 지배

윤석열 정부가 들어선 후 2022년 12월 《교수신문》은 대학 교수들이 뽑은 올해의 사자성어로 '과이불개過而不改'(잘못하고도 고치지 않는다)를 발표했다. 공감이 갔다. 그런데 나는 사자성어는 아니지만 '압수·수색', '체포·구속'이라는 단어가 더 현실을 반영하는 2023년 올해의 문구가 아닌가 하는 생각을 했다. 어느 방송에 출연한 한 패널이 윤석열 대통령 부부나 정권을 비판하자, 이에 사회자가 농담처럼 "압수수색 들어가겠네요"라고 말하는 장면을 보아야 하는 현실은 씁쓸하기 그지없다. 집권 세력의 의지가 수사를 통해 관철되는 현실, 수사가 정치를 압도하는 현실, 수사가 법치와 동의어처럼 오용되는 현실을 계속 목도하고 있기 때문이다. 이런 식으로 '법치'를 이해한다면, "법은 지배계급의 도구"라는 기계적 마르크스주의의 명제를 수용하는 결과를 낳을 것이다.

특히 검찰의 수사는 기업, 조세, 금융, 부패 범죄 등 범죄성이 분명한 비리를 넘어, 정치적·정책적 판단 영역과 시민사회의 관행 영역까지 들어가고 있다. 남북관계에 대한 고도의 정치적 판단, 장관의 인사권 행사, 이전 정부의 대선 공약이었던 에너지 전환 정책(세칭 '탈원전 정책') 추진도 수사 대상이 되며, 시민사회에서 관행적으로 통용되었던 행위에 대해서도 수사의 칼날이 들어간다. 그 결과 검찰은 위세를 떨치게 되지만, 정치·정책·시민사회 영역은 급격히 위축된다. 자신의 결정과 행동이 사후에 언제든지 검찰 수사의 대상이 될 수 있기 때문이다. 미국의 심리학자 에이브러햄 매슬로는 1966년 '도구의 법칙law of the instrument'을 제시하면서 이렇게 말했다.

"가진 도구가 망치뿐이면, 모든 문제가 못으로 보인다."

사람은 자신이 가진 지식과 도구에 따라 세상을 바라보고, 이에 따라 문제를 해결하려는 편향을 갖고 있다. 정치권력을 쥐게 된 검찰이 모든 것을 검찰의 시각에서, 즉 수사와 기소의 관점에서 파악하고 형벌권이라는 망치를 휘두르고 있다.

우리는 '법치', 즉 '법의 지배rule of law'는 '법을 이용한 지배rule by law'가 아니라는 점을 명심해야 한다. '법치'는 단지 권력자가 법을 통해서 통치 또는 지배한다거나, 국민은 그 법을 무조건 준수해야 한다는 의미가 아니다. '법을 이용한 지배'에서 법은 통치의 도구이자 수단일 뿐이다. '법을 이용한 지배'는 조선시대에도, 일제강점기에도, 권위주의 정권·군사독재 정권하에서도 이루어졌다. 권위주의 정권, 군사독재 정권하에서 제정된 각종 '반민주악법'에 대한 예는 생략하기로 하자. 당시 '법치'는 (노동자 시인 백무산 씨의 시 구절을 빌려 말하자면) 국가권력이 "법대로 테러"하는 것에 불과했다.

게다가 윤석열 정부는 자신이 내세우는 '법치'가 '법의 지배'가 아니라 '법에 의한 통치'라고 공문서에 명기했다(법무부는 'rule by law'

를 '법에 의한 통치'라고 번역했다). 법무부는 세칭 '검수완박법'이라고 불리는 검찰 직접수사권 축소 법률에 대해 헌법재판소에 권한쟁의 심판을 청구했다. 그런데 법무부는 그 청구서에서 "법치주의는 법에 의한(rule by law) 통치를 의미하는 개념"이라고 밝혔다. 이 문서를 접했을 때 나는 내 눈을 의심했다. 그러나 분명히 "rule of law"가 아니라 "rule by law"라고 적혀 있다. 이 문서는 온라인상에서 쉽게 찾을 수 있다. 과거 권위주의 또는 군사독재 정권도 자신들의 '법치'가 '법에 의한 통치' 또는 '법을 이용한 지배'라고 말하지는 않았는데, 윤석열 정부는 노골적으로 이를 표명한 것이다. '법치'가 '법을 이용한 지배'가 될 때 법은 법의 외피를 쓴 폭력이 된다.

　　윤석열 정권 아래에서 '법을 이용한 지배'는 '사냥식 수사'로 구현된다. 이러한 수사에서 대상자는 수단과 방법을 가리지 않고 잡아 죽여야 하는 '사냥감'에 불과하다. 이 '사냥'에는 검찰 인력만 동원되지 않는다. 피의사실유출은 범죄지만, 수사 중간중간 검찰 출입기자들에게 확정되지 않은 피의사실을 흘려 사냥감에 대한 적대적 여론을 조성한다. 정당 내의 검찰 인맥에게도 피의사실을 은밀히 제공한다. 민주당 최강욱 의원 고발사주 사건에서 보았듯이, 아예 고발장 초안을 작성해 정치권에 전달하기도 한다. 사냥감의 가족, 친구, 지인들도 참고인 또는 피의자로 불러 조사하면서, 사냥감

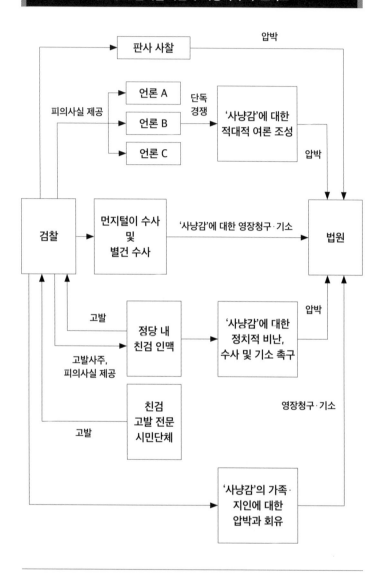

〔도해 7〕 윤석열 사단의 '사냥식 수사' 요약도

판사 사찰 — 압박

언론 A
언론 B — 단독 경쟁 → '사냥감'에 대한 적대적 여론 조성 — 압박
언론 C

피의사실 제공

검찰 → 먼지털이 수사 및 별건 수사 — '사냥감'에 대한 영장청구·기소 → 법원

고발 → 정당 내 친검 인맥 → '사냥감'에 대한 정치적 비난, 수사 및 기소 촉구 — 압박

고발사주, 피의사실 제공

친검 고발 전문 시민단체

고발

영장청구·기소

'사냥감'의 가족·지인에 대한 압박과 회유

에 대한 불리한 진술을 하도록 회유·압박한다. 이러한 사냥이 집중적이고 반복적으로 전개되면, 사냥감은 자포자기하게 된다. 심지어는 목숨을 끊는 일도 비일비재하다. 검찰 수사 도중 피조사자가 자살을 하는 이유가 여기에 있다. 2014년 한국형사정책연구원에서 발간한 『검찰 수사 중 피조사자의 자살 발생원인 및 대책 연구』에 따르면, 2004년부터 2014년까지 10년 동안 검찰 수사 중 자살한 피조사자가 83명이다.

법이 권력의 남용과 재벌의 탐욕을 규제하고 사회·경제적 약자를 보호하지 못하면, 법은 존경이 아니라 조롱의 대상이 되고 만다. 그러면 사람들은 "법이란 원래 그런 거야"라며 법을 무시하거나 경멸하기 마련이다. 이러한 상태가 계속되면 법은 타도의 대상이 되고 말 것이다. 이제라도 법은 '정의의 여신' 디케의 모습을 되찾아야 한다. 힘, 이익, 선입견, 편견 따위에 휘둘리지 않고 공정하고 공평한 저울질을 한 후 정의의 칼을 사용하는 여신이 필요하다. 이렇게 법이 만들어지고 집행되고 해석될 때 비로소 법은 자유를 위한 방패가 될 수 있고, 국가는 시민에게 "법을 지켜라"고 요구할 수 있다. 그러지 않고서 법을 지키라고 요구할 때 법은 새로운 억압과 차별의 도구로 작용할 것이며 '디케의 눈물'은 멈추지 않을 것이다.

약자와 빈자의 방패

법이 강자와 부자의 무기가 아니라 약자와 빈자의 방패가 되게 하기 위해 지금까지 많은 사람들이 노력해 왔다. 유신과 군부독재에 맞서 싸운 민주화운동은 시민들의 인권의식을 높이고 악법을 철폐했으며 인권과 자유를 보장하는 법 제정을 이루었다.

예컨대, 권위주의 체제에서 형사절차상의 인권은 유명무실했다. 영화 「남영동 1985」와 「변호인」이 묘사했던 고문과 가혹행위가 만연했다. 그러나 이제는 이러한 불법이 거의 사라졌다. 그리고 개정된 형사소송법과 변경된 판례에 따라, 불리한 진술을 거부할 수 있는 묵비권, 변호인의 조력을 받을 권리 등이 보장된다. 수사기관의 위법행위를 억지하기 위해 미국 연방대법원이 확립했고 미국 영화에서도 종종 등장하던 '미란다 경고Miranda Warning'가 한국 사회에 뿌리내린 것이다. 2005년 내가 발간한 책의 제목인 『위법 수집증거 배제법칙』처럼, 이제 위법하게 수집한 증거는 증거 능력이 없다. 즉, 위법한 신문·압수·수색·검증·도청 등으로 확보한 증거는 법정에서 힘을 잃는다. 이러한 변화는 놀라운 성취였다.

사실 이러한 법리는 1960년 얼 워런Earl Warren 미국 연방대법원장이 이끈 '형사절차혁명'의 성과다. 나는 워런의 모교인 미국 캘리포니아 버클리 로스쿨에서 유학을 했는데, 종종 로스쿨 구내 카페 벽면에 걸려 있는 워런의 대형 초상화를 바라보며 1960년대 그가 이끈 '혁명'의 거대한 의미와 성과를 생각하고 고민했다. 워런은 공화당원이었지만 드와이트 아이젠하워Dwight Eisenhower 대통령에 의해 연방대법원장으로 임명된 후에는 진보적 판결을 연달아 이끌어내 임명권자를 '배신'했다. 이후 아이젠하워는 워런의 임명을 두고 "내가 저지른 최악의 빌어먹을 멍청한 실수The worst damn fool mistakes I ever made"라고 한탄했다고 한다. 그러나 이 '혁명'으로 우리에게도 익숙한 인종차별 금지, 표현의 자유 보장 등이 이루어지고, '미란다 권리' 등 형사절차상의 인권도 확고히 정립됐다.

경제민주화가 시대정신으로 자리 잡은 이후 정당과 시민사회단체는 경제민주화를 위한 법률을 제정하기 위해 노력하고 있다. 예컨대, 2015년 남양유업의 갑질이 큰 사회적 파문을 일으키자, 국회는 공급업자가 자신의 거래상 지위를 부당하게 이용해 물품 등의 구입을 강제하거나 금전·물품 등 경제상 이익을 제공하도록 강요하는 행위를 금지하고, 공급업자가 대리점에 거래와 관련한 목표를 제시하고 이를 달성하도록 강제하거나 대리점에게 불이익이 되도록 거래조건을 설명하는 행위를 금지하는 내용을 담은 대리점

미국의 제14대 연방대법원장을 지냈으며
미란다 권리의 탄생을 주도한 얼 워런

거래 공정화법(세칭 '남양유업방지법')을 제정했다. 2020년에는 대기업의 '일감 몰아주기' 규제 대상을 확대하고 과징금을 두 배로 늘리는 공정거래법 개정안이 국회를 통과했다.

태안화력발전소 비정규직 노동자 김용균 씨의 참극, 38명이 사망한 경기도 이천시 물류창고 화재 참사가 일어난 후 2021년 1월 '중대재해 처벌 등에 관한 법률'이 제정되었다. 이제 이 법에 따라, 사업주나 경영 책임자의 안전 확보 노력이 미흡한 상태에서 중대 산업재해가 발생할 경우 1년 이상 징역 또는 10억 원 이하 벌금으로 처벌한다. 부상이나 질병이 발생하면, 사업주에게 7년 이하 징역 또는 1억 원 이하 벌금을 부과할 수 있다. 또한 사업주나 법인이 손해액의 최대 5배까지 징벌적 손해배상 책임을 지도록 명문화했다. 이후 여러 기업의 대표이사가 기소된다. 특히 주목받은 사건은 경기도 양주시 소재 삼표산업 양주 사업소에서 발생한 노동자 매몰 사망 사고와 관련해 2023년 4월 정도원 삼표그룹 회장이 기소된 것이었다. '월급 사장'이나 '안전보건최고책임자CSO'가 아니라 실질적 권한을 가진 '오너'가 기소된 첫 사례였다.

또한 약자의 눈물을 닦아주고 그 손을 잡아주는 명판결도 나오고 있다. 막노동으로 생계를 꾸리던 70대 노인이 뇌경색으로 쓰러진 처의 병 수발 때문에 대한주택공사를 찾아갈 수 없어서 결혼

후 분가한 딸의 명의로 임대차계약을 체결하고 공공임대주택에 입주했다. 처가 사망한 후 노인은 홀로 임대주택에서 살았는데 대한주택공사가 집을 비워달라는 소송을 제기했다. 딸 이름으로 계약이 되어 있었기 때문에 법대로라면 노인은 집을 나가야 했다. 그래서 제1심 판결에서는 주택공사가 이겼다. 그런데 제2심 판결은 노인의 손을 들어줬다. 이 사건은 이후 대법원을 거쳐 조정으로 종결됐는데, 제2심 판결문 일부를 소개한다.

"가을 들녘에는 황금물결이 일고, 집집마다 감나무엔 빨간 감이 익어간다. 가을걷이에 나선 농부의 입가에선 노랫가락이 흘러나오고, 바라보는 아낙의 얼굴엔 웃음꽃이 폈다. 홀로 사는 칠십 노인을 집에서 쫓아내 달라고 요구하는 원고(대한주택공사)의 소장에서는 찬바람이 일고, 엄동설한에 길가에 나앉을 노인을 상상하는 이들의 눈가엔 물기가 맺힌다. 우리 모두는 차가운 머리만을 가진 사회보다 차가운 머리와 따뜻한 가슴을 함께 가진 사회에서 살기 원하기 때문에 법의 해석과 집행도 차가운 머리만이 아니라 따뜻한 가슴도 함께 갖고 해야 한다고 믿는다. 이 사건에서 따뜻한 가슴만이 피고들의 편에 서 있는 것이 아니라 차가운 머리도 그들의 편에

함께 서 있다는 것이 우리의 견해이다."⁴

이 판결을 접하면서 뉴욕 시장을 세 번이나 연임했던 이탈리아계 정치인 피오렐로 라과디아Fiorello La Guardia가 떠올랐다. 그는 1930년대 초 대공황 시기에 잠시 뉴욕시 치안판사로 재판을 하게 됐다. 그는 배가 고파 빵을 훔친 어느 노파에게 10달러의 벌금형을 선고했다. 이어 그는 이렇게 말했다.

"배고픈 사람이 거리를 헤매고 있는데 나는 그동안 너무 좋은 음식을 배불리 먹었습니다. 이 도시 시민 모두에게 책임이 있습니다. 그래서 나 자신에게 10달러의 벌금형을 선고하며, 방청객 모두에게 각각 50센트 벌금형을 선고합니다."

방청객들은 순순히 벌금을 냈고, 라과디아는 이렇게 걷은 57달러 50센트를 노인에게 줬으며, 노인은 10달러의 벌금을 낸 후 47달러 50센트를 갖고 법정을 떠났다. 감동이었다. 라과디아는 공화당원이었지만, 루스벨트의 '뉴딜 정책'을 지지했다. 이후 뉴욕 공항은 그의 이름을 따 라과디아 공항이 됐다.⁵ 약자와 빈자의 기본적 생계를 보장해 주지도 못하면서 처벌로만 대응하려는 사회구조

공화당 소속 정치인이었으나
민주당 소속 루스벨트 대통령의 '뉴딜 정책'을 지지한 피오렐로 라과디아

에 일침을 놓고, 사회 구성원의 공동책임을 강조한 그의 판결은 오래오래 내 가슴에 남았다.

이러한 판결들을 접하면 연민compassion의 법철학자 마사 누스바움Martha Nussbaum이 말한 "시적 정의Poetic Jusitce"를 느낄 수 있을 것이다.[6] 남아공 헌법재판관 알비 삭스Albie Sachs의 말처럼 우리는 "법의 가식에 대해서는 항상 회의적인 태도를 취해야" 하지만 "법의 가능성에 대해서는 결코 냉소적인 태도를 취해서는 안 된다".[7]

여전히, 그리고 많이 부족하다. 그러나 변화는 이미 시작됐다. 방향은 올바르게 잡혀 있다. 다만 아직 힘이 모자랄 뿐이다. 개인은 잘못된 법 앞에서 속수무책으로 당할 수밖에 없지만, 여럿이 힘을 모으면 다르다. 아무리 거대한 힘을 가지고 있는 독재자라 해도 자유와 인권의 목소리를 완벽히 봉쇄할 수는 없다. 우리는 이미 최악의 독재 속에서도 변화를 일궈냈다. 지금까지 해온 것처럼 다수의 시민들 목소리가 담긴 법을 만들고 또 그것이 제대로 집행되는지 감시하는 일을 포기해서는 안 된다. 세상을 바꾸는 일이 그리 쉬울 리 없지 않은가.

인본의 법치,
연민의 정의

  법학은 국가에 의해 제정된 실정법률과 이와 관련된 제도를 연구의 대상으로 삼는 학문이다. 법률이 어떤 이유로, 어떤 절차를 통해 만들어지며, 만들어진 법률은 어떻게 해석되고 집행되어야 하며, 문제가 있는 법률은 어떻게 고치거나 없애야 하는가 등을 탐구한다. 어떻게 해야 법을 제대로 공부하고, 법을 올바르게 해석하고 현실에 적용할 수 있을까?

  법률은 하늘에서 떨어진 것이 아니다. 사람이 만드는 것이다. 역사를 돌아보면 법은 대개 특정 사회의 계급·계층·집단의 이익과 욕망, 그리고 꿈이 충돌하고 절충되어 만들어진다. 여기서 '강자'

또는 '가진 자'가 유리한 조건에 서게 됨은 분명하다. 그래서 법학을 제대로 공부하려면 바로 이러한 현실을 직시하는 눈이 필요하다. 각 계급·계층·집단의 요구와 주장과 논변論辯이 무엇인지 꿰뚫어야 한다. 법전을 넘어 현실 세상이 돌아가는 이치를 알아야 한다. 특히 '약자'나 '갖지 못한 자'가 부당하게 대우받는 일을 막아야 한다.

법률은 정치의 자식

법률이 만들어지고, 바뀌고, 없어지는 곳은 국회다. 국회는 국회의원, 즉 직업적 정치인들이 활동하는 곳이다. 대부분의 국회의원은 정당에 소속을 두고 활동한다. 따라서 국회의원들의 선택을 알려면 정치인 개인의 성향을 파악하기 전에 그가 소속된 정당이 추구하는 큰 줄기를 알아야 한다.

법률은 어쩔 수 없이 소수파 정당보다 다수파 정당의 목소리를 많이 반영하기 마련이다. 그런데 국회에서 다수파와 소수파는 바뀌는 법이라, 다수파의 밀어붙이기를 막기 위해 2012년 5월 여야 합의로 '국회선진화법'이 제정되었다. 과반의석을 가진 정당이 법안을 '날치기'로 통과시키거나, 소수파 정당이 이를 저지하기 위해 물리력을 동원하는 사태를 방지하기 위함이었다. 즉, 국회의장의 본회의 직권상정 요건을 엄격히 제한하면서, 이와 동시에 해당 상임위 의원의 5분의 3 이상 또는 국회 재적의원의 5분의 3 이상이 동의하면 여야 합의 없이도 본회의로 법안을 가져올 수 있는 길, 즉 '패스트 트랙'을 보장했다.

한편 대통령은 법률을 제정할 권한은 없지만, 자신이 속한 정당을 통해 실질적으로 법률 제정은 물론 법을 고치거나 없애는 일에 깊숙이 관여하며, 자신이 동의하지 못하는 법률에 대해서는 거부권을 행사한다. 예컨대, 윤석열 대통령은 정부의 재량 시행 사항인 '쌀 시장 격리'(의무매입)를 일정 요건(3~5퍼센트 이상 초과 생산, 5~8퍼센트 이상 가격 하락) 충족 시 강제하도록 하고 '논 타작물 재배 지원사업'(논에 쌀 대신 다른 작물을 재배하면 정부가 재정을 지원하는 사업)에 대한 법적 근거를 마련한 양곡관리법, 그리고 간호사의 자격과 처우개선을 규정한 간호법에 대해 거부권을 행사했다. 또한 공영방송의 지배구조를 바꾸는 방송법과 파업 참가 노동자의 손해배상 범위를 제한한 '노란봉투법'에 대한 거부권 행사도 예고하고 있다. 이상에 알 수 있듯이, 법률은 정치의 자식이다. 정치를 모르고는 법률을 알 수 없다. 정치의 논리와 동학動學에 무관심하면 법률의 핵심을 놓치게 된다.

정치는 투쟁의 영역인 동시에 타협의 영역이다. 각 정당은 자신들의 방향성을 담은 정강정책이나 소속된 정치인의 활동을 통해 그들의 비전과 가치를 확산시키고 이에 따라 사회를 바꾸고자 한다. 이때 치열한 논쟁과 논박論駁은 필연적이며 필수적이다. 이러한 투쟁은 종종 '선 대 악'의 방식으로 전개되지만, 궁극적으로 중간중간 타협이 이루어질 수밖에 없다. '당동벌이黨同伐異'(옳고 그름은 따지지 않고 뜻이 같은 무리끼리 돕고 다른 무리는 배척한다)가 아니라 '구동존이求同存異'(같은 것을 추구하되 다른 것은 남겨둔다)로 가야 한다. 효율적인 정치는 이러한 타협의 영역을 많이 확보하고 이를 법률에 적극적으로 반영하는 정치다. 정당 사이에 공유하는 영역이 많아지고 이것이 신속히 법률로 마무리된다면 소모적인 정쟁은 줄어든다. '적'의 입장을 이해하고 이견이 있는 부분까지 공감대를 형성한다면 더할 나위 없을 것이다. '구동존이'를 넘어 '구동화이求同化異'(같은 것을 추구하고 이견이 있는 부분까지 공감대를 확대한다)에 이르는 길일 테니 말이다.

그러나 야당을 처벌해야 할 '범죄자' 집단으로 파악하는 윤석열 정권 아래에서는 '구존동이'나 '구동화이'가 이루어질 가능성은 매우 적다. 윤석열 정권 출범 이후 대통령과 야당 대표와의 만남이 이루어지지 않고 있는데, 2022년 정진석 당시 국민의힘 비대위원장은 그 이유를 "대통령이 지금 범죄 피의자와 면담할 때는 아니라고 생각합니다"라고 밝혔다. 2021년 대선 후보 토론회에서 윤 후보는 "제가 이런 사람하고 토론을 해야 되겠습니까? 참 어이가 없습니다. 정말 같잖습니다"라고 말했는데, 이러한 인식이 집권 세력 전체에 공유되어 있는 것이다. 요컨대, 윤석열 정권의 정치 방침은 '당동벌이' 그 자체다.

다수파 대 소수파

국회의원은 선거로 선출되므로, '사회평균인' 다수의 마음을 얻으려고 노력한다. 우리는 국회의원 선거나 대통령 선거나 유권자의 51퍼센트만 얻으면 권력의 100퍼센트를 얻는 선거 제도를 가지고 있다. 따라서 다수의 정치인은 필연적으로 사회 구성원의 '51퍼센트 다수'에게 더 많은 신경을 쓰게 된다. '소수파' 시민의 목소리는 무시·외면되기 십상이다. 예컨대, 비정규직 노동자, 성적 소수자, 아동, 청소년, 소수파 종교인, 혼혈인, 외국인 노동자, 범죄피의자·피고인, 수형자 등이 그 예다. 이들은 정치적 보수정당은 물론, 진보정당으로부터도 보호를 받지 못하는 경우가 많다. 이 점에서 법학은 정치가 다 반영해 내지 못한 사회·경제적 소수자들의 목소리도 법률에 온전히 반영되도록 노력해야 한다. 이러한 노력이 없다면, 법률은 '다수파의 전제專制, tyranny of the majority'를 위한 도구로 전락하고, '소수파'는 직간접적인 억압과 차별에 따라 정치·사회적 게토ghetto 안에 갇히고 만다.

투쟁과 타협을 통해 만들어진 법률은 행정부에 소속된 기관에서 집행된다. 예컨대, 경찰과 검찰은 시민을 체포·구속하고, 시민의 신체와 가옥을 압수·수색·검증하며, 시민의 대화를 감청한다. 허가나 인가를 내주고 취소하는 곳도 행정기관이다. 행정부 안에는 '국민의 심부름꾼'과 '영혼 없는 공무원'이 뒤섞여 있다. 행정기관은 우호적인 정치인을 통해 자신들에게 유리한 법안을 제출하기도 하며, 규칙 제정을 통해 '사실상의 법률'을 만들고 운용하기도 한다. 따라서 법학은 행정기관이 어떻게 움직이는지 알아야 함은 물론, 이들의 권한이 오남용되지는 않는지 감시·통제하는 역할을 해야 한다.

행정기관이 가장 신경 쓰는 곳은 대통령실이다. 인사권의 시작과 끝이 바로 여기에 있기 때문이다. 다음으로는 관료조직 그 자체의 이익에 신경 쓴다. 예컨대, '모피아'(과거 재정경제부 출신 관료를 지칭하는 말로, 재정경제부M.O.F.와 마피아Mafia의 합성어)는 그들의 권한 보존 및 확대, 구성원의 퇴임 후 자리 확보 등은 양보하지 않는다. 행정기관은 대통령실의 눈치를 보지만, 반대로 조직 보호를 위해 대통령실을 '포위'하기도 한다. 행정기관에 대한 통제는 대통령실을 통해서도 이루어지지만, 의미 있는 통제는 국정감사 등의 자리에서 국회를 통해서 이루어진다. 선출되지 않은 권력은 언제나 선출된 권력의 통제 아래 놓여야 한다.

선출되지 않은 권력 중 가장 강력한 검찰권력에 대한 국회의 통제 장치로 '검사 탄핵'(헌법 제65조)이 있지만 활용되지 못하고 있다. 사건 조작이나 향응 접대 등의 물의를 일으킨 검사에 대한 징계나 수사가 제대로 이루어지지 못하고 있는 상황에서, 국회가 정치적 견제를 가하는 것은 의무다. 검사 탄핵은 국회 재적의원 3분의 1 이상의 동의로 발의되고, 재적의원 과반수 찬성으로 의결되기에 그리 어렵지 않다. 2021년 민주당은 임성근 전 부장판사를 서울중앙지방법원 형사수석부장판사 시절 다른 법관의 사건에 개입한 혐의로 탄핵했고, 2023년 '이태원 참사'의 책임을 물어 이상민 행정안전부장관을 탄핵했지만, 아직 검사 탄핵은 시도되지 못하고 있다. 최근 민주당 김용민 의원 등 일부 의원들이 라임 사태 핵심 인물인 김봉현 전 스타모빌리티 회장으로부터 술접대 등 향응을 받은 것으로 드러난 현직 검사 3명과, 유우성 서울시 공무원 간첩 조작 사건과 관련해 이른바 보복 기소를 한 현직 검사 1명에 대한 탄핵소추안을 작성해 민주당 의원들의 동의를 받고 있다고 보도되었는데, 그 추이를 주목한다.

법률에 대한 최종해석권은 사법부와 헌법재판소에 있다. 개인과 개인의 분쟁, 개인과 국가의 분쟁은 최종 단계에서는 법원으로 가기 마련이다. 사건의 당사자들은 같은 사건에 대한 사실관계를 정반대로 재구성해 주장한다. 구로사와 아키라 감독의 영화「라쇼몽羅生門」을 생각해 보라. 같은 사건을 두고 등장인물 모두가 제각기 다른 진술을 하지 않는가. 이처럼 당사자들은 같은 법 조문을 놓고도 어떻게 해석할 것인지 정반대의 주장을 펼치기도 한다.

대법관이나 판사들도 의견이 갈릴 수 있다. 이 경우 법률의 목적과 취지와 문언 등을 정확히 파악하고, 이와 동시에 상위법인 헌법의 정신을 충실히 따르면서 해석을 해야 한다. 물론 '헌법정신'의 내용이 무엇인가에 대해 의견이 갈린다. 헌법재판소 결정에서 다수의견과 소수의견이 갈리는 것은 흔히 볼 수 있다. 21세기 대한민국의 시대정신과 헌법정신은 질서와 규율보다는 자유와 자율을 중시하고 증진할 것을 요구하고 있다고 믿는다. 이와 별도로 잊지 말아야 할 점은 대법원장은 대통령이 임명하며, 대법관은 대법원장

제청으로 국회의 동의를 얻어 대통령이 임명하고, 헌법재판관은 대통령, 국회, 대법원장이 각 3인씩 지명한다는 것이다. 최고 수준의 법률가들이 이러한 직위를 맡게 될 것이지만, 임명 과정에서 어쩔 수 없이 그들의 정치적 성향이 고려된다는 점을 짐작할 수 있다.

가치지향적 학문

몇 가지 예를 들어보자. 남편에 의한 아내 강간이 성립하는지가 논쟁이 된 적이 있다. 수십 년간 법학계와 법조계에서는 부부 사이에는 동침의 의무가 있기 때문에 부부강간은 법률적으로 불성립한다고 해석했다. 그러나 2001년, 나는 부부간에 벌어지는 '폭행'도 처벌이 되는데 그보다 훨씬 불법성이 높은 '강간'이 처벌되지 않는다는 것은 모순이고, 부부 사이의 동침 의무는 합의에 의한 동침만을 의미하는 것이지 폭력을 사용한 동침을 포함하지 않는다고 주장했다.[8] 나의 이런 주장은 법학계와 법조계에서 극소수의견으로 취급됐다. 그런데 2013년에 이르러 대법원은 이 입장을 수용했다.[9]

그리고 나를 포함한 많은 형법학자들은 간통을 형사범죄로 처벌하는 것은 위헌이라고 주장해 왔다.[10] 현재 혼인 상태에 대한 고려 없이 혼외 이성과 성적 결합을 하는 행위를 무조건 '불륜'이라고 비난하는 것이 합당하지 않은 경우가 있고(예컨대, 기존의 혼인이 법적으로 해소되지 않았지만 사실상 파탄에 이른 상태에서 새로운 사람을 만나는 경우), '혼외 사랑'에 대해 도덕적 비난과 민사적 제재가 가해짐에도 불구하고, 여기에 더해 형사처벌을 하는 것은 각종 부작용을 일으킬 수 있다는 내용이 주요 논거였다. 그러나 헌법재판소는 여러 번 합헌 결정을 내리면서 간통죄 처벌을 지지했다. 그러다가 2015년에 이르러 헌법재판소는 7 대 2의 의견으로 간통죄가 위헌임을 선언했다.

또한 대다수의 여성학자들과 나를 포함한 다수 형법학자들은 낙태를 일률적으로 범죄로 처벌하는 것은 과잉범죄화이자 과잉형벌화의 부작용을 낳고, 여성의 자기결정권을 침해한다는 입장을 표명해 왔다.[11] 그 대안으로 모자보건법에 '사회·경제적 허용사유'를 규정해, 별거 또는 이혼소송 상태에서 남편이 아이의 임신 사실을 발견한 경우, 임신 후 남편이 사망·행방불명·실종된 경우, 혼인 중 출산한 아이의 양육이 현실적으로 불가능한 경우에는 낙태를 해도 처벌하지 않거나, 또는 임신 12주 내의 낙태, 임신 12주에서 24주까지의 낙태, 임신 24주 이후의 낙태를 구분해 차별적으로

2장 _ 법을 이용한 지배 vs. 법의 지배

규제하자는 방안을 제시했다. 그러나 국회는 이러한 제안을 계속 외면했다. 그러다가 2019년 헌법재판소는 낙태를 전면 금지한 형법 제269조 제1항과 제279조 제1항에 대해 헌법불합치 결정을 내리고(헌법불합치 의견 4명, 단순위헌 의견 3명, 합헌 의견 2명), 국회에 대해 2020년 말까지 관련 법 조항을 개정할 것을 주문했다. 그럼에도 법률은 개정되지 않았고 2021년 1월 1일을 기해 기존 조항이 사문화됐다. 국회의 임무 태만 문제는 별론으로 하고, 이제 이전과 같은 일률적 낙태 처벌은 불가능하게 되었다.

이렇듯 법률을 해석하는 입장도 시대적 흐름에 따라 달라진다. 소수의견이 다수의견이 되고, 그 반대가 되기도 한다. 시대정신과 헌법정신에 충실한 법 해석은 초기에는 소수의견에 머물지라도 궁극적으로는 다수의견의 지위를 획득한다. 이 점에서, 존재하는 판례를 그저 암기만 하는 것은 법을 제대로 공부하는 것이 아니다.

이상에서 확인되듯이 법 공부를 잘하려면, 제일 먼저 사람과 세상을 보는 눈을 정립해야 한다. 법학은 '가치지향적 학문'이지 '가치중립적 학문'이 아니다. 어떠한 가치를 중심에 놓을 것인가를 스스로 분명히 하고, 다른 가치와의 소통과 타협을 추구해야 한다. 그리고 법학을 제대로 공부하려면 철학, 정치학, 경제학, 사회학 등 다른 학문을 알아야 한다. 법학은 독자적인 학문체계와 논리를 갖고 있고 또 그래야 하지만, 다른 학문의 시각과 성과를 흡수해야 한다. 그렇지 못하면 법학은 편벽偏僻하고 건조한 개념과 논리의 묶음에 머물고 말 것이다.

인본의 법치

앞서 1장에서 설명했듯이, 우리 사회에서 집권 세력은 '법치' 또는 '법의 지배'를 '법을 이용한 지배'로 왜곡시켜 활용해 왔다. 정치적 민주화가 이루어지기 전에 권위주의, 군사독재 체제에서 '법치'라는 말은 체제 유지의 구호이자 이데올로기에 불과했다. 박정희의 영구집권을 보장하기 위해 만들어진 '유신헌법', 양심과 사상의 자유를 억압하는 국가보안법, 언론의 자유를 침탈하는 언론기본법, 집회와 시위를 금압하는 집회 및 시위에 관한 법률 등 각종 '악법'을 준수하라는 요구가 '법치'의 이름으로 이루어졌다.

그러나 '법치'는 역사적으로는 전제 군주나 귀족의 자의적 '인치rule of man'를 배척하면서 등장한 개념이다. 영국 명예혁명이건, 프랑스 대혁명이건 귀결은 권력자의 권한을 제한하고 국민의 자유와 권리를 보장하는 법적 문서의 채택이었다. 예컨대, 헌법과 법률은 형사피의자에게 여러 권리를 보장한다. 그런데 막강한 수사 권력에 맞서서 피의자가 자신을 지킬 수 있는 권리인 진술거부권을 행사하면 정당 대변인이 비난 성명을 내고 언론사는 사설을 통해 비방하는 일이 종종 일어난다. 이들은 피의자는 무조건 수사기관 앞에서 자백해야 한다는 잘못된 법치 관념을 갖고 있는 것이다. 씁쓸하지만, 한동훈 법무장관이 자신의 휴대전화 비밀번호 제공을 거부한 이후 시민들 사이에서 진술거부권 등 기본적인 권리에 대한 인식이 확산되고 있다.

한편, '법치'는 엄벌嚴罰주의, 혹형酷刑주의와도 거리가 멀다. 형벌권을 사용한 반대파의 숙청을 정당화하는 원리도, 피지배층을 형벌권으로 위협하며 복종을 강압하는 원리도 아니다. 정의의 여신 디케는 '복수의 여신' 네메시스Nemesis가 아니다. 술에 취해 칼을 휘두르는 망나니는 정의의 상징이 아니다. 법의 이름을 빌린 근육질 권력 행사, 인간에 대한 연민과 배려가 없는 법률 해석과 적용은 '법치'와 거리가 멀다. 이 점에서 판사 출신 김상준 변호사의 생각에 깊이 공감한다.

"법치는 인본人本을 근간으로 할 때 가치가 있다. 이 점에서

법치는 법가法家의 통치와 궤를 달리한다. 인본 법치에서 귀

하게 여길 '사람 인'(人)은 법가 인치가 다스릴 대상으로 상정하는 피치자와는 사람 대접부터 다르다. (…) 법을 바꿔 엄벌 중심의 형벌을 강제하자는 놀라운 목소리도 있다. 사형집행, 보호감호 부활…. 법가가 꿈꾸는 유토피아는 어떤 모습일지 머리가 어지럽다."[12]

중국 고대 제자백가諸子百家 중의 하나인 '법가'는 왕권 강화를 위한 통치술이다. 도덕이나 이상 대신 법을 중시하고 법의 공평한 적용을 강조했다는 점에서 근대 법치 사상과 유사해 보일지 모르나, 법가는 절대왕권을 위한 권력기술학이었다는 점에서 중대한 차이가 있다.

법가의 주요 인물인 상앙商鞅과 관련된 유명한 '이목지신移木之信' 일화를 보자. 그는 진秦 효공 시절 도성 남문 저잣거리에 나무 막대기를 세우고 이를 북문으로 옮기는 자에게 10금을 준다는 방을 붙인다. 아무도 반응하지 않자 상금을 50금으로 올린다. 그러자 한 사람이 막대기를 북문으로 옮겼고, 그는 상금을 받았다. 이 일화는 국가가 인민에게 약속한 것을 지켜야 한다는 취지로 인용되지만, 뒤집어 생각해 보면 이 일화는 법가 사상의 요체는 상과 벌로 인민을 조련해야 한다는 것임을 알 수 있다. 그리고 상앙의 사상

핵심에는 왕에 대한 복종이 있음은 물론이다. 권위주의 체제 아래에서, 그리고 그 이후에도 '법을 이용한 지배rule by law'를 '법치rule of law'라고 왜곡해 강조한 세력들은 '법치' 사상의 후계자가 아니라 '법가' 사상의 후계자일 뿐이다(법가 사상을 대표하는 학자인 한비자가, 자신을 그토록 존경하고 법가 사상을 통치 철학으로 수용했던 진시황에 의해 투옥되고 독살되었다는 사실은 법가 사상의 아이러니를 보여준다).

철학자 강남순 교수는 "폭력과 보복의 얼굴"을 가진 정의와 "연민과 환대의 얼굴"을 가진 정의를 구별한다. 전자는 "특정 그룹의 권력 강화와 이익 증진을 위해 국가·정치 집단·시민 집단 또는 파괴적 분노에 사로잡힌 개인들이 호명하는 정의"라면, 후자는 "사회적 약자들의 권리와 평등한 삶을 증진하고 다층적 운동을 하는 이들"이 실천하는 정의다.[13]

'엄벌'과 '혹형'을 강조하는 '법가'는 이 중 "폭력과 보복의 정의"만을 내세울 뿐이다. 고대 중국의 법가 사상과 근대 법치주의 사상의 차이는 '도해 8'과 같다. 법가 사상의 방략서로 알려진 『상군서商君書』의 한 구절은 이렇다.

行刑 重其輕者 (행형 중기경자)

형벌을 행함에 있어서 가벼운 죄에도 중형을 내려야 한다.

〔도해 8〕 법가 사상과 법치주의 사상의 비교

	목적	내용	형벌 정책	법치 이해
고대 중국 법가 사상	통치자 권력의 강화	실정법률의 무조건 복종	엄벌·혹형주의	법을 이용한 지배 (rule by law)
근대 법치주의 사상	통치자 권력의 통제	헌법과 인권의 관점에서 비판적 점검	비례성 원칙에 따른 형벌	법의 지배 (rule of law)

輕者不生 則重者無從至矣 (경자불생 즉종자무종지의)

경한 범죄가 없어질 때 중한 범죄도 사라질 것이기 때문이다.

효공이 죽은 후 혜왕이 즉위하자 상앙은 모반죄로 처벌될 위기에 처한다. 상앙은 도주해 변방의 여관에서 일박하려 했다. 그러나 여관 주인은 "상앙의 법에 의하면 여행증이 없는 손님을 묵게 하면 함께 처벌받는다"라고 답하며 거절했고, 여관에서 쫓겨난 상앙은 결국 체포되어 거열형을 당하고 죽게 된다. 목과 사지에 밧줄을 묶어 소나 말로 당겨 찢어 죽이는 거열형은 다름 아닌 상앙이 개발한 잔혹한 형벌이었다.

이러한 사상은 민주주의 형법과는 거리가 멀다. 민주주의 형법은 존재하고 있는 법률의 내용이 정당한지, 실정법률이 국민의 법 의식이나 법 관행을 초과하는지, 그리고 위반자에게 부과되는 제재가 과도한지 등을 따지고 물어야 한다. 그리고 피치자被治者 국민에 대한 공감과 배려가 필수적이다. 요컨대, 민주주의와 인본주의를 지향하는 사회에서 법의 이념인 정의는 후자의 정의, 즉 "연민의 정의"를 추구해야 한다. "타인의 고통을 목격하면서 지성만이 아니라 몸과 마음으로 그 고통을 함께 느끼는 것", 바로 이것이 정의의 출발점이다.

중용

약자를 고려하는
균형

나는 한국 법 현실에 많은 문제가 있지만 법과 법학이 우리 현실의 많은 문제를 해결할 수 있는 무기가 될 수 있다고 믿는다. 법학을 공부한 이래로 헨리 데이비드 소로Henry David Thoreau가 1849년에 지은 명저 『시민불복종』에서 한 말을 마음속 깊이 간직하고 있다.

"우리는 먼저 인간men이어야 하고, 그다음에 신민臣民, subject 이어야 한다고 나는 생각한다. 법the law에 대한 존경보다는 먼저 정의the right에 대한 존경을 기르는 것이 바람직하다."[14]

2장 _ 법을 이용한 지배 vs. 법의 지배

우리는 특정 국가와 특정 체제에서 살며 그 국가와 체제의 요구에서 자유롭지 못하다. 그러나 잊어선 안 될 것은 우리 개개인이 국가나 체제보다 소중하다는 사실이다. 인간의 존엄이 먼저지, 국가나 체제의 요구가 먼저여서는 안 된다. 만약 반대가 된다면 우리는 국가나 체제의 부속품으로 전락하고 말 것이다. 우리는 어느 누구의, 어떤 체제나 국가의 '신민'이어선 안 된다.

물론 민주공화국에서 '신민'이라는 용어는 사용되지 않는다. 그 대신 '국민'이라는 용어가 광범하게 쓰이고 있다. 언론에서도 일상에서도 '국민'이라는 단어가 사용된다. 일제가 사용한 '국민학교'가 '초등학교'로 개명되고, 1968년 박정희 정권이 국가주의를 시민에게 주입하려고 선포한 '국민교육헌장'이 없어진 뒤에도 말이다. '국민학교' 시절 무소선 외워야 했던 '국민교육 헌장'을 다시 보니 숨이 막힌다.

> "우리의 창의와 협력을 바탕으로 나라가 발전하며, 나라의 융성이 나의 발전의 근본임을 깨달아, 자유와 권리에 따르는 책임과 의무를 다하며, 스스로 국가 건설에 참여하고 봉사하는 국민 정신을 드높인다. 반공 민주 정신에 투철한 애국 애족이 우리의 삶의 길이며, 자유세계의 이상을 실현하는 기반이다."

고통과 불평등을 직시하라

'국민'은 '국가'를 전제로 하는 개념이다. 그러나 우리는 '국민'이기 이전에 '인간'이다. 인간을 국가의 틀과 규범 안으로 욱여넣어서는 안 된다. 인간에게는 자신의 꿈을 실현하고 고통을 줄이기 위해 국가의 틀과 규범을 넘어설 '자연권'이 있으며, 이를 억압하는 국가에 맞서고 그 국가를 개조하고, 나아가 전복할 '저항권'이 있다.

이러한 법 사상이 없었다면, 종교개혁도, 반봉건시민혁명도, 반제민족해방도, 반독재민주화도, 여성해방운동도 없었을 것이다. "법에 대한 존경"보다 "정의에 대한 존경"이 먼저라는 것도 같은 맥락이다. 소로처럼 나 역시 무정부주의자가 아니다. 그러나 우리 사회에서 "법에 대한 존경"은 과잉 강조되고, "정의에 대한 존경"은 과소 강조되고 있다.

민주화 이후 국가기관이 직무를 행하며 정당한 사유 없이 시민을 살해 또는 고문하는 등 헌법과 법률을 위반해 시민의 인권을 중대하고 명백하게 침해하거나 이를 조직적으로 은폐·조작한 범죄가 속속 드러났다. 수십 년이 지난 후 재심판결에서 무죄가 내려지고 있다. 그런데 이렇게 '반反인권적 국가범죄'의 실상이 밝혀졌음에도 공소시효가 만료되어 범죄인들을 처벌하지 못했다. 공소시효에 대한 존중도 중요하지만, 이 제도가 '반인권적 국가범죄'를 범한 자들을 보호하는 현실은 정당한가? 형법상 소급효금지의 원칙은 국가의 부당한 형벌권 행사로부터 시민을 보호하기 위한 근대 민주주의 형법의 대원칙이지만, 헌법의 기본이념과 시민의 기본권이 국가권력에 의해 침해되고 조직적으로 은폐·조작되는 특단의 사정이 있는 경우는 이 원칙의 예외를 승인하는 게 옳지 않을까?

법은 사회적 균형추다. 네오마르크스주의적 표현을 쓰자면, 계급투쟁의 공간이자 절충물이다. 지배계급의 의사와 이익만이 일방적으로 법에 관철되는 시대나 체제와 달리, 시민민주주의가 자리 잡은 현대 국가에서는 각 계급, 계층, 집단의 의사와 이익이 법에 반영된다. 이때 권력, 재력, 지식, 인맥 등에서 강자 또는 가진 자의 입장이 약자 또는 가지지 못한 자의 입장보다 더 많이 관철될 것임은 물론이다.

2014년 겨울 생활고에 시달리던 60대 어머니와 30대 두 딸이 반지하 방에서 동반자살했다는 소식을 듣고 가슴이 먹먹했다. '자살'이 아니라 '사회·경제적 타살'이라고 느껴졌기 때문이다. 세상을 떠나면서도 그동안 밀린 집세와 공과금을 남기고 갈 만큼 도덕적이고 준법적인 인간이었던 이들의 소망과 바람은 우리의 법에 얼마나 반영되어 있을까.

법학과 법률가는 이런 점을 직시해야 한다. 법철학자 마사 누스바움은 강조했다. "분별 있는 관찰자"는 "역사의 수많은 부분을 차지해 온 고통과 불평등에 대해 무지하거나 이에 대한 인정을 거부"해서는 안 된다고.[15] 존 롤스John Rawls도 이렇게 말했다.

"모든 사회적 가치들, 자유, 기회, 소득, 재산 및 자존감의 기반 등은 이들 가치의 전부 또는 일부분의 불평등한 분배가 모든 사람에게 이익이 되지 않는 한 평등하게 분배되어야 한다. 그래서 모든 사람에게 이익을 주지 않는 단순한 불평등은 부정의가 된다('차등의 원칙')."[16]

전통적 정의론에서 강조하는 재화의 공정한 배분—"각자에게 각자의 것"이라고 요약되는 '배분적 정의'—에 집중하는 한편 "지배와 억압"을 문제 삼아야 한다.[17] "공정으로서의 정의"[18]를 막는 것이 바로 지배와 억압이기 때문이다. 16세기 영국에서 사상가이자 대법관으로 활약했던 토머스 모어Thomas More는 1516년에 쓴 『유토피아』에서 일반 서민들에게만 적용되는 정의인 "쇠사슬에 묶인 채 바닥을 기는 정의"와 군주들의 정의인 "원하는 것은 다 하고, 원

현대 정의론을 정립한 존 롤스

하지 않는 것은 하지 않아도 되는 정의"를 대비시켰다.[19] 전자에 대한 후자의 지배와 억압을 해결하지 않으면, 사회적 재화의 공정한 배분은 불가능하다.

'중용'의 의미

정의를 실현하기 위해서 법학과 법률가는 '중용中庸, golden mean'을 취해야 한다는 주장이 있다. 맞는 말이다. 유의할 점은 중용이란 가치판단을 배제한 채 대립하는 측으로부터 기계적·산술적 중간을 선택하는 것이 아니라는 점이다. 예컨대, 독재와 민주 사이, 제국주의와 식민지 사이, 억압과 자유 사이에 서서 '양비론' 또는 '양시론'을 펴고 타협을 말하는 것이 중용은 아니다. 그러한 태도는 '황금'처럼 보이지만 실상은 도금칠한 '중간치기'일 뿐이다. '중용'의 '중'은 '가운데'가 아니라 '정확함'을 뜻한다. 아리스토텔레스Aristoteles가 말한 것처럼, '비겁'도 '만용'도 아닌 '용기'가 '중용'이다. 요컨대 중용은 현실의 부정의와 부당함을 직시하고 그것을 고쳐서 최상·최적의 현실을 만들기 위해 부단히 고민하고 행동하는 심성과 자세를 뜻한다. 신영복 선생이 말한, "방향을 잡기

위해 끊임없이 흔들리는 지남철의 모습"이야말로 진정한 중용의 모습이라 하겠다.[20]

순자는 중용의 핵심을 저울에 비유해 "겸진만물이중현형兼陳萬物而重縣衡"이라고 했다. 즉, "만물들을 다 같이 늘어놓고 곧고 바름을 재고 헤아리는 것"[21]이다. 최상용 교수의 해석을 빌리자면 이렇다. "겸진만물은 저울에 달려는 물건을 저울판에 옮겨놓는 것을 말하며, 사물의 관계와 인간의 행위를 두루 고려해서 골고루 살핀다는 뜻이다. '중현형'은 저울추를 '中'(중)에다 달라는 말인데, 이 '中'은 저울눈에 정해져 있는 것이 아니라 물건을 달 때마다, 즉 사물의 관계와 인간행위를 둘러싼 상황에 따라 달라진다."[22]

만약 현실의 균형이 한쪽으로 기울어져 있다면 법은 균형을 다시 맞춰야 한다. 저울로 무게를 잴 때 저울추를 옮겨주어야 양쪽 쟁반이 수평을 이루는 것과 같은 이치다. '중립'이라는 명분 아래 현실 사회와 실정법의 모순이나 문제점을 외면하면 현실의 불균형은 방치될 수밖에 없고, 그 경우 중용을 이루는 것은 불가능해진다. 정의의 여신 디케도 자신이 들고 있는 저울추가 제대로 작동하도록 항상 균형을 맞추려고 애쓴다. 이때 사회·경제적 약자의 상황과 경험이 고려되어야 함은 물론이다. 그런데 이 형량은 기계적, 형식적으로 이루어져서는 안 된다. 사회·경제적 약자가 자신의 목소리를 기성의 법체제에 제대로 반영시키기는 어렵기 때문이다.

정약용과 이계심, 조병갑과 최시형

18세기 조선 정조 시절 곡산 부사 정약용과 농민 이계심, 두 사람이 주인공으로 등장한 일화를 살펴보자. 나는 학교 수업이나 대중 강의에서 '능동적 시민'의 모범과 올바른 법치를 구현하는 법률가의 예로 이 사건을 종종 거론한다.

정조는 중앙 요직에 있던 다산이 반대파의 공격을 받자 잠시 그를 보호하려고 외직外職인 황해도 곡산 부사직을 제수한다. 다산이 부임하기 전 이 지역에서는 농민 이계심이 주동한 '불법 시위'가 있었다. 군포 비리가 만연하던 당시, 관에서 군포 대금을 200냥에서 900냥으로 대폭 올려 징수하자 이계심은 백성 1000여 명을 이끌고 곡산관아로 달려가 항의 시위를 벌였다. 시위는 폭력적으로 해산되었고, 이계심은 수배자 신세가 되었다. 부임을 앞둔 다산에게 좌의정 김이소는 이 불법 시위의 주모자는 물론 적극 가담한 자를 잡아 사형에 처하는 등 엄히 다스리고 질서를 회복하라고 말했다.

그런데 이계심은 다산이 부임하는 길목에 갑자기 나타나 백성을 괴롭히는 10여 가지를 적은 문서를 전하고자 했다. 관졸들은 그를 당장 포박하고 칼을 씌우려 했다. 그러나 다산은 그를 오랏줄로 묶지 않고 그냥 관아로 따라오게 했고 사건을 검토한 후 무죄판결을 내려 석방했다. 이때 다산은 다음과 같이 말했다.

官所以不明者 (관소이불명자)

民工於謨身 不以漠犯官也 (민공어모신 불이막범관야)

如汝者 官當以千金買之也 (여여자 관당이천금매지야)

번역하자면 이렇다. "관이 현명해지지 못하는 까닭은 민이 제 몸을 꾀하는 데만 재간을 부리고 관에 항의하지 않기 때문이다. 너 같은 사람은 관이 천금을 주고 사야 할 사람이다." 지금 보아도 놀라운 사상이자 판결이다. 현대식 용어로 말하자면, 불의하고 부패한 권력 앞에서 시민은 움츠리지 말고 권력에 대한 비판을 실천해야 하며, 이러한 시민에게는 형벌이 아니라 상찬이 주어져야 한다는 것이다. 다산은 함석헌 선생의 금언, "깨어 있는 씨알이라야 산다"를 선취先取하고 있었다.

이러한 상황과 정반대의 귀결을 만든 조선 시대 사건과 등장인물을 보자. 동학농민혁명의 발화점을 제공한 탐관오리 고부군수

정부 요직에 올라 있었음에도 국가의
일방적 폭치를 경계한 조선 후기 실학자 정약용

조병갑은 곤장을 맞고 잠시 전남 고금도로 유배되었으나, 1898년 고종에 의해 대한제국 법부 민사국장으로 발탁되었다. 그리고 동학 제2대 교주 해월 최시형은 소추와 판결 기관을 구분한 '근대식' 외관을 갖춘 한성재판소의 재판에서 사형을 선고받고, 72세에 "법대로" 참형을 당했다. 그런데 이 재판부의 배석판사가 바로 조병갑이었다. 이후 조병갑은 '법을 이용한 지배'를 위한 충실한 도구가 되어 호의호식하며 여생을 보냈다.

또한 덜 알려져 있지만 '을사오적' 이완용, 박제순, 이근택, 이지용, 권중현 5인은 모두 최고위급 판사 출신이었다(이완용은 지방 재판소 판사, 다른 4인은 현재 대법원에 해당하는 평리원平理院 재판장 또는 재판장 서리 출신). 매국대신의 목을 쳐야 한다는 상소를 올리고 의병을 일으킨 왕산 허위 선생도 평리원 재판장을 역임했는데, 훗날 왕산은 이완용의 체포 명령으로 일본 헌병에게 체포되어 서대문 형무소에서 제1호 사형수로 순국한다.

이 오래된 일화를 꺼내는 것은 '법치'에 대한 저급한 인식이 우려되기 때문이다. 민주공화국 대한민국에서 이계심이나 동학도가 나타났을 때, 법률가들은 정약용의 길을 택할 것인가, 아니면 김이소, 조병갑 또는 을사오적의 길을 택할 것인가? 촛불시위 참석자, 정부 정책을 비판하는 언론인과 네티즌, 생존권을 위해 거리로 나선 노동자, 빈민, 영세자영업자 등을 '민란'을 꾀하는 '폭도' 정도로 취급하는 권력자가 왕왕 있다. 이계심을 "천금을 주고 사야 할" 사람으로 보고 그 목소리에 귀를 기울이려는 정약용을 발견하기는 어렵다. 그 대신 강경 진압을 외치는 김이소, 조병갑들만이 어깨에 힘을 주고 위세를 부리고 있다.

단적인 예를 보자. 2008년 5월 촛불집회·시위가 한창일 때 이명박 대통령은 쇠고기 관련 대책 회의에서 역정을 내며 다음과 같이 말했다. "1만 명의 촛불은 누구 돈으로 샀고, 누가 주도했는지 보고하라." 대권후보가 된 윤석열 씨는 2022년 2월 8일 국민의힘당 유튜브 채널 '오른소리'에 공개된 인터뷰에서 2019년 9월 서초동 촛불집회를 맹비난했다. "조국 사태 때는 참 어이없는 일들이 있었다. 대검과 서울중앙지검 앞에 수만 명, 얼마나 되는 인원인지 모르겠는데 소위 말하는 민주당과 연계된 사람들을 다 모아서 검찰을 상대로 협박했다. 완전히 **무법천지다**. 과거 같으면 다 사법 처리될 일인데 정권이 뒷배가 되어서 그런지 마음대로 한다."

이 두 사람은 촛불집회·시위가 주권자의 헌법적 권리라는 점을 외면한다. 촛불시민은 수사를 받고 처벌되어야 할 피의자일 뿐이다. 여기서 '법을 이용한 지배'에 대해 시민은 '시민불복종civil disobedience'으로 대항할 수 있고, "정부의 폭정이나 무능이 극에

달해 견딜 수 없을 때"[23]는 "혁명의 권리"를 행사할 수 있다는 것이 근대 민주주의의 상식이라는 점을 강조하지 않을 수 없다.

이러한 맥락에서 20세기 초 미국 연방대법원 대법관으로 재직한 벤저민 카르도조Benjamin Cardozo가 퇴임하면서 남긴 말은 새삼 큰 울림을 준다.

"법관으로 재임 중 중립적이었다고 생각한 판결은 나중에 보니 강자에게 기울어진 판결이었고, 재임 중 약자에게 유리한 판결을 내렸다고 생각한 것은 나중에 보니 중립적이었다."[24]

요즘 들어 이해할 수 없는 검찰의 수사, 법원의 판결을 더욱 자주 접하게 된다. 법률가들은 자신이 진정한 중용의 자세를 취하고 있는지, 아니면 중립의 이름 아래 강자 편을 들고 있는지 돌아보아야 한다. 세상의 법 공부가 후자의 방향으로 이뤄진다면 법과 법률가 모두에게 비극일 것이다. 예수도 경고했다.

"저주받으리라, 법률가여. 너희는 지식으로 들어가는 열쇠를 가지고 너희 자신도 들어가지 않고 들어가려는 사람들까지 막고 있구나!"

**형사
처벌**

왜 '헌법적 형사법학'인가

      지나가는 시민에게 '형법' 하면 무엇이 떠오르냐고 물으면, 대부분 '체포', '구속', '감옥' 등의 단어를 말할 것이다. 사실 형법이 적용된다는 것은 시민의 생명, 신체, 자유, 재산 등이 박탈되거나 제한된다는 것이다. 죽거나 갇히거나 빼앗기는 것이니 시민들이 두렵게 생각할 만하다.

| 2장 _ 법을 이용한 지배 vs. 법의 지배

'육조지'를 아시나요?

1974년에 발표된 정을병의 단편소설 「육조지」에 나오는 여섯 가지 '조지기'는 형법에 대한 당시 시민의 관념을 적나라하게 보여준다. 즉, 집구석은 팔아 조지고, 죄수는 먹어 조지고, 간수는 세어 조지고, 형사는 패 조지고, 검사는 불러 조지고, 판사는 미뤄 조진다는 관념이다.

1980년대 내가 대학에 다니던 시절 독재 정권은 각종 악법으로 시민의 정당한 표현의 자유 행사를 강하게 처벌했다. 등하굣길은 물론이고 길거리에서도 툭하면 경찰관이 시민의 옷과 가방을 뒤졌다. 항의라도 하면 끌려가 경찰버스나 경찰서 안에서 두들겨 맞았다. 수시 절차에서 고문이나 폭행은 다반사였다.

당시 형사법학은 이렇듯 처참한 법 현실을 외면하거나 심지어 정당화하고 있었다. 존재하고 있는 법률은 옳은 것이므로 반드시 지켜야 하고, 법학은 법조문을 기존 통설과 판례에 따라 해석하는 것일 뿐이라는 인식이 팽배했다. 이러한 상황에서 형사법을 공부하고 싶은 마음은 전혀 없었다. 그래서 대학 시절에는 법철학, 법사회학, 국제인권법 등에 관심을 가졌다. 실정법률에 대한 실망, 국내법에 대한 실망 때문이었다.

그러나 대학원 입학 후 멘토 교수님과 선배님들을 만나면서 생각이 달라졌다. 선배들은 독재 체제를 옹호하는 법학이나 현실과 유리된 추상적 개념과 논리에만 빠져 있는 법학이 아닌 다른 법학을 해보자는 데 뜻을 모으고, 학교 커리큘럼과 상관없이 별도의 공부를 진행하고 있었다. 대학 시절 내가 했던 것과 비슷한 고민과 경험을 했던 선배들이었다. 이분들이 작업한 책 『법, 국가, 저발전』(한인섭·이철우 엮음, 1985), 『마르크스주의와 법』(휴 콜린즈 지음, 홍준형 옮김, 1986) 등도 읽게 됐다.

대학원 입학 후 선배들과 함께 열심히 공부했다. 정규 수업 시간에 읽었던 논문이나 자료보다 훨씬 더 많은 양의 글을 세미나에서 읽었다. 당시 한국 법학계에는 거의 소개되지 않았던 '법과 사회' 학파, '비판법학' 학파, 마르크스주의 법학 등을 섭렵했다. 선배들과 함께 공부하면서 내 속에서는 학문에 대한 뜨거운 열정이 일어났다. 선배들에게 배우고 논쟁하면서 쑥쑥 크는 느낌이었다. 선배, 동료들과 같이 읽고 번역한 결과물의 일부는 『자본주의 국가와 법 이론』이라는 책으로 출간됐다. 이 책의 옮긴이 이름인 '조성민祖成民'은 "조국의 민주화를 이룬다"라는 뜻의 가명인데, 학문적 성과를 가명으로 내야 했던 당시 현실을 잘 보여주는 사례다.

독재 정권 시절 지배계급의 도구에 불과했던 형사법이 아닌 새로운 형사법에 대한 전망을 본 후, 공부는 호기심을 넘어 사명으로 다가왔다. 새로운 법학 공부를 통해 세상을 바꿀 수 있다는 판단이 들었다. 조선 말기 백성들의 곤궁한 삶을 구제하기 위해 기존의 학문 틀에서 벗어나 실학을 추구한 선비들처럼, 형법은 세상을 바꾸기 위한 방책이자 통로였다. 그래서 나에게 법학은 언제나 '실천학문'이었다. 이후 박사과정에 다니는 동안에는 그간 공부하면서 번역해 놓은 것을 책으로 묶어 1991년 내 이름으로 출판했다. 『실천법학입문』이라고 이름 붙였는데, 제목에서 당시 나의 지향점을 알 수 있을 것이다.

이렇게 형사법을 한국 사회 현실과 연결시켜 파악하고 변화를 모색하는 방향으로 공부하다 보니, 법 공부가 점점 재미있게 느껴졌다. 형사법은 인권과 밀접한 관련이 있다. 형법은 단지 범죄를 처벌하는 것만 아니라 인권을 보호하는 것도 사명으로 하고 있다. '죄형법정주의'는 형법을 만들고 해석하는 대원칙으로, 이를 통해 국가형벌권의 오남용이 통제된다. 묵비권, 변호인접견권, 고문금지 등 형사절차상의 권리를 통해 피의자와 피고인의 인권이 보호된다. 형법은 범죄와의 투쟁 도구인 동시에 국가형벌권에 의해 시민이 부당하게 억압받는 것을 방지하는 역할을 하는 양면성을 가지고 있는 것이다.

형사법은 어떤 행위가 범죄인지, 어떤 행위는 범죄가 아니어야 하는지, 범죄에 대해서는 어떠한 제재가 가해져야 하는지, 그리고 피의자와 피고인을 수사, 기소, 재판할 때는 어떠한 절차를 지켜야 하는지 연구하는 학문이다. 형사법은 민사법과 함께 법학 중 가장 기본에 속하는 분야지만, 법대에서 형사법을 공부하려는 사람은 다른 전공에 비해 상대적으로 적은 편이다. 국제법이나 지적 재산법과 같이 세련된 느낌을 주지도 않고, 회사법, 세법, 경제법과 달리 돈 버는 일과도 관련이 없다. 그런데 공부해야 할 양은 매우 많다. 굳이 비교하자면, 의대에서 힘들기만 하고 돈은 안 된다는 이유로 전공의 지원율이 낮다는 외과와 비슷하다.

그러나 나는 이 묵직한 학문 분야가 좋아졌다. 특히 형사법을 헌법정신에 비추어 분석하는 학문방법론에 매료됐다. 이는 '헌법적 형사법학'이라 명명할 수 있는데, 형사법 조문의 틀 안에서만 맴돌지 않고 민주주의와 인권의 관점에서 형사 법률과 판례의 옳고 그름을 따지는 방법론이다. 이러한 방법론을 취하면 형사 법률이 범죄라고 규정하고 있는 것이 민주주의와 인권의 관점에서 보아 정당한지 비판적으로 분석하게 되고, 정당하다 하더라도 그에 가해지는 제재가 적정한지, 그 법률을 집행하는 절차는 적정한지 등을 검토하게 된다.

헌법적 형사법 vs. 형사처벌 만능주의

대체 '헌법적 형사법'의 관점에서 현실을 바라본다는 것이 어떤 의미일까? 쉽게 이해하기 위해 현재 논쟁이 되고 있는 몇 가지 사례를 들어보자.

첫째, 우리나라 법률에 따르면 대학 교수와 달리 초·중·고 교원의 정치활동이나 정당가입은 불법으로 형사처벌된다. 이에 대해 "당연한 거 아냐? 교사가 무슨 정치야?"라는 사람이 많을 것이다. 그렇지만 한국 바깥으로 시선을 돌려보자. OECD 회원국 중에서 한국과 일본 정도를 제외하고 대부분 나라에서는 교원 및 교원단체의 정치활동을 인정하고 있다. 예컨대, 프랑스의 경우 교원노조는 정당과 긴밀한 연대를 맺고 활동하며, 교원은 한국의 교수처럼 공직선거 출마 시에 휴직·복직이 허용된다. 국회의원 중 교원 출신은 단일 직종으로 가장 높은 비중을 차지하고 있다. 일찍이 국제연합교육과학문화기구UNESCO와 국제노동기구ILO도 1966년 '교원의 지위에 관한 권고'를 통해, "교원은 시민이 일반적으로 향유하는 모든 시민적 권리를 자유롭게 행사할 수 있어야 하고 공직 취임이 가능해야 한다"라고 권고한 바 있으며, 2010년 5월 우리나라를 방문해 한국의 정치적 표현 자유의 위축 상황을 직접 조사한 프랑크라 뤼Frank La Rue 유엔 '표현의 자유 특별보고관'은 2011년 6월 스위스 제네바에서 열린 유엔인권이사회 총회에서 한국 정부를 향해 교원과 공무원의 정치적 의사 표현의 자유를 보장하라는 권고를 담은 보고서를 제출했다.

그래서 나는 이렇게 주장하고 있다. 즉, 교원이 자신의 정치적 견해에 따라 교육 내용을 왜곡하고 자신의 견해를 학생에게 강요하는 것, 교원이 수업 시간에 수업 내용과 무관하게 특정 정당의 홍보 또는 출마 후보에 대한 지지활동을 벌이는 것, 근무 시간 동안 소속 정당의 업무를 보는 것 등은 금지되어야 한다. 그러나 이러한 제약을 넘어 교원이 정당에 가입하거나 근무 시간 종료 후 정치활동을 하는 것마저 금지하는 것은 과도한 기본권 제약이며, 위헌이다. 표현의 자유를 행사하는 데 부작용이 발생할 수 있다고 해서 표현의 자유 자체를 금지할 수 없는 것과 같은 이유다. 교원은 교원이기 이전에 정치적 기본권의 주체다. 교원의 정치활동이 교원으로서의 직무를 방해하는 것은 막아야겠지만, 직무방해를 염려해 정치활동 자체를 금지하고 처벌하는 현실은 바뀌어야 한다.

둘째, 현재 형법 제314조의 업무방해죄는 노동쟁의를 범죄화하는 핵심적 도구로 남용되고 있다. 헌법이 명시적으로 노동쟁의를 기본권으로 규정하고 있음에도, 판례는 노동자들이 집단적으로 정시출퇴근, 시간외근로를 거부하거나 집단조퇴·집단휴가를 사용—통상 '준법투쟁'이라고 불리는 쟁의전술—하면 폭력, 파괴행위, 폭행, 협박 등이 수반되지 않더라도 이를 업무방해로 처벌하고 있다. 그리고 헌법상 노동쟁의권은 노동자의 일방적 근로계약 파기를 보장하는 것인데도, 판례는 노동자의 집단적 노무제공거부를 업무방해로 처벌하고 있다. 사법私法적 근로계약 위반은 감봉 등의 제재로 해결되어야 함에도 형사처벌을 동원할 수 있게끔 허용한 것이다. 이렇게 되면 헌법이 금지하는 강제노동을 노동자에게 강제하는 결과를 낳는다. 그리하여 2007년 국제노동기구와 2009년 11월 유엔 경제·사회·문화적 권리위원회는 각각 한국 정부가 '업무방해죄' 적용으로 노동자들의 파업권을 약화시키고 안정적이고 조화로운 노사관계 형성을 막고 있다는 점에 심각한 우려를 표명했던 것이다.

이런 상황에서 노사 간의 대화가 제대로 될 리 없다. 사측에서는 진지하고 지속적인 대화로 이견을 좁히려 하기보다는, 쟁의행위가 일어나기를 기다렸다가 고소·고발하는 것을 선호한다. 한국 사회에서 쟁의행위가 과격화되고 폭력화되는 이유 중의 하나는 합법적 쟁의의 범위가 좁혀져 있는 데다가, 정부가 노사 간의 공정한 중재자 역할을 하지 않고 노동운동을 '불온시'하며 노골적으로 사용자의 편을 들기 때문이다. 노동자의 쟁의행위에 대해서는 정부가 적극적으로 업무방해죄를 적용하는 데 비해, 사용자의 '부당노동행위'에 대한 수사와 공소 제기는 매우 소극적으로 이루어지고 있다.

셋째, 제18대 대선 당시 박근혜 후보가 안중근 의사의 유묵을 소장하고 있는 경위와 도난 경위를 해명할 것을 촉구하는 글을 트위터에 올렸다가 기소된 안도현 시인 사건을 보자. 검찰은 안 시인이 박근혜 후보가 당선되지 못하게 할 목적으로 트위터에 "박근혜 후보가 안중근 의사의 유묵을 훔쳐서 소장하고 있거나 유묵 도난에 관여했다"는 허위사실을 공표함과 동시에 후보자를 비방했다며 기소했다.

안도현 시인이 국민참여재판을 신청했고, 국민참여재판 배심원 7명 전원은 무죄평결을 내렸다. 그런데 전주지법 제2형사부(재판장 은택 부장판사)는 선고공판에서 허위사실공표 혐의는 무죄로 판단하면서도, 후보자비방죄를 인정하고 선고유예 유죄판결을 내려 논란이 야기되었다. 이후 광주고법 전주지법 제1형사부(재판장 임상기 부장판사)는 허위사실공표 혐의는 1심과 같이 무죄, 후보자비방 혐의는 1심 유죄판결을 뒤집고 무죄를 선고했으며, 이는 대법원에서 확정되었다.

공직선거 후보자의 행위에 대해 합리적 의심을 할 상당한 근거가 있음에도 이를 제기하면 범죄가 된다는 것이 헌법정신에 부합하는 걸까? 선거라는 민주주의를 지탱하는 핵심 절차에서 후보를 검증하기 위한 표현의 자유 행사를 형사처벌로 제약하는 것은 무조건 경계되어야 한다. 부분적 오류, 과장, 허위가 있더라도 공직선거 후보자에 대한 검증을 억제하는 것은 민주주의의 원칙에 반하는 것이다. 이 점을 간과하고 형사처벌을 남용한다면, 선거 과정은 침묵의 무덤이 될 것이다. 김구 선생은 민주주의는 '훤훤효효嗕嗕囂囂', 즉 많은 사람들이 저마다 떠드는 모양, 갑론을박을 허용하는 것이라 했다. 민주주의의 꽃인 선거에서는 두말할 필요도 없지 않겠는가!

넷째, 이성에 군인 남녀—부부 또는 연인—가 합의에 기초해 항문성교, 구강성교, 성기애무 등을 한 경우는 수사 대상조차 되지 않는다. 물론 영내에서 이러한 행위를 하다가 발각된다면 징계처분을 받을 것이다. 하지만 동성애 군인이 합의에 기초해 이러한 행위를 하면 군형법상 범죄가 되어 수사를 받고 형사처벌을 받았다. 이러한 처벌은 명백히 동성애자에 대한 위헌적 차별이다.

다행히 2022년 4월 21일 대법원은 사적 공간에서 상호 합의에 의해 이뤄진 동성 군인 간의 성관계에 대해서는 군형법상 추행

죄로 처벌할 수 없다고 판결했다. 당시 피고인들은 근무 시간이 아닌 때 부대 밖에 있는 독신자 숙소에서 서로 합의하고 성관계를 했으나, 군사기관에 의해 적발되어 기소됐다. 대법원은 기존 판례를 변경하면서, 동성 간 성행위 자체를 '추행'으로 보고 무조건 처벌하는 것은 합리적인 근거 없이 군인이라는 이유만으로 성적 자기결정권을 과도하게 제한해 헌법이 보장한 평등권 등을 침해할 우려가 있다고 판시했다.

법학을 '업'으로 삼고 있는 사람이라면 이상과 같은 문제를 무시하고 지나칠 수 있을까. 내가 '헌법적 형사법학'을 공부하는 목표는 우리나라의 법률, 판례, 법 실무 등을 헌법과 국제인권법의 기준에 맞춰 바꾸는 것이다. 맹자의 문구를 빌리자면, 국가가 "함죄망민陷罪罔民"하는 것을 막아야 한다. 즉, 인민이 처해 있는 사회경제적 조건을 바꾸지 않은 채, 또는 기성의 도덕을 형벌로 유지하기 위하여 인민을 죄에 빠뜨리고 투망으로 잡는 정책을 바꿔야 한다. 궁극적으로는 '형사처벌 만능주의'를 없애야 한다. 나는 이것이 법의 진짜 '선진화'이며 '글로벌화'라고 생각한다.

3장__ 변함없는 재벌공화국

"민주적 자본주의는 꿈인가"

우리는 더 부유해졌는데
더 불안해졌다

1장에서 본 '검사독재'보다 더 근본적인 독재는 '경제독재'다. 권위주의 또는 군사독재 시절 기업의 운명은 정치권력에 달려 있었다. 당시 대통령은 특정 기업이 재벌이 되도록 키워주기도 했지만, 하루아침에 그 기업을 망하게도 했다. 따라서 기업이 대통령을 비롯한 정치권력자에게 천문학적 금액의 돈을 갖다 바치는 것은 일상이었다.

그런데 1987년을 계기로 정치적 민주화가 진행되면서 정치권력과 시장권력의 역학관계는 역전되는 방향으로 움직인다. 과거처럼 정치권력이 자의적으로 기업을 죽였다 살렸다 하는 시대는 종료했다. 물론 기업인은 탈세, 주가조작, 뇌물수수 등의 범죄를 저지르면, 처벌을 받는다. 하지만 그런 경우 외에 기업인은 이제 더 이상 정치인을 과거처럼 두려워하지 않는다. 경제권력을 세습적으로 보장받는 재벌총수의 관점에서 대통령은 5년짜리 피고용인일 뿐이다. '오너'라고 불리는 힘 있는 집권 초에만 비위를 맞춰주고 기업의 이익을 도모할 뿐이다. 재벌일가의 입장에서 대통령, 대통령 후보, 유력 정치인은 '관리'의 대상이다. 2005년 5월 청와대에서 열린 대기업과 중소기업 간의 협력 강화를 위한 대책 회의에서, 그리고 2009년 발간된 유고집에서 고 노무현 대통령은 권력이 시장권력, 즉 자본으로 넘어갔다는 현실 진단을 내린 바 있지 않았던가.

재벌일가는 최강의 경제권력자들로, 명실상부한 '사회귀족'이다. 생래적生來的 비교 우위를 가지고 태어난 이들은 경제를 넘어, 정치, 사회, 문화 모든 영역에서 지배력을 행사하고 있다. 그러나 이들의 행태에서 후술할 스웨덴의 대표 기업 '오너' 발렌베리 Wallenberg 가문의 모범적 모습을 찾기는 어렵다. 총수를 수사·기소했던 검사, 판결을 내린 판사는 사건 종결 후 종종 총수의 변호인으로 변신한다. 최고위 공무원들은 속속 재벌 임원으로 합류해 대정부 로비에 앞장선다. 정당과 언론은 물론 심지어 학계도 경제권력의 눈치 보기에 급급하거나 그들에게 적극적으로 영합한다.

재벌이라는 혈연적 대기업 집단이 고수하는 1인 중심의 의사
결정과 전제적 경영 구조, 불법적 경영권 승계와 세금 포탈 등 각종
범죄에 대한 비판은 나라 경제의 동력인 기업의 발목을 잡는 반경
제적, 반시장적 주장으로 매도당하기 일쑤다. 권위주의 체제에서
는 '빨갱이'라는 호칭이 인생을 끝장내는 낙인이었다면, 기업의 논
리가 사회를 지배하는 '기업 사회'[1]가 된 지금은 '반기업'이라는 낙
인이 이를 대체했다. 게다가 정·관·언론계는 "삼성이 나라를 먹여
살린다", "삼성이 망하면 한국도 망한다" 등의 주술을 너나없이 앞
장서서 퍼뜨린다. 그리하여 삼성을 위시한 재벌을 비판하는 사람
은 순식간에 '매국노'가 되고 만다.

프란치스코 교황의 경고

군사독재와 '천민賤民자본주의vulgar capitalism'가
세상을 지배하던 시절, 우리는 이룰 수 없어 보이던 꿈을 꾸었고 모
든 이해타산을 집어던지고 심장박동이 이끄는 대로 내달렸다. 우
리는 민주주의에게 열렬히 구애했고, 민주주의는 우리의 사랑을
받아줬다. 그리하여 1987년 헌법 체제라는 꽃이 피었고, 전두환·

노태우 두 군사 반란의 지도자는 감옥에 들어갔다.

그러나 이후 우리 심장은 점차 식어갔고 꿈은 쪼그라들었다. 시대와 국경을 뛰어넘어야 할 상상력은 법과 제도의 틀 속에 갇혔고, 그리하여 초라해졌다. "여전히 배고프다!"라고 말할 시점에 "이만하면 허기는 면했잖아?"라고 자족하며 주저앉았다. 서경식 교수의 표현을 빌리자면, 우리는 "생활보수파가 되었다".[2] 특히 1997년 외환위기가 닥치자 매가리마저 풀려 스스로 통치의 논리와 자본의 논리에 투항하고 말았다. '먹고사니즘'이라는 "경제적 안정을 삶의 최고가치로 치는 한국 특유의 보수주의"에 빠졌다.[3] 그 결과 버트런드 러셀Bertrand Russell이 지적한 다음과 같은 배금拜金주의 풍조가 우리 사회에 만연하게 되었다.

"오늘날의 세계에서는 대개 인생의 쇠퇴가 물질적인 재화에 대한 숭배를 조장하고, 물질적 재화에 대한 숭배는 다시 인생의 쇠퇴를 촉진하고, 인생의 쇠퇴 위에서 물질적 재화에 대한 숭배가 번창한다. (…) 배금주의는 (…) 아무런 활력이 없는 획일적인 인격과 의도를 조장하고, 삶의 기쁨을 축소시키고, 공동체 전체를 피로감, 좌절감, 환멸감으로 몰아넣는 스트레스와 긴장감을 조성한다."[4]

3장 _ 변함없는 재벌공화국

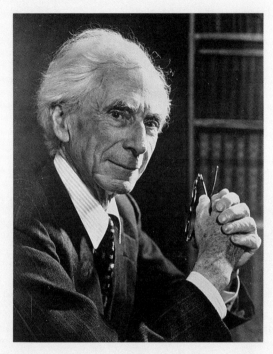

인류 역사상 가장 위대한 논리학자로 손꼽히는
철학자 버트런드 러셀

이러한 상황에서 민주주의의 정신은 옅어지고 묽어져 갔으며, 1987년 헌법 체제의 고갱이는 메말라 갔다. 1987년 6월 항쟁이 한국의 정치적 환경을 바꾸었다면, 1997년 IMF 위기는 한국의 경제적 환경을 바꾸었다. 내가 미국에서 박사학위를 취득하고 돌아온 1998년의 한국 사회는 이전의 사회와 달랐다. 군사독재는 사라졌지만 물신物神독재가 자리 잡았다. 신자유주의, 정리해고, 비정규직, 88만원 세대 같은 낯선 단어가 사람들을 두려움과 공포에 떨게 했다. 군사독재에 맞서 모든 것을 버리고 싸웠던 투지와 용기는 사라졌다. '호모 이코노미쿠스Homo Economicus'가 되어 살기에 급급했던 우리는 순식간에 '호모 사케르Homo Sacer', 즉 '벌거벗겨진 생명'으로 전락해 처분만 기다리는 존재가 됐다. 살아남아야 하는 절박한 상황에서 돈과 출세가 삶의 최고 목표로, 심지어 최고 미덕으로 받들어진다. 참담한 일이다.

1941년 저명한 미국 연방대법관 루이스 브랜다이스Louis D. Brandeis는 다음과 같이 경고했다.

"우리는 선택을 해야만 한다. 우리는 민주주의를 갖거나, 또는 부가 소수의 손에 집중되는 상황을 가질 수 있다. 하지만 둘 다 가질 수는 없다."

소수로의 부의 집중은 민주주의를 위축시키고 고사시킨다. 부가 없는 다수는 부가 있는 소수에게 머리를 숙이고 민주주의를 포기할 수도 있다.

사마천은 『사기』 '화식전貨殖傳'에서 다음과 같이 말했다. "재산이 자기보다 열 배가 많으면 그에게 자기를 낮추고, 백 배가 많으면 그를 무서워해 꺼리며, 천 배가 많으면 그에게 부림을 받고, 만 배가 많으면 그의 노복이 된다." 사마천이 기원전에 지적했던 현상이 21세기 대한민국에도 재현되고 있다. 민주공화국의 주권자가 재벌 앞에서 위축되고, 심지어 재벌을 숭배하기까지 하고 있다. 부가 '유능'과 '도덕'의 징표가 되었고, 가난은 '무능'과 '게으름'의 결과로 인식된다.

물질적 부의 규모는 이전보다 훨씬 커졌는데 반대로 개개인의 삶은 훨씬 더 불안해졌다. 제19대 대선 기간에 여야 후보는 모두 '경제민주화'와 '복지국가'를 약속했다. 그러나 현실은 큰 변화가 없다. 많은 시민들이 '시장권력' 또는 '시장강자'의 위세에 눌려 인간의 존엄을 상실하고 있다. 심지어 정당한 노동을 해도 그 대가조차 받지 못하는 경우가 많다. 세계적 평화학자 요한 갈퉁Johan Galtung의 인권 개념을 빌려 말하자면, 1987년 6월 항쟁으로 유산계급의 '청색 인권'은 법적으로 보장되기 시작했지만 무산계급의 '적색 인권'

보장은 여전히 취약하다. 2020년 기준 1인당 국민총소득GNI 3만 달러 시대라지만, 대다수의 서민과 중산층은 여전히 형편이 빠듯하고 삶이 팍팍하다고 느낀다. 곳곳에서 "먹고살기 힘들다"라는 소리가 터져 나온다.

이상과 같은 상황에서 프란치스코 교황의 경고는 지금 우리가 살고 있는 세상에서 무엇이 잘못되고 있는지 그 현주소를 정확히 밝히고 있는 것 같다. 그의 발언은 한국의 어느 좌파보다 더 좌파적이다.

"오늘날 배제와 불평등의 경제에 대해 '그래서는 안 돼'라고 말해야 한다. 경제가 사람을 죽이고 있다. 나이 들고 집 없는 사람이 노숙을 하다 죽었다는 것이 뉴스가 되지 않는 반면, 주가지수가 2포인트 떨어졌다는 것이 뉴스가 된다. 어떻게 이럴 수 있나? 이는 배제의 사회다. 사람들이 굶어 죽어가고 있는데 음식이 버려지는 상황을 계속 지켜만 보고 있을 수 있나? 이는 불평등의 사회다. 오늘날은 경쟁과 적자생존의 법칙 아래에 모든 것이 지배되고 있다. 힘 있는 사람이 힘 없는 사람을 착취하며 살고 있는 사회다. 그 결과 많은 사람들이 배제되고 비참한 존재가 되고 있다. (…) 우리는 새로운 우상들을

3장 _ 변함없는 재벌공화국

빈부 격차 해소와 바티칸 개혁에 적극적으로 나선
로마 가톨릭 제266대 교황 프란치스코

창조했다. 고대 황금 송아지에 대한 숭배(출애굽기 32장 1~35절)가 돈이라는 우상과 인간을 위한 진정한 목적이 결여된 비인격적인 경제독재라는 새롭고 잔인한 형태로 변신했다."

프란치스코 교황은 '교황 권고'에서 "규제 없는 자본주의는 새로운 독재"라고 질타했다. 그는 "'살인하지 말라'는 십계명이 인간의 생명을 지키기 위한 규제였던 것처럼, 오늘날 사람을 죽이고 있는 배제와 불평등의 경제도 금지되어야 한다"고 말했다. "경제적 살인을 하지 말라"가 현대 사회의 새로운 십계명이라는 말씀이다. 미국 좌파 정치사회철학자 낸시 프레이저가 현재의 사회체제를 '식인 자본주의cannibal capitalism'라고 명명한 이유도 같은 맥락일 것이다.[5]

'경제적 살인'의 주된 피해자는 '호모 파베르Homo Faber', 즉 노동하는 인간이다. 실제로 지금도 수많은 노동자들이 산업재해, 직업병, 자살 등으로 죽어가고 있다. 2013년 개봉된 영화「또 하나의 약속」은 '경제적 살인범'에 의해 '살해'된 노동자의 이야기를 다뤘다. 영화 속에서 재벌 인사관리팀장은 반도체 공장에서 일하다가 백혈병에 걸려 숨진 20대 초반 여성 노동자의 아버지를 비웃으며 내뱉었다. "정치는 표면이고 경제가 본질이죠."

민주주의의 위기

1987년 헌법이 보장하는 대의민주주의의 틀은 그 대로지만, 그 위에 사회귀족의 과두정이, 그리고 시장경제의 이름을 내걸고 족벌지배 자본주의가 자리 잡았다. 그리고 독재 정권을 무너 뜨리고 민주공화국을 세웠던 주권자들이 언제부터인가 이들 사회 귀족을 선망하거나 두려워하는 마음을 가지게 됐다. "일자리를 만 들고 국민을 먹여 살리는 게 누군가"라고 말하며 '경제적 살인범'들 을 두둔하기도 한다. 이제 경제권력은 새로운 '황금 송아지'가 됐다.

한편 비즈니스의 '갑을 관계'는 '주인과 노예'의 관계로 변질됐 다. '을'로 통칭되는 사람들의 억울함과 고통은 이제 참을 수 있는 한도를 넘어섰다. 지난 2013년 '남양유업' 사건으로 공론화된 비상 식적인 '갑을 관계'의 문제는 비단 남양유업만의 문제가 아니다. 편 의점, 대리점, 아르바이트, 비정규직, 하청업체 등 사회 곳곳에서 확인되는 '갑을 관계'를 보면 '사회적 노예제도'가 부활한 듯하다.

기성세대는 물론, 청년 학생들도 '88만 원 세대', '삼포세대' 등 의 단어를 공유하며 위축되고 있다. 무작정 공무원 시험에 매달 리거나 아르바이트로 연명하는 '프리터Freeter족'이 늘어나고 있 다. 아예 일자리를 구할 의지가 없는 젊은이들, 즉 '니트NEET(Not in

Education, Employment or Training)족도 급증하고 있다. 겨우 구한 직장은 비정규직인 경우가 대부분이니 의미도, 재미도 느낄 새가 없다. 대부분의 노동자들에게 오늘날은 생존의 몸부림만 쳐야 하는 서글픈 인생이다. "아프니까 청춘이다"(김난도)라고 위로하기에도 미안하기만 하다. 일자리 문제, 주택 문제, 결혼 문제 등을 걱정하느라 세상이 온통 회색빛으로 보인다니 기성세대로서 참으로 미안하다.

개인이 아무리 노력해도 계급 이동이 어려워진 사회는 고려시대 노비 만적萬積이 규탄했던 "왕후장상의 씨"가 대대로 이어지는 사회와 다르지 않다. 일찍이 영국 법제사가 헨리 메인Henry James Sumner Maine은 "신분에서 계약으로"의 변화가 중세에서 근대로 넘어가는 사회 변화의 핵심이라고 갈파했다. 그런데 21세기 현대 한국에서 '계약'의 형식을 빌려 재벌을 정점으로 하는 '신분제'가 되살아나 작동하고 있는 것이다.

'군사독재' 종료 후 '경제독재'가 자리 잡았고, 윤석열 정권 출범으로 '경제독재'를 공고히 하는 '검사독재'가 들어섰다. 수사권과 기소권을 행사하는 검찰의 힘은 두렵다. 채용과 해고를 통해 노동자의 삶을 결정하고 하도급을 통해 중소기업의 운명을 좌지우지하는 재벌의 힘도 무섭다. 정치적 민주화 이후에도 주권자 국민은 선출되지 않은 두 개의 권력 앞에서 위축된다.

1987년 6월 항쟁이 이룬 정치적 민주주의는 다시 위기에 처했다. 나는 정치사상가 샹탈 무페Chantal Mouffe가 민주주의에 대한 경고로 남긴 글의 진짜 의미를 확실히 알게 됐다.

"민주주의는 불확실하고 일어날 법하지 않은 어떤 것이며, 당연한 것으로 받아들여서는 안 된다. 민주주의는 항상 허약한 정복이며, 심화시키는 만큼 방어도 중요하다. 일단 도달하면 그 지속성을 보증할 민주주의의 문턱 같은 것은 없다."[6]

'검찰독재'와 '경제독재', '검찰공화국'과 '삼성왕국' 모두 무섭고 두렵다. 그러나 민주주의의 핵심 중 하나는 '일인일표제'다. 한 표를 가진 주권자 한 명이 검찰이나 재벌과 싸워 이길 수 없다. 한 표, 한 표가 모이면 달라진다. 또한 민주주의는 '대의민주주의' 외 '광장민주주의'를 요구한다. 촛불 하나하나가 모이면 달라진다.

기업

누가 이 재물신 마몬의 목에
고삐를 채울 것인가

'삼성왕국'을 넘어 '발렌베리 모델'로

2010년 1월 9일, 당시 이건희 삼성그룹 회장은 미국 라스베이거스에서 열린 전자기기 박람회장에서, 한국 사회를 향해 "각 분야가 정신을 좀 차려야 한다"라는 메시지를 날렸다. 이어 2월 5일 이병철 삼성그룹 창업주 탄생 100주년 기념행사에서는 "모든 국민이 정직했으면 좋겠다. 거짓말 없는 세상이 되기를 바란다"라며 전 국민에게 훈계를 하는 것 같은 지시를 내렸다.

이 회장의 발언을 다룬 보도를 접하면서, 나는 이 회장이 자신은 거짓말하지 않는 정직한 사람이며 정신을 차린 사람인 반면, 국민은 정신을 차리지 못한 채 거짓말을 많이 하는 부정직한 사람들이라고 생각하고 있음을 감지하게 되었다. 자신이 횡령·배임·탈세 등 각종 중대 범죄로 유죄판결을 받았고 머리 숙여 대국민 사과도 했음을 분명히 알고 있을 텐데 왜 그는 이런 과감한 발언을 했던 것일까?

민주화 이후에도 정치적 민주주의의 형식적 틀은 유지되고 있다. 보수우파 정부 아래에서는 표현의 자유, 언론의 자유 등 정치적 기본권이 후퇴하는 경향이 있지만, 야당이 불법화되거나 정치권력에 대한 비판 자체가 완전히 금압되는 수준은 아니다. 자유롭고 정기적인 선거는 정상적으로 운영되고 있기에 주권자가 정치권력을 교체할 수 있는 제도적 기회는 보장되어 있다. 국가보안법이 존재하지만 권위주의 시대에 비하면 그 적용 대상은 현격히 줄어들었고, 유죄가 나오는 경우 형량도 매우 가벼워졌다.

'민주공화국'보다 우위에 선 '삼성왕국'

민주화 이후 시장권력은 정치권력의 강압과 속박에서 벗어났을 뿐만 아니라 이제 정치권력을 뒤에서 주무르고 있다. 시장권력에게 민주화는 자본축적과 증식의 고삐 풀린 자유화를 의미할 뿐이었다. 현재 시장권력은 정치·시민사회의 전면에 나서서 움직이지는 않지만, 그 배후에서 수렴청정을 하고 있다. 정치권력은 비판받고 교체되기도 하지만, 그 뒤에 떡하니 자리 잡고 있는 시장권력은 자신에 대한 비판도 교체도 용납하지 않는 성스러운 '마몬mammon'이 되었다. 이 재물신 앞에서는 노무현도, 이명박도, 문재인도, 윤석열도 5년짜리 계약직 고용사장일 뿐이다.

게다가 이 막강한 시장권력은 세세손손 혈통을 따라 계승된다. 한국 재벌 체제에서 '오너'의 피가 섞이지 않은 사람이 경영권을 이어받는 일은 희소하다. 삼성그룹의 새로운 수장이 된 삼성전자 이재용 회장이 삼성의 성장과 발전을 위해 어떠한 업적을 쌓고, 또 어떠한 기여를 했는지는 확인되지 않았다. 그가 '삼성왕국'의 유일한 '왕자'가 아니라면 그 자리에 오를 수 있었을지 의문이다. 북한 정권이 김일성, 김정일, 김정은으로 3대 세습되었듯이, 삼성의 권력도 이병철, 이건희, 이재용으로 3대 세습되었다. 이 혈통에 따른 승계선에 있는 '총수' 및 그 일가에 대한 내부 비판은 상상할 수 없다.

대한민국은 '민주공화국'이지만, 이 민주공화국의 원리는 '삼성왕국'의 성벽 앞에서 작동을 멈춘다. 예컨대, 삼성의 불법이 드러나도 수사기관은 수사를 머뭇거리고, 공소기관은 기소를 주저하고, 법원은 '솜방망이 판결'을 내리며, 유죄판결이 나도 대통령은 특별

사면을 해준다. 삼성그룹이 이건희 일가의 그룹 지배를 영속화하기 위해 금산분리 정책의 완화를 추진하자, 정부와 국회는 이를 기꺼이 수용한다. 산업자본이 금융을 지배할 위험성에 대한 경고, 막대한 국민의 세금이 투여되어 살려놓은 은행이 대기업의 사금고로 전락할 위험성에 대한 경고 등은 모두 무시된다. 삼성생명은 손실이 날 경우 주주 외에 계약자도 부담을 지도록 운영하면서 성장해왔는데, 금융감독위원회는 생명보험사 상장 시 계약자의 몫을 0으로 만드는 "대국민 사기극"(이동걸 전 금융연구원장의 발언)을 벌여 삼성생명에 조 단위의 선물을 안겨준다.[7]

헌법은 노동기본권을 명백히 보장하지만, 삼성은 "내 눈에 흙이 들어가기 전에는 노조는 안 된다"라는 이병철 선대 회장의 유훈을 지기고자 온갖 비판과 부작용을 감수하며 최근까지 '무노조 정책'을 유지했다. 대부분의 기업이 노조를 좋아하지 않으면서도 노조 자체는 인정하는 것과는 너무도 다른 행태였다. 삼성 직원이 노조를 준비하기만 해도 개별 면담과 일대일 감시를 하고, 심지어 휴대전화를 불법 복제해 위치 추적을 했으며,[8] 그래도 노조 결성을 추진하면 각종 인사상의 불이익을 가하고, 마침내는 여러 이유를 들어 해고했다. 이러한 삼성의 무노조 정책은 삼성그룹을 넘어서 하청업체에까지 영향을 미쳤다. 대구의 태양기전, 구미의 KH 바텍,

청주의 월드텔레콤 등 삼성 하청업체의 예처럼 하청업체에 노조가 생기면 물량을 주지 않겠다는 삼성의 위협 때문에 노조가 와해되었으며, 한솔홈데코나 이마트 등의 경우처럼 삼성에서 벗어나도 '무노조 경영' 원칙이 고수되었다.[9] 헌법과 노동법의 규정은 삼성 앞에서 휴지 조각으로 전락했고, 경찰·검찰과 노동부는 삼성의 부당노동행위와 범죄에 손을 놓아버렸던 것이다.

이상과 같은 현상 앞에서 토머스 모어가 1516년에 쓴 『유토피아』의 다음과 같은 문구가 떠오르지 않을 수 없다.

"오늘날 번영을 구가하는 여러 공화국commonwealth에서 내가 찾아볼 수 있는 것이라고는 단지 공화국이라는 이름 아래 자신의 이익만을 불려나가는 부자들의 음모뿐입니다. 그들은 사악하게 얻은 것을 지키기 위해 온갖 수단과 방법을 동원하고, 가난한 사람들의 노력과 수고를 가능한 한 헐값에 사들일 계획을 세웁니다. 그런 것을 두고 부자들이 공화국의 이름으로 지켜야 하는 것인 양 주장하면 곧 법이 됩니다."[10]

사실 전제군주가 지배하는 나라에서 법과 윤리의 판단자는 군주다. 따라서 '삼성왕국'의 왕 이건희 회장의 마음속 깊은 곳에서는

16세기 법과 정의의 존재 이유에 대해 의문을 제기했던
자유의 인문학자 토머스 모어

자신이 왜 수사를 받고 유죄판결을 받아야 하는지 이해하지 못했을 것이다. 자신이 겪은 수모나 삼성에 대한 비판은 '부정직한 국민의 거짓말' 때문에 음해를 받은 것이라 생각한다. 자신과 측근의 범죄와 관련해 대국민 사과를 했지만, 마음속에는 '내가 이 나라를 다 먹여 살리는데'라는 생각이 사라지지 않고 있을 것이다. 그리고 삼성의 직원은 자신이 주는 녹봉으로 먹고사는 '신하' 또는 '하인'일 뿐인데 이들이 노동조합을 만들어 '왕'과 대등하게 교섭한다는 것 자체를 받아들일 수 없었다. 이런 맥락에서 국민에게 정직하라는 그의 발언은 자신의 '은혜'로 살아가고 있는 한국의 현실을 인정하라는 대국민 '칙령'이었던 셈이다.

다행히도 2020년 5월 6일, 당시 이재용 삼성전자 부회장(현 회장)은 경영권 승계와 관련해 대국민 사과문을 발표하면서, '무노조 경영 폐기'를 선언했다. 그리고 삼성그룹 안에도 노조가 생기게 되었다. 삼성전자 내 최대 노조인 '전국삼성전자노동조합'이 조직되었고, 삼성 계열사 11개 조직으로 구성된 '금속노련 삼성그룹노동조합연대'가 만들어졌다. 노사 간의 단체교섭과 협약 체결도 이루어지고 있다. 이 과정에서 "삼성이 노조 때문에 망했다"는 얘기는 들려오지 않는다. 이 부회장은 경영권 승계와 관련해 "저는 아이들에게 회사를 물려주지 않을 생각"이라는 뜻도 밝혔다. 그는 삼성이 글로벌 기업으로 생존·발전하기 위해서는 전문 경영인 체제가 불가피하다고 판단한 것으로 보인다.

이러한 변화는 긍정적이다. 삼성은 뒤에서 볼 스웨덴 발렌베리그룹의 길을 갈 것인지, 아니면 한국식 재벌 경영을 유지할 것인지 갈림길에 서 있다. 2019년 12월 이 부회장은 발렌베리그룹의 '오너'인 마르쿠스 발렌베리Marcus Wallenberg 회장을 만났다. 2003년 이건희 회장도 이재용··이학수 씨 등을 데리고 발렌베리그룹을 방문했지만, 이건희 체제에서는 아무런 변화가 없었다. 이재용 체제의 변화를 주목한다. '무노조 경영 폐기' 같은 '살부殺父' 정책이 계속되길 기대한다.

외국 출장이나 여행을 갔을 때 삼성 등 한국 대기업의 광고를 만나면 반갑다. 외국 사람들이 한국 기업의 제품을 사용하고 있으면 뿌듯하다. 그러나 이러한 즉자적, 원초적 '애국심'에만 호소하고 한국 재벌 체제의 문제점을 직시하고 뜯어고치지 않는다면 한국 기업이 국민적 존경을 받는 기업이 될 수 없음은 물론, 기업의 지속 가능한 발전도 불가능하다.

한편, 권위주의 체제에 가열하게 맞섰던 민주화운동 세력도 경제민주화에 대해서는 분명한 비전과 구체적 계획을 가지고 있지 못했다. 1987년 6월 항쟁의 요청은 1987년 헌법에 반영되었지만,

뒤이은 7월, 8월, 9월 노동자 대파업 투쟁의 요청이 어떻게 제도화되어야 할 것인가에 대한 상을 가지고 있지 못했다. 노동삼권의 인정과 임금 인상 정도의 요구를 넘어 한국 경제의 구조를 어떻게 바꿀 것인가에 대한 고민이 취약했다.

대안 경제체제의 전망으로는 1970년대 박현채 교수의 '민족경제론', 김대중 대통령 후보의 '대중경제론' 정도가 제시되고 있었다. 진보·개혁 진영은 '재벌 해체', '독점자본 국유화' 등의 추상적인 구호성 정책만을 가지고 있었다. 구소련식 또는 북한식 경제체제를 모방하려는 경향도 강하게 존재했다. 윤홍식 교수의 지적은 따끔하다.

> "이상한 일은 민주화를 주도했던 재야, 학생, 노동자 같은 사회변혁을 꿈꿨던 사람들도 복지 문제에 무관심했다는 것입니다. 이들에게 민주화는 자본주의를 대신하는 새로운 세상을 만드는 계기로서 중요했을 뿐이지 공정한 분배를 이루겠다는 구체적 비전은 보이지 않았습니다. 새로운 사회를 만들기 위해서는 자본주의의 모순이 심화되어야 하는데, 복지는 그 모순을 완화하는 개량적 도구로 생각했을지도 모릅니다. (…) 민주화가 이렇게 진행되면서 한국의 민주화는 민주주의

를 공정한 분배를 실현하는 사회적 민주화로 확장하는 데 실패합니다."11

근무 형태 변화를 통한 노동시간 축소와 일자리 창출, 비정규직에 대한 '동일 노동 동일 임금' 원칙의 적용, 단체협약이나 노동조합의 자사주 취득 등을 통한 노동조합의 경영참여, 실업·산업재해·노령·질병 등의 사회적 위험으로부터 모든 국민을 보호하는 사회안전망의 구축, 복지를 통한 고용 창출과 성장동력 확보 등에 대해 소수 학계의 연구가 있었지만, 이는 진보·개혁 진영의 비전과 정책으로 확고히 자리 잡지는 못했다.

스웨덴 발렌베리그룹의 길

고 노무현 대통령은 권력 재창출에 실패한 후 서거 직전까지 고독 속에서 제러미 리프킨Jeremy Rifkin의 『유러피언 드림』을 탐독하고 이 책의 함의에 공감을 표했다고 한다. '유러피언 드림'이 재벌에 적용된다는 것은 무엇을 의미할까? 두 나라의 예를 보자.

스웨덴에는 6대째 약 150년 동안 세습경영을 하면서 일렉트로 룩스·에릭슨·ABB·사브 스카니아 등 세계적 기업을 거느리고 있고, 시가총액이 스웨덴 주식시장의 40퍼센트를 넘는 발렌베리그룹이 있다.[12] 발렌베리 가문은 '차등의결권'[13]을 통해 자회사의 기업 지배권을 보장받고 있지만, '황제경영'을 하지 않는다. 발렌베리의 자회사는 각각의 이사회 중심으로 독립적으로 운영된다. 발렌베리의 자회사에서 '발렌베리'라는 단어는 찾아볼 수 없으며, 공통의 로고를 사용하지도 않는다. 자회사의 경영은 거의 전적으로 전문 경영인에게 일임되고, 사주 일가는 투자자로서 구조조정, 인수합병, 최고경영자 선임 등 중요 사안에만 관여한다. 발렌베리 가문 사람으로 최고경영자가 되려면, 부모 도움 없이 명문대를 졸업할 것, 혼자 몸으로 해외 유학을 마칠 것, 해군 장교로 복무할 것 등 세 가지 요건을 충족해야 한다. 최고경영자가 된 발렌베리 일가 사람들은 보통 시민들과 어울려 사는 소탈한 생활 방식을 유지한다. 발렌베리는 탈세나 분식회계를 하지 않고 불법적 재산상속도 하지 않으며, 이익의 85퍼센트를 법인세로 납부하고 공익 재단을 통한 사회 공헌 활동을 벌인다. 발렌베리는 노동조합을 인정함은 물론, 노동조합을 경영 파트너로 대우한다. 예컨대, 에릭슨의 이사회 구성원 15명 중 6명은 노동조합의 대표다.

휴대전화로 유명한 핀란드의 노키아Nokia도 자국에서 삼성과 비슷한 위치를 차지하는 대기업 집단이다. 그런데 노키아에는 재벌일가의 경영권 독점과 불법 세습이 없다. 또한 노키아는 투명한 지배구조와 재무구조를 갖추고 있다. 그리고 핀란드 사회는 한국 사회가 부자를 대하는 것과 다르게 부자를 대한다. 예컨대, 핀란드는 소득이 높을수록 벌금을 많이 부과하는 '반反부자 제도'를 가지고 있다. 2002년 노키아 부사장 안시 반요키Anssi Vanjoki는 할리 데이비슨 오토바이를 타고 시속 50킬로미터 제한 도로에서 75킬로미터로 달리다가, 11만 6000유로(약 1억 6000만 원)의 벌금형을 받았다. 이에 대해 '부자를 괴롭히는 나라'라고 항의하는 부자는 찾기 힘들다. 핀란드는 기업 범죄에 엄격한 법 집행을 해 기업이 '접대비'를 비용으로 처리해도 형사처벌을 하므로, 탈세나 분식회계는 상상하기 어렵다. 노키아도 여러 사업 분야에 발을 뻗고 있으나 한국 재벌과 같은 문어발 확장은 하지 않는다. 노키아에는 당연히 노동조합이 있다.

발렌베리와 노키아도 처음부터 이렇지는 않았다. 군수산업을 운영하는 발렌베리가 군부 고위층에게 뇌물을 주는 스캔들이 일어나기도 했고, 경영권을 둘러싸고 '형제의 난'이 벌어지기도 했다. 지금도 문제점을 가지고 있을 것이다. 그러나 한국의 재벌과는 구조와 운영 방식에서 현격한 차이를 보여준다. 스웨덴 국민들이 왜 발렌베리 가문 사람들이 '차등의결권'을 갖는 것을 수용했는지, 스톡홀름 시청 앞에 왜 발렌베리 가문 창업주 앙드레 발렌베리André Wallenberg의 아들 크누트 발렌베리Knut Wallenberg의 동상이 서 있는지 등도 짐작이 된다.

과거 1995년 이건희 회장은 베이징에서 "기업은 이류, 공무원은 삼류, 정치는 사류"라고 당당하게 발언한 적이 있다. 이후 삼성은 세계 일류 기업임을 자처하고 있다. 그러나 이상의 예와 비교해보면, 삼성이 도대체 이류, 삼류, 사류 중 몇째 부류가 될 수 있을지 의문이 든다. 삼성은 스웨덴과 핀란드 재벌이 갖추고 있는 이러한 '글로벌 스탠더드'는 외면한 채 '차등의결권' 등 권한만 늘리려고 노력하고 있으니 말이다. 이 회장 일가의 주식 지분은 2퍼센트 남짓에 불과한데, '순환출자'라는 기법으로 삼성 전체를 지배하는 구조가 '세계 일류' 회사의 지배구조일 수는 없다. 그리고 현재처럼 총수 일인에게 의존하는 삼성의 경영 방식과 지배구조가 얼마나 지속될 수 있을지도 의문스럽다. 2020년 비로소 폐기된 '무노조 경영'의 경우도 마찬가지였다.

해군사관학교를 수석으로 졸업한 뒤
아버지 앙드레 발렌베리로부터
가업을 이어받은 크누트 발렌베리

'슈퍼 자본주의'가 아닌 '민주적 자본주의'

대한민국 헌법은 사적 소유와 재산권을 인정한다. 그러나 이것의 의미가 자본주의를 "사적 이윤이 그 어느 다른 이해보다도 우위에 있고, 따라서 사회도 피고용인도 기업 경영에 어떤 영향도 미치지 못하는 일종의 사회 제도"로 이해하라는 것은 결코 아니다.[14] 그리고 미국 클린턴 행정부에서 노동부장관으로 일한 로버트 라이시Robert B. Reich 교수의 용어를 빌리자면, 헌법이 용인하는 자본주의는 '슈퍼 자본주의'가 아니라 '민주적 자본주의'다.[15] 자본주의는 민주주의의 틀 안에서 작동되어야 하며, 이때 민주주의는 정치적 민주주의만이 아니라 경제적 민주주의를 포함하는 의미다. 민주주의의 요청을 무시하고 민주주의를 위태롭게 하는 마몬의 목에는 고삐를 채워야 한다.

삼성을 발렌베리나 노키아로 만드는 것은 삼성의 '자각'만으로 이루어지지 않을 것이다. 사실 2003년 이건희 회장은 이재용·이학수 씨 등을 데리고 발렌베리그룹을 방문했지만, 학습 효과는 없었다. 기업 범죄에 대한 엄정한 법 집행, 공정거래 질서의 확립, 기업의 준법경영, 사회책임경영Corporate Social Responsibility(CSR)이 가능하려면 이를 법과 제도와 문화로 구현시킬 수 있는 정치 세력·

3장 _ 변함없는 재벌공화국

사회 세력이 있어야만 한다. 사실 재벌의 시장·사회 지배와 경제력 남용 등은 업무상 횡령·배임죄, 세법, 공정거래법, 하도급거래 공정화에 관한 법률 등만 제대로 집행해도 상당 부분 줄어들 것이다. 그러나 이 법을 집행할 수 있는 주체인 검찰, 국세청, 공정거래위원회의 의지가 문제다.

이들이 공무원으로서 제대로 '밥값'을 하려면 경제민주화에 대한 비전과 의지가 있는 권력이 세워져야 한다. 민주공화국의 원리를 '삼성왕국'의 성안에 관철시키려면 "삼성왕국의 게릴라들"[16]만이 아니라 대규모 '정규군'이 필요하다. 물론 그 정규군의 구성원은 민주공화국의 주권자다. 주권자가 '먹고사니즘'에 빠져 있다면 국민은 영원히 '삼성왕국'의 '신민'일 뿐이다. 삼성이 마음대로 이윤을 축적하도록 내버려두면 국민에게도 '떡고물'이 떨어지고 국가경제도 좋아진다는 주술에서 벗어나야 한다. 삼성을 부러워하거나 두려워하는 것을 넘어 한 걸음 더 나아가야 한다. 그리고 '삼성왕국'이라는 현상을 타파하는 임무를 직접적으로 떠맡는 것은 정당과 노동조합, 시민단체다. 사실 스웨덴과 핀란드의 두 재벌이 '경주 최부자' 같은 모습을 띠게 된 것도 두 나라에 강력한 노동조합과 사회민주주의 정치 세력이 존재했고, 이에 기초해 자본과 노동 사이에 대타협이 이루어졌기 때문이다.

집권 경험이 있고 원내 다수당을 차지하고 있는 우리나라의 민주당은 엄밀히 말하면 '중도보수'와 '중도진보'가 합작한 '연합 정당'으로 봐야지, '사회민주주의 정당'으로 볼 수는 없다. 독일로 치면 메르켈 총리가 이끌었던 '기독민주당CDU' 정도의 정치 노선을 갖고 있는 것으로 평가할 수 있다. 민주당은 산업재해를 예방하기 위해 기업의 책임을 넓게 규정한 '중대재해처벌법', 그리고 파업 참가 노동자에 대한 손해배상책임을 제한하는 '노란봉투법' 제정의 선봉에 서지 않았다. 그들은 시민사회단체의 요구가 끓어오른 후 따라오는 경향을 보여왔다. 한편, 대한민국의 진보정당을 자처하는 정의당의 경우 과거 민주노동당과 달리, 노동이 아닌 페미니즘과 성적 소수자 보호를 우선순위에 놓는 정당으로 대중에게 비치고 있다. 게다가 근래 정의당 의원 중 일부는 '중도화'로 방향을 잡으면서 '제3당' 창당을 모색하고 있다. 민주당의 '왼쪽'이 아니라 '오른쪽'에 서겠다는 것이다.

두 정당 사이의 관계도 점점 멀어지고 있다. 과거 여러 번의 총선에서 지역구는 민주당을, 비례는 민주노동당을 찍어준 '범진보' 주권자들의 마음도 변하고 있다. 그리고 노동조합 조직률은 여전히 10퍼센트 미만으로 OECD 최저 수준이다. 합법적 파업의 범위는 협소하게 설정되어 있으며, 노동자의 단체행동이 형사처벌이 되는 일도 비일비재하다. 노동자의 경영 참가는 엄두도 내지 못하는 사회 분위기다.

이러한 점을 종합하면 삼성이 발렌베리처럼 바뀌는 일은 요원해 보인다. 민생과 복지의 강화, 정치적 민주화를 넘은 사회·경제적 민주화는 시대적 과제로 여전히 중요한데도 말이다. 김대중-노무현-문재인의 정당과 백기완-권영길-단병호-노회찬의 정당이 각각 재정립하고 서로의 손을 잡을 때 재벌공화국의 문제점을 해결하는 국면이 열릴 것이다.

어려운 시절이기에 안토니오 그람시Antonio Gramsci의 유명한 말을 되새긴다. "이성으로 비관하되 의지로 낙관하라." 그는 어린 시절 사고로 꼽추라는 장애를 가진 채 성장했고, 이후 이탈리아의 대표적 공산주의자로 반파시즘 투쟁에 앞장섰다가 20년 징역형을 선고받고 약 11년을 감옥에서 보낸 후 건강 악화로 석방되었으나 얼마 지나지 않아 사망했다. "이성적 비관"과 "의지적 낙관", 이는 재벌공화국을 사는 우리에게 필요한 덕성이다.

평등

현재에 발 디딘
유토피아를 꿈꾸다

유명한 말이 있다. 프랑스 왕 루이 필리프Louis-Philippe 밑에서 장관과 총리를 지낸 프랑수아 피에르 기욤 기조 François Pierre Guillaume Guizot가 한 말이다. "스무 살에 공화파가 아닌 것은 심장이 없다는 증거고, 서른 살에 공화파인 것은 머리가 없다는 증거다."[17] 이 말은 이후 프랑스 총리를 역임한 조르주 클레 망소Georges Clemenceau 등 여러 사람에 의해 다음과 같이 변형되 었다.

"스무 살에 사회주의자가 아닌 것은 심장이 없다는 증거고,

서른 살에 사회주의자인 것은 머리가 없다는 증거다."

이 변형된 말은 우리나라 보수 인사들도 즐겨 사용하고 있다. 사회와 체제를 비판하는 사람들에 대해 "나도 스무 살 때는 그래봤다"라는 경험론으로 대응하면서, "아직도 철이 안 들었구나"라고 놀리는 것이다. 민주와 인권을 따지고 자본주의를 비판하는 것은 철부지 시절의 치기나 만용에 불과할까? 서른 살 이후부터는 '수구왕당파'가 되고 '자본주의자'가 되는 것이 과연 철든 행태일까?

사회주의의 진짜 의미

1987년 헌법체제 이후 여러 번의 민주정부가 들어섰지만, 1997년 'IMF 체제'가 요구한 신자유주의의 요구는 우리 사회의 근본을 바꿔놓았다. 정치적 민주화는 경제적 민주화로 이어지지 못했다. 반독재·민주화운동의 투사들도 심화되는 자본주의의 모순과 싸우는 데는 주저했다. 안착된 줄 알았던 정치적 민주주의도 흔들리고 있다. 소련 등 국가사회주의가 붕괴했지만 자본주의의 모순은 전혀 사라지지 않았다. 오히려 더욱 심화되고 첨예

해지고 있다. 지그문트 바우만Zygmunt Bauman의 예고는 우리나라 상황에도 딱 들어맞아 공포스럽기까지 하다.

> "현재 추세대로라면, 경제 성장은 우리 대부분에게 더 나은 미래를 약속하지 않는다. 오히려 이미 압도적 다수인데도 여전히 그 수가 급증하고 있는 많은 사람들이 지금보다도 더 심각하고 냉혹한 불평등과 더 불안정한 조건 및 더 많은 추락과 원통함과 모욕과 굴욕을 겪게 될 것임을 예고한다. 즉, 사회적 생존을 위한 지금보다 훨씬 더 힘든 싸움을 예고한다."[18]

이와 같은 자본주의의 모순은 '서울노동운동연합' 지도위원 김문수 씨가 극우파 정치인으로 변신하고, '사회주의노동자동맹'의 지도자 중 한 사람이었던 백태웅 씨가 미국 로스쿨 국제인권법 교수로 변신하고, 박노해 시인이 "노동의 새벽" 대신 "구도자의 밤"을 추구하고 있는 상황에서도 한국 사회에서 변함없이 확대재생산되고 있다. 개발 정책에 맞서 주거권을 지키다 '용산 참사'를 당한 철거민들, 정리해고 후 불행한 삶을 이어가고 있는 쌍용자동차의 해고 노동자들, 삼성 반도체에서 일하다 20대 초반에 백혈병에 걸려 차례차례 숨진 노동자들을 떠올려보라. 북한 체제의 온갖 문제점에 대해 목청을 높이는 것은 쉬운 일이다. 그렇다고 남한 자본주의의 모순이 사라지는 것은 결코 아니다. 자본주의 모순을 비판하는 최고 이론은 여전히 사회주의다. 그럼에도 우리 사회는 오랫동안 사회주의에 대해 '빨갱이'라는 딱지를 붙이고 악마시惡魔視하는 데 급급했다. 역사학자 토니 주트Tony Judt의 서술 또한 21세기 한국의 상황과 맞닿아 있다.

> "사회주의라는 말에 당황스러운 침묵으로 대응하는 것은 오직 미국만의 특수한 현상이다. (…) 미국에서 이루어지는 공공 정책에 대한 논쟁의 방향을 바꾸는 데 필요한 과제 가운데 하나는 '사회주의'의 기미가 보이거나 그 같은 성향을 지닌 것으로 판단될 수 있는 그 무엇에 대해서든 의심부터 하고 보는 미국인들의 뿌리 깊은 성향을 극복하는 것이다."[19]

자본주의의 모순을 분석하고 비판하며 대안을 마련하자는 것이 사회주의인데, 그 필요성을 색안경을 쓰고 무조건 무시하는 것이 과연 이성적인 접근일까? 자본주의의 모순을 해결하는 데 사회주의의 논리가 도움이 될 수 있는데도 '냉전의 논리'로 무작정 반대하는 것은 또 다른 폭력이다. 자본주의의 문제점을 지적하고 대안을 마련할 수 있는 사회주의를 비롯한 다양한 이론과 사상을 제대로 공부하지 않고서는 그와 같은 모순을 없애거나 줄일 수 없다. 조지 오웰은 스페인 내전에 참전하고 많은 좌절과 실망을 겪었음에도 이렇게 말했다.

"지금은 사회주의가 평등과는 아무런 관계가 없다고 말하는 것이 유행임을 나도 잘 안다. 세계 모든 나라에서 상당한 수의 어용 문사文士와 말주변 좋은 교수들이 사회주의가 약탈적 동기를 그대로 놓아둔 계획적 국가자본주의에 불과하다는 것을 '증명'하느라 바쁘다. (…) 보통 사람들이 사회주의에 매력을 느끼고 사회주의를 위해 목숨을 거는 이유, 즉 사회주의의 '비결'은 평등사상에 있다."[20]

자본주의가 온갖 모순을 드러내고 있는 대한민국 사회에서 '평등사상'은 여전히 소중하다. 이 사상을 구현하는 것이 시대적 과제다. 알랭 바디우Alain Badiou는 "어떻게 하면 더 많은 사람에게 더 많은 평등한 기회를 부여할 수 있는가에 대한 답을 해야 하는 것이 정치의 고민이다"라고 하지 않았던가.[21] 국가사회주의 붕괴 이후에도 리영희 선생이 공언한 다음과 같은 말씀의 무게는 묵직하다.

"소위 '신자유주의'라는 무한경쟁 시장경제의 비인간성, 사회적 다원이즘의 극단 형태인 사회·경제적 약육강식과 그 무자비성, 윤리성을 상실한 과학·기술 만능주의, 자본의 과학·기술 지배구조로 말미암은 인간과 인류의 미래에 대한 공포 등 사회주의에 대해서 21세기가 거는 요구와 기대는 19세기나 20세기의 소수 국가들에서 보였던 체제로서의 사회주의에 못지않다고 나는 확신하고 있어요."[22]

냉전, 전쟁, 분단으로 과잉 우경화되어 있는 정치지형을 생각하면, 사회주의의 합리적 핵심을 우리 사회에서 실현하기 위해 노력하는 사람들이 더욱 많아져야 한다.

잠정적 유토피아의 실현

그러나 이와 동시에 "과학적 진리와 윤리적 당위라는 뒤섞을 수 없는 두 개의 영역을 마구 섞어버리는" 마르크스주의의 편향은 극복해야 한다. 그리고 1980년대 한국 사회 민중운동 권에 퍼졌던 마르크스-레닌주의적 또는 김일성주의적 이론과 실천은 더 이상 현실적합성을 잃었다. 언어학자 출신으로 스웨덴 복지국가의 이론적 기반과 실천적 기반을 닦은 에른스트 비그포르스 Ernst Wigforss의 관점을 빌리면, "사회민주주의의 도래는 '입증'되고 말고 할 과학적 진리의 문제가 아니라, 그것을 윤리적 당위로 받아들이는 이들이 삶에서 실천으로 '구현'해야 할 문제"다.[23] 그리고 "잠정적 유토피아", 즉 "'현재'로부터 생겨나고 또 '현재'에 발 딛고 있는 유토피아"를 설정하고 이를 일상 정치와 결합시켜 한 걸음 한 걸음 나아가야 한다.[24]

한자로 '사회社會'와 '회사會社'는 어순만 다르다. 그러나 두 단어의 의미는 완전히 다르며, 또 달라야 한다. '사회'는 민주의 원리가 작동되지만, '회사'는 이윤의 논리가 작동되는 곳이다. '회사'가 '사회' 위에 서면 민주주의는 죽는다. 『대한민국 정의론』이라는 책의 저자 고원 교수의 정확한 지적처럼, 선진국에서 민주주의가 깊이 뿌리내릴 수 있게 된 배경에는 민주주의가 "정치적 자유의 수준을 넘어서 그 사회 구성원의 실질적 삶에 직결되는 '사회권social right'의 실현으로까지 그 영역을 확장시켰기 때문"이었음을 명심해야 한다.[25] 나도 오래전부터 '자유권' 보장만큼 '사회권' 보장이 중요

스웨덴 사회민주노동당의 정치인으로
스웨덴의 복지 시스템을 설계한 에른스트 비그포르스

하며, 정치적 민주화로 인해 높은 수준으로 보장된 '자유권'을 굳히면서 이제 '사회권 선진국' 실현을 위해 나아가야 한다고 주장해 왔다.[26]

나는 2017년 『사회권의 현황과 과제』라는 책을 엮으면서 이렇게 썼다.

"사회권은 왜 필요한 것인가? 시민의 육아·교육·주택·의료 등에서 기본적인 보장을 받지 못하면 그의 삶은 언제든지 불안하고 피폐해질 수 있다. 이러한 기본적 보장이 없으면 시민은 자신의 삶을 주도하기 어렵고 사회 공동체의 구성원으로 정치·경제·사회적 문제에 적극적으로 참여하고 주체적으로 선택하기 힘들다. 불법하거나 부당한 국가권력의 행사 앞에서도 침묵하거나 굴종하기 쉽다. (…) 진보·개혁 진영도 역시 사회권이 '민주화 이후 민주주의'의 발전에 어떠한 의미를 갖는지, 사회권을 보장하려면 어떠한 운동을 벌여야 하는지 등에 대해 분명한 인식을 갖고 있지 못했다. (…) 시민은 권위주의 체제를 자신의 손으로 무너뜨리고 정치적 민주화를 쟁취했다. 이제 남은 과제는 사회·경제적 민주화다. 정치적 민주화의 요체가 자유권이라면 사회·경제적 민주화의 요

체는 사회권이다. 이제 연대와 공존의 원리가 새로운 시대정
신이 되었고, 그 법률적 표현이 사회권이다. 국가와 시민사
회 모두에서 사회권 보장이 핵심 화두가 되고, 진보와 보수
진영이 사회권 보장을 위한 경쟁에 나서기를 기대한다.[27]

'자유권' 보장은 권위주의 또는 군사독재 체제와의 투쟁으로
가능했다. '사회권' 보장은 경제독재, 천민자본주의, 신자유주의와
의 투쟁으로 가능할 것이다. 대한민국이 '사회권 선진국'이 될 날이
"잠정적 유토피아"가 현실에서 실현되는 날일 것이다.

남북 분단을 전제로 만들어진 대한민국이지만, 해방 후 대한민
국은 '이승만의 대한민국'만은 아니었다. 일제 치하 공산주의자로
민족해방 투쟁을 벌이다가 사회민주주의자로 변신한 후 대한민국
초대 농림부장관이 되었던 '조봉암의 대한민국'이기도 했다. 조봉
암이 추진한 농지개혁은 한국전쟁 발발 후 남한 측 농민이 북한 측
에 협력하지 않게 된 주요한 계기였다. 그러나 동족상잔의 전쟁이
벌어지고, 사법권에 의해 조봉암이 사형되는 비극이 벌어진 뒤 대
한민국에서 '진보당 노선'은 오랫동안 금기시되었다. 조봉암의 '법
살法殺'은 사회주의의 '법살'이기도 했다. 그러나 21세기 대한민국
은 조봉암을 끌어안아야 더 발전할 수 있을 것이다.

© 조봉암기념사업회

1956년 대한민국 최초의 진보 정당을 창당하며
한국 정치사의 새 흐름을 개척한 조봉암

모든 국민이 악기 하나쯤은
연주할 수 있는 나라

김상곤 경기도 교육감이 추진하다가 도의회의 반대로 좌절된 무상급식은 2010년 6월 지방선거의 핵심 쟁점이 되었다. 2002년 대선 당시 노무현 후보의 공약에 들어 있다가 노무현 정부 시기에는 유보되었던 초등학교 전면 무상급식 문제가 노무현 대통령 사후 전면적으로 부활한 것이다.

당시 집권 세력과 보수우파 진영은 이 정책의 파괴력을 직감하고 "무상급식은 사회주의적 발상이다"라며 호들갑을 떨었다. 예컨대, 김문수 경기도지사는 "전면 무상급식은 북한식 사회주의 논리"라고 비난했고, 김충환 한나라당 의원은 "똑같은 짬밥을 먹인다는 것은 강제급식과 의무급식"이며, 이것을 실현하는 사회는 "다양성과 선의가 다 무시되는 사회주의에서 말하는 규칙과 원칙이 강제된 사회"라고 주장했다. 《중앙일보》 문창극 대기자는 공짜 점심은 개인의 독립과 자존을 무시하는 획일주의이며 사회주의적 발상이기에 이 정책이 실현되면 '도시락 싸 가기 운동'을 벌여야 한다는 황당한 주장까지 했다.[28]

무상급식은 북한식 사회주의?

이러한 구태의연한 이념 공세에 대해 자세한 반박을 해야 할 필요는 없을 것이다. 다만, 당시 한나라당 소속 인사가 기초단체장으로 있던 성남과 과천 소재 학교를 포함해, 전국의 1500여개 초·중·고교가 지방선거 전에 이미 무상급식을 실시하고 있었다는 점만은 기억해 두어야 한다. 이들이 모두 북한식 사회주의를 실천하고 있었다는 것인가.

무상급식 논쟁은 우리 사회에 어떠한 복지가 필요한가에 대한 발상의 전환을 불러온 중요한 계기였다. 박정희식 사회 발전 전략의 후과로 우리 사회의 지배적 복지 관념은 '시혜적 복지' 또는 '선별적 복지'다. 즉, 복지를 빈민이나 걸인에 대한 적선으로 생각하고 재정적 여력이 있는 경우에 한해 어려운 사람을 골라서 복지 서비스를 제공하겠다는 것이다.[29] 그리하여 복지는 항상 정책의 우선순위에서 맨 뒤로 밀려났고, 저소득층은 늘 모멸감을 받으며 근근이 연명해야 하는 처지에 놓였으며, 중산층은 '복지란 내 세금을 빼앗아 남을 주는 것'이라는 생각을 갖게 되었다. 복지에 대한 우리의 생각은 전면적으로 바뀌어야 한다. "복지국가는 게으름을 조장한다", "복지는 세금 낭비일 뿐이다" 등 성장제일주의자·시장숭배론자의 주술呪術에서 깨어나야 한다.

먼저 한국의 복지 예산 등위는 OECD 국가 중 바닥권이며, 한국은 '복지병'을 앓아본 적이 한 번도 없다. 현대 한국의 경제력은 "요람에서 무덤까지" 정책을 시작했던 제2차 세계대전 직후의 영국에 비해 전혀 모자람이 없다. 그리고 1인당 국민소득이 한국보다 아래인 칠레의 경우 2006년 최초의 여성 대통령 미첼 바첼레트Michelle Bachelet가 집권한 후 0~4세 아동에게 무상급식·무상보육·무상의료 지원 정책이 실시되었고, 임기 중 하루 평균 2.5개씩 총 3500개의 국립 보육 시설이 만들어졌다는 점도 기억해야 한다. 이러한 복지 정책으로 얼마나 많은 일자리가 만들어지고, 여성의 사회참여가 늘고, 소비가 진작되었을지 상상해 보라. 사실 G20 소

속 다수 국가가 시행하고 있는 '보편적 복지' 정책은, 복지야말로 수
요와 일자리를 창출하고 사회를 안정시킨다는 것, 그리고 복지 정
책의 성공적 안착을 위해서는 빈곤층만이 아니라 중산층 역시 포
괄해야 한다는 것을 보여줬다.

왜 보편적 복지인가

무상급식 정책도 같은 맥락에 있다. 이 정책은 단
지 아이들에게 공짜 밥을 주자는 것이 아니다. 법학적으로 이 정책
은 헌법 제31조가 규정하는 '무상의무교육'을 온전히 실현하는 것
이다. 소수 부유층 자녀에게 무상급식을 제공하는 데 비용이 들더
라도 공짜로 밥 먹는 아이와 제 돈 내고 밥 먹는 아이를 구분함으로
써 발생하는 교실 내 부작용을 없앨 수 있다면 이 정책은 충분히 가
치가 있다. 사회학적으로는 중산층과 빈민층의 경제적 부담과 시
간적 부담을 줄이자는 것이고, 눈칫밥을 먹어야 하는 저소득층 학
생에게 찍히는 낙인을 제거하고 어린 시절부터 사회 통합을 강화
하자는 것이다. 경제학적으로는 일하는 사람이 노동력을 팔아 고
용주에게서 받는 '시장 임금' 외에 국가가 제도적으로 지원하는 '사

회 임금'을 늘리자는 것이다.

그리고 무차별적으로 무상급식을 하면 부자만 득을 보고, 저소
득층을 위한 다른 교육예산이 부족해진다는 그럴듯한 주장은 '악어
의 눈물' 격이다. 이런 주장을 펴는 사람들이 부자 감세, 서민 증세
를 반대하며 이런 말을 한다면 경청할 수 있을지도 모른다. 역으로
묻고 싶다. 현재 초등학교 수업료는 부자와 빈자 무관하게 받지 않
고 있다. 이러한 주장대로라면 이 정책도 포기해야 하지 않겠는가.

복지를 강화하기에는 아직 우리나라의 경제력이 부족하다
는 관념이 있다. 우리나라의 국내총생산GDP과 공공사회지출 간
의 비율을 살펴보자. OECD가 발표한 보고서 "사회 지출 업데이
트 2023"에 따르면, 우리나라의 공공사회복지 지출 규모는 GDP
대비 12.3퍼센트로, OECD 평균의 61.2퍼센트에 불과하며, 이는
OECD 국가 중에서 바닥권 수준이다. 12.3퍼센트라는 수치는 코
스타리카와 같은 규모로, 이보다 낮은 국가는 칠레(11.7퍼센트), 멕시
코(7.4퍼센트)뿐이다.

재정이 부족하다는 반론이 있다. 이에 대해서는 전 세계 백만
장자들이 답을 했다. 예컨대, 1997년 미국에서 조직된 '책임지는
부자Responsible Wealth'라는 단체는 미국 사회에서 상위 5퍼센트에
드는 거부들이 가입한 단체인데, 상속세·주식 배당 소득세 폐지 반

대, 공평과세, 근로자들의 최저임금 인상, 대기업의 사회적 책임 확대, 최고경영자들의 연봉과 혜택 축소 등을 주장하고 있다. 이 단체에는 빌 게이츠Bill Gates, 워런 버핏Warren Buffett, 조지 소로스George Soros, 테드 터너Robert Edward Turner, 폴 뉴먼Paul Newman 등 저명인사가 참여하고 있다. 그리고 2009년 독일의 갑부 44명은 "필요하지 않은 돈이 너무 많다"고 하면서, 경제위기 극복에 나서고 있는 독일 정부가 충분한 재원을 확보할 수 있도록 '부유세'를 재도입해 자신들에 대한 세금을 올려줄 것을 촉구하는 인터넷 청원 운동에 서명했다. 2011년 유럽 최고의 여성 부호인 로레알의 상속녀 릴리안 베탕쿠르를 위시한 프랑스 갑부 16명은 프랑스와 유럽의 미래를 위협하는 국가채무와 재정적자를 해결하기 위해 '특별 기부' 형태로 세금을 내겠다고 제안했다. 최근 2022년 1월, 미국 월트디즈니 가문의 상속녀인 애비게일 디즈니를 비롯한 전 세계 백만장자 100여 명은 "갈수록 심각해지는 글로벌 빈부 격차 문제를 해결하고 신종 코로나 바이러스 사태와 관련한 대책을 지원할 수 있도록 우리 부자들에게 당장 더 많은 세금을 물리라"고 전 세계 지도자들에게 호소했다. 이 호소에 참여한 '애국하는 백만장자들Patriotic Millionaires'이라는 부자 모임은 '부유세' 도입을 촉구하는 운동을 벌여왔다.

반면, 윤석열 정부는 정반대의 길을 걷고 있다. 정부 출범 후 초부자감세 정책을 펼치는 바람에 부동산·자산·금융·사업소득 세수는 약 40조 원이 줄어들었다. 이렇게 세수를 줄여놓고 복지를 강화할 재정이 없다고 선전하는 것이다. 윤석열 정부 출범 후 경기 침체가 계속되고 물가는 오르면서 서민과 중산층의 살림살이는 나빠지고 있다.

그러나 정부는 '건전재정'의 명분 아래 복지를 축소할 생각이다. 예컨대, 줄어든 세수를 해결해야 하니, 정부와 여당이 현행 최저임금의 80퍼센트 수준인 실업급여의 하한을 낮추거나 아예 없애려 한다. 조현주 서울고용지방노동청 담당자와 박대출 국민의힘 정책위의장은 "(실업급여를 받으러 오는 젊은이들이) 실업급여를 받아서 샤넬 선글라스를 사거나 해외여행을 다녀온다"라고 비난했고, 박 의원은 나아가 '실업급여'를 "달콤한 보너스라는 뜻의 '시럽급여'"라고 조롱했다. 이 발언을 들었을 때 바로 든 의문은 '실업급여는 현금으로 지급되는데, 이 돈을 받은 사람이 샤넬 선글라스를 샀는지 해외여행을 갔는지 어떻게 알지?'였다. 정부와 여당은 실업이 사회적 재난이라는 점을 외면하고, 불안정한 일자리 상태로 고통받는 국민들을 폄훼하면서 확인되지 않는 예를 들어 실업 상태의 국민을 모욕한 것이다.

목수로 평생 일하다가 실직 후 장애급여와 실업급여를 신청하려는데 계속 거절당하는 이야기를 다룬 켄 로치 감독의 2016년 영화 「나, 다니엘 블레이크」에서 주인공 블레이크는 법원에 가서 할 말을 적어놓는다.

"나는 게으름뱅이도 사기꾼도 거지도 도둑도 아닙니다. 나는 보험번호 숫자도, 화면 속 점도 아닙니다. 나는 묵묵히 책임을 다해 떳떳하게 살았습니다. 나는 굽신대지 않았고 이웃이 어려우면 그들을 도왔습니다. 자선을 구걸하거나 기대지도 않았습니다. 나는 다니엘 블레이크. 개가 아니라 인간입니다. 이에 나는 내 권리를 요구합니다. 인간적 존중을 요구합니다. 나, 다니엘 블레이크는 한 사람의 시민, 그 이상도 그 이하도 아닙니다."

그러나 판결이 나오기 전에 블레이크는 사망하고, 이 글은 장례식 추도사로 읽힌다.

© (주)영화사 진진

실업급여를 받기 위해 찾아간 관공서에서 복잡하고 관료적인 절차 때문에
번번이 좌절을 겪는 한 노동자의 모습을 그린 영화 「나, 다니엘 블레이크」

'무상 시리즈'의 확산

2010년 당시 노회찬 진보신당 대표가 첼로를 켜는 자신의 모습을 표지에 담은 한 책에서, "모든 국민이 악기 하나쯤은 연주할 수 있는 나라"가 자신의 꿈 가운데 하나라고 밝혔다.[30] 감흥이 일었다. 아무리 재능이 있어도 첼로를 살 수 없는 집안에서 태어나면 첼로를 배울 수 없다. 집안의 재력과 무관하게 악기를 배울 수 있도록 중앙 정부, 지방 정부, 교육청 등이 협력해 각급 학교에서 학생들이 무상으로 악기를 대여할 수는 없을까?

무상급식을 둘러싼 논쟁은 '사회권'을 어떻게 실현할 것인지에 대한 논의의 출발점이었다. 다행히도 무상급식에 이어 무상교복 정책이 실현되고 있다. 2019년 경기도는 광역자치단체로서는 처음으로 중학생 교복 무상지원 사업을 시작했는데, 2021년에 "교복복지 사각지대"를 해소했다고 발표했다. 2022년 1월 기준, 경북 일부 지역을 제외한 전국 17개 시도 교육청 또는 광역·기초 지자체에서 중·고등학교 신입생에게 교복 비용을 지원하고 있다. 그리고 울산시의 경우 2023년 9월부터 5세 어린이집 유아들에 대한 부모 부담 경비를 지원하기로 결정함에 따라, 사립유치원 무상교육이 현실화된다. 고 노옥희 울산교육감의 대표 공약을 현 천창수 울산

ⓒ이원상

생전 '누구나 악기 하나쯤은 다룰 수 있는 나라'를 꿈꿨던
노동운동가 출신 진보정치인 노회찬

교육감이 이어받아 추진했는데, 이를 울산시가 수용한 것이다. 이와 같이 '무상 시리즈' 복지 정책은 확산되어야 한다. 2021년 문재인 정부는 고등학교 전 학년에 걸쳐 무상교육을 실시했다. 다음 진보 정부는 독일이나 프랑스처럼 대학 무상교육을 실시하지는 못하더라도, '반값등록금'은 실시할 수 있어야 한다. 이상의 정책이 실현된다면 시민들은 '사회임금'을 통해 가처분소득이 증가하는 효과를 누릴 수 있다. 그리고 갈수록 떨어지는 출산율을 높이는 데도 기여할 것이다.

성별이나 정규직 여부와 관계없이 동일(가치) 노동에 대해서는 동일 임금을 받는 사회, 성실하게 노동한다면 교육비와 주택 마련 부담에서 자유로워지는 사회, 출산과 육아에 대한 국가·사회적 지원 체계가 이루어져 여성의 사회참여가 편안해지는 사회, 아무리 가난한 집안에 태어났더라도 소질만 있다면 아마추어 첼리스트가 될 수 있는 사회는 한낱 꿈이 아니어야 한다.

이제 진보·개혁 진영은 복지국가에 대한 더욱 과감하고 구체적인 비전과 정책을 내놓아야 한다. 이 점에서 복지와 성장의 선순환을 실현하는 역동적 복지국가(복지국가소사이어티) 제안,[31] 믿고 의지할 수 있는 지속 가능한 복지를 추구하는 연대적 복지국가(진보정치연구소) 제안,[32] 무상급식·아동수당·공공주택·사회적 일자리 등

보편적 복지 연정(이계안 민주당 전 의원) 제안 등은 실로 의미가 크다.

1950년대 죽산 조봉암이 이끌었던 진보당이 추구했던 "자본주의

와 자유민주주의 지양과 착취 없는 복지사회 건설"은 21세기 한국

사회에도 여전히 의미 있는 목표로 남아 있다. 무상급식을 기본으

로 찍은 후 일자리, 주거, 육아, 그리고 궁극적으로 첼로까지 나아

가자.

사회권

개의 권리와 사람의 권리

1516년 『유토피아』에서 토머스 모어는 당시 민중의 삶을 짐승에 비교하면서 다음과 같이 묘사했다.

"노동자, 목수, 농부 같은 사람들은 짐승이라도 그런 일을 하다 보면 죽을 정도로 과도한 일을 해야 합니다. 이 사람들이 일을 하지 않는다면 이 나라들은 1년이 못 되어 무너질 것입니다. 그렇게 중요한 공헌을 하면서도 이 사람들은 보잘 것없는 수입만 벌고 매우 미천한 생활을 해서 차라리 짐승만도 못한 삶을 사는 것입니다. 짐승들이라고 하더라도 1분도 쉬지 않고 일하는 법은 없고 또 먹이도 그만큼 나쁘지 않습니다. 그리고 짐승들은 내일을 걱정하며 살지는 않습니다."[33]

그리고 독일의 혁명가 카를 마르크스Karl Marx의 사위 폴 라파르그Paul Lafargue는 「말의 권리와 사람의 권리」라는 짧은 에세이에서 19세기 말 노동자의 처지가 동물인 말의 처지보다도 못함을 맹렬히 야유한 바 있다. 그는 기득권자들을 향해 다음과 같이 일갈했다.

"'진보'와 '문명'은 임금노동자에게는 가혹하게 굴지 모르지만 두 발 딸린 어리석은 족속이 '하등'이라는 꼬리표를 달아준 동물에게는 어머니처럼 인자하기 그지없다."

그러고는 노동자들에게 "자신과 아내와 아이를 위해 과감하게 말의 권리를 요구하라"고 외쳤다.[34]

한국 사회에서 말을 키우는 사람은 극소수일 것이나, 개를 키우는 사람은 매우 많다. 나도 개를 키운 적이 있다. 어린 시절 집 마당에서 '흰둥이'를 풀어 기를 때와는 달리, 아파트에서 비글을 키울 때는 정성과 비용이 많이 들었다.

우리 사회의 사람 사이에 계급이 있는 것처럼 개에게도 계급이 있다. 가격이 수백만 원에서 1000만 원에 이르는 최고가 개가 누리는 호사는 상상을 불허한다. 이런 개를 키우는 사람은 '사회귀족'에 속할 것인데, 이들은 자신의 지위를 차별적으로 드러내려고 '귀족 개'를 키운다. 주인에게 학대당하는 개, 주인의 애완 대상이었다가 갑자기 버림받고 거리의 쓰레기통을 뒤지는 유기견, 열악한 조건에서 죽은 동족의 고기와 내장을 먹으며 사육되는 식용견 등은 '하층 계급'에 속한다. 이러한 하층 계급의 개는 우리 사람의 야만성과 비정함의 희생물이다.

이런 두 경우를 빼고 보통의 '애완견' 또는 '반려견'을 상정할 경우, 우리 사람은 이 개에게 먹이를 주고 산책을 시키고 목욕을 시키고 빗질을 해주고 따뜻한 잠자리를 제공한다. 또한 정기적으로 동물 전용 미용실에 데리고 가 예쁘게 다듬어주고, 동물병원에서 예방접종이나 각종 치료를 해주며, 순산을 위해 제왕절개 수술을 해주기도 한다. 이러한 보살핌에는 당연히 비용이 드는데, 그 비용은 사람을 위한 경우보다 크다. 남자 이발 비용이 대략 1~2만 원이라면, 개털을 자르는 비용은 그 두세 배다. 개 진료비가 사람 진료비보다 비싼 경우도 많다. 개 화장료는 사람 화장료보다 네다섯 배 비싸며, 납골당 비용도 상당하다.

많은 사람이 이러한 비용을 부담하면서도 개를 키운다는 것은 한국 사회의 부의 규모가 그만큼 커졌음을 의미한다. 또한 사람과 사람 사이의 치열한 경쟁과 갈등 속에 지쳐 개와 교유하는 것으로 위로를 얻으려는 사람이 많아졌음을 의미한다. 여하튼 이러한 상황에서 '인간의 권리'만이 아니라 '동물의 권리'에 대한 논의가 확산되고 있음은 다행한 일이다. 이러한 맥락에서 2023년 여야는 "동물은 물건이 아니다"라는 조항을 신설하고, 동물 그 자체로서의 법적 지위를 인정하는 민법개정안에 합의했다.

그런데 이와 동시에 많은 사람이 애지중지 키우는 개의 처지와 우리 사회의 빈곤층과 서민의 처지 중 어떤 것이 나을까 하는 생각을 하게 된다. OECD 국가 중 가장 오랜 시간을 일해야 하지만, 일자리·주택·보육·교육·건강·노후 등에 대한 걱정으로 하루하루의 삶이 팍팍하고 위태롭다. 이계안 전 현대자동차 사장의 표현을 빌리자면, 한국인은 태어나서 죽을 때까지 사교육, 청년실업, 내 집 마련, 불안한 노년이라는 "4개의 개미지옥"의 굴레를 벗어나지 못하고 있다.[35] 그런데 저소득, 장애인, 실업자를 위해 정부가 지원하는 사회적 공공지출 비용, 그리고 정부의 현금 지원과 세금 혜택으로 인한 불평등도는 OECD 내에서 꼴찌 수준이다.

아동 보육의 부담은 개인에게 떠넘겨져 있고, 입시 지옥은 여전하니 아이 낳기가 두렵다. 늦어도 아이가 중학교에 입학하면 아이와 학부모는 모두 '사회적 형벌'에 처해진다. 사교육, 선행 학습, 조밀화된 내신 관리 등은 학생들을 정신적·육체적으로 옥죈다. 이명박 대통령의 '반값등록금' 대선 공약은 슬그머니 사라지고 대학 등록금은 상한 없이 치솟도록 방치되고 있으니, 사립대학에 다니는 대학생 자식이 둘만 있어도 등록금 마련하기가 쉽지 않다. 비싼 등록금은 그대로 유지된 채 근본적 문제는 해결하지 않고 도입된 '등록금 후불제'는 이제 막 사회로 진출한 대졸 초년생들을 빚쟁이로 만든다. 구직을 하려고 해도 상대적으로 법의 보호를 덜 받는 비정규직이나 인턴 일자리만 널려 있다.

비정규직에 대해 '동일(가치) 노동 동일 임금'의 원칙이 보장되지 않기에, 정규직과 똑같은 일을 하고도 임금은 반 토막만 받으며 항상 해고의 칼날 위에 놓여 있는 사람이 부지기수다. 박노해 시인은 「반인반수」라는 시에서 비정규직 노동자는 "임금도 반 토막 / 권리도 반 토막 / 인격도 반 토막" 되어버린 "반인반수의 처지"에 놓여 있다고 노래했다.[36]

구직을 포기하는 청년의 수가 50만 명에 달했지만, 정부와 보수언론은 중소기업이 대기업의 시장 독점과 불공정 거래로 말미암아 괜찮은 일자리를 제공하지 못하는 것은 외면한 채, 청년들에게 "눈높이를 낮춰라"라고 윽박지른다. 대기업 정규직으로 취업을 해도 구조조정으로 언제 직장에서 밀려날지 모른다.

직장인도 월급을 한 푼도 쓰지 않고 다 저축해도 서울에서 아파트 한 채 사기란 여전히 지난하다. 2020년 OECD 통계에 따르면 서민을 위해서 더욱 확대해야 할 장기공공임대주택은 전체 주택의 8.9퍼센트일 뿐이다. '부동산 계급사회'의 바닥을 이루는 162만여 명의 '부동산 제6계급' 사람들은 비닐집, 움막, 지하방, 심지어 동굴에서 살고 있다.[37] 고령화와 가족해체가 급속도로 진행되고 있지만, 여전히 '효도'만 강조될 뿐 노인복지는 취약하다. 왜 한국의 노인 자살률이 세계 최고겠는가.

정치적 민주화가 이루어져 몇 년에 한 번씩 대표를 식섭 뽑을 수 있지만, 이러한 문제를 제도적으로 해결하지 못한다면 그 민주주의는 어떠한 의미가 있을까. 한국 사회가 개를 반려동물로 키우는 부담을 충분히 감당할 수 있게 된 것처럼, 이제 한국 사회는 각각의 사람 구성원이 사람으로서의 존엄을 지키고 기본적 생존을 유지하는 데 필요한 부담을 충분히 감당할 수 있게 되었다.

진짜 문제는 '성장 최고', '효율 최고'라는 가치만을 신봉하며, 같은 종족인 사람에게는 자기가 키우는 개가 누리는 복리후생만큼

의 '사회권'도 보장하지 않으려는 우리의 의식과 그에 따라 만들어
진 제도다. 사회권 보장은 다름 아닌 시민 자신을 위한 사회적 보
험[38]인데도 말이다. 이제 "개팔자가 상팔자"라면서 개를 부러워하
기만 할 때가 아니다. 사람 팔자가 상팔자가 되도록 의식과 제도를
바꿔야 한다.

4장__ 공감하는 인간들의 연대

"우리 사람이 되긴 힘들어도 괴물이 되진 말자"

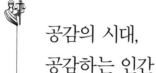

공감의 시대,
공감하는 인간

　　과거 노무현 후보가 대통령 선거에 나섰을 때는
물론, 대통령에 당선된 이후에도 반대 정파 사람들은 그를 대학
도 나오지 못한 사람이라며 멸시하고 조롱했다. 게다가 노무현은
1975년 당시 60명만 뽑는 사법시험에 합격한 수재였음에도 대학
졸업장이 없다는 이유로 차별받았다. 대표적으로 당시 한나라당
전여옥 대변인의 발언이 있다.

　　"다음 대통령, 대학 나온 사람이 돼야 한다. 노무현 대통령은
　　대학 못 나온 콤플렉스를 갖고 있다. 고졸 대통령 노무현이

싫다. 나는 대통령이 대학을 다닌 경험이 없다는 것이 적절하지 않다고 생각한다. 하지만 박근혜 대표는 대학을 졸업해서 정치를 관망하는 시각이 탁월하다. 대졸자들은 큰 그림을 보는 데 타고난 천성이 있는 것 같다. 하지만 고졸자 대통령은 언행이 거칠고 역할이나 임무 수행에 문제가 많다."

나는 이 말을 들으니 집안이 어려워 상고 또는 공고를 가야 했던 내 친구와 친인척들이 저절로 떠올랐다. 먹고살아야 했기 때문에 꿈을 포기하는 사람들은 지금도 많다. 한국이 개발도상국이었던 시절, 국민 다수에게 대학 교육은 거리가 먼 이야기였다. 그 시절에 대학을 간다는 것은 단지 개인의 성실함과 우수함 때문만은 아니었다. 이를 외면한 채 대학 진학은 엄두도 못 내고 다른 삶의 경로를 택해야 했던 수많은 사람들을 무시하는 것은 오만 중의 오만이며, 잔인함 중의 잔인함이다.

"그 대학 나오고도 기자가 될 수 있느냐"

우리 사회에는 대학 졸업자는 고교 졸업자를 무

시하고, '명문대' 출신은 '비명문대' 출신을 무시하고, 서울대 출신은 비서울대 출신을 무시하는 심리적 서열구조가 존재한다. 1997년 대선 국면에서 당시 이회창 한나라당 총재는 술자리에 참석한 기자에게 "어느 대학 출신이냐"라고 물었고, 이에 해당 기자가 "고대 출신"이라고 답하자 이 총재가 "그 대학 나오고도 기자가 될 수 있느냐"라고 응대했음이 보도되었다. 경기고를 졸업하고 서울대 법과대학을 나온 법조 엘리트였던 이 총재는 고려대는 기자도 될 수 없는 수준의 대학이라고 인식하고 있었던 것이다. 이러한 이 총재가 대학을 나오지 못한 노무현 대통령이나 경희대를 나온 문재인 대통령을 어떻게 인식하고 있었을지는 짐작이 간다.

나는 서울대를 졸업했지만, 비서울대를 나온 수많은 벗이 있다. 고교 졸업 시점에 성적이 좋아 서울대에 입학한 사람의 노력과 성취는 응당한 평가를 받아야 한다. 그러나 서울대에는 입학하지 못했지만, 자신의 노력으로 큰 성취를 이룬 사람도 매우 많다. 이를 잘 알고 있기에 나는 비서울대를 나온 사람들을 무시하거나 차별하지 않는다.

'광고 천재'라 불리며 많은 주목을 받는 이제석 씨의 도전을 들여다보자. 한국 사회에서 그저 꽃망울에만 머무를 뻔했던 청년이 그였다. 지방대를 나왔다는 이유만으로 공모전과 취업에 모조리

낙방한 그는 동네 간판 집에서 일하다가 과감히 외국으로 떠났다. 그리고 각고의 노력 끝에 유명한 해외광고제에서 연달아 수상하면서 유명인이 됐다. 그는 고등학생 때 죽어라 그림만 그렸던, 주변으로부터 '가망 없다'는 취급을 받는 학생이었다고 한다. 그런 그가 만든 공익광고를 보면 번득이는 천재성을 느낄 수 있다. 그 천재성이 하마터면 스펙 쌓기의 모래 속에 파묻혀 사라질 뻔했다.

이 책은 우리 사회의 학력·학벌 문제와 그 해결책을 다루는 것이 목적이 아니다. 학력과 학벌 외 재산과 계급이 다른 사람에 대한 무지와 무시가 얼마나 우리 공동체의 정서적 연대를 해치는지를 말하려는 것이다.

한국인들은 한국전쟁 이후 권위주의 통치를 경험했다. 급속한 경제개발 시기를 거치면서 '호모 이코노미쿠스', 즉 '경제적 인간'으로 사는 것을 당연시하고 체화했다. 생존을 위해 이익을 추구해야만 물질적 부를 누릴 수 있었던 것이다. 약육강식, 승자독식의 원리를 신봉할 수밖에 없었다. 승자의 '먹잇감'이 된 패자는 열패감 속에 살아야 했고, '한탕'을 노리는 유혹에 빠지기라도 하면 더 불행해졌다. 먹이를 확보한 소수의 승자는 승리감에 도취하지만, 이들도 끊임없는 경쟁과 재산 축적이라는 욕망의 노예가 되어 불안과 공허에 시달린다. 반면, 제러미 리프킨은 『공감의 시대』에서 '공감'을 "관찰자가 기꺼이 다른 사람의 경험의 일부가 되어 그들의 경험에 대한 느낌을 공유"하는 것이라 정의했다. 그리고 인류의 존속과 번영을 위해서는 '공감의 문명empathic civilization'이 중요하며, 21세기 '공감의 시대'에는 우리 안에 있는 '호모 엠파티쿠스Homo Empathicus', 즉 '공감하는 인간'을 찾고 계발해야 한다고 했다. 유사한 맥락에서 최재천 교수는 『호모 심비우스』에서 21세기가 추구하는 이상적 인간은 '호모 심비우스Homo Symbious', 즉 경쟁 일변도에 빠진 사람이 아니라 '협력하고 공생하는 인간'이라고 했다.

> "사랑과 지식은 나름대로의 범위에서 천국으로 가는 길로 이끌어줬다. 그러나 늘 연민이 날 지상으로 되돌아오게 했다. 고통스러운 절규의 메아리들이 내 가슴을 울렸다. 굶주리는 아이들, 압제자에게 핍박받는 희생자들, 자식들에게 미운 짐이 되어버린 의지할 데 없는 노인들, 외로움과 궁핍과 고통 가득한 이 세계 전체가 인간의 삶이 지향해야 할 바를 비웃고 있다. 고통이 덜어지기를 갈망하지만 그렇게 하지 못해 나 역시 고통받고 있다."[1]

가슴이 답답해질 때마다 버트런드 러셀의 이 글을 찾는다. 그

자연과학과 인문과학의 경계를 넘나들며
경제의 새로운 패러다임을 제시해 온 미래학자 제러미 리프킨

러면 가슴이 뜨거워진다. 모두를 위한 세상을 꿈꾸는 일, 그 시작은 공감이 아닐까?

완전히 다른 시각 또한 존재한다. 노동운동 탄압, 사회보장 축소, 민영화와 구조조정 등을 밀어붙인 전 영국 수상 마거릿 대처 Margaret Thatcher는 1987년 《우먼스 오운Woman's Own》이라는 잡지와의 인터뷰에서 "사회 따위는 없다There is no such thing as society"라는 악명 높은 말을 던진 바 있다.

> "이들은 자신들의 문제를 사회에 전가하고 있어요. 누가 사회인가요? 사회 따위는 없어요. 개인으로서의 남성과 여성이 있고 가족이 있을 뿐입니다. (…) 사람들은 먼저 스스로를 돌봐야 해요."[2]

참으로 놀라웠다. 사회 구성원이 직면하고 있는 문제들 중에는 개인의 성실과 노력만으로 풀 수 없는 것들이 많다. 구성원이 아무리 열심히 일하고 또 일해도 가난과 결핍에서 벗어날 수 없는 구조가 있기 때문이다. 그런데 대처는 "사회 따위는 없다"라고 말하며, 자기 구제 노력이 부족한 것을 탓하라고 한다. 대처의 이런 철학은 신자유주의의 핵심을 드러낸다. 사회가 없는 세상은 개인들의 경쟁만 남은 정글이다. 이런 정글에서는 공감, 공존, 연대는 모두 사치스러운 단어가 되고 말며, 부익부 빈익빈과 양극화는 너무도 자연스러운 법칙이 되고 만다. 세계금융위기가 닥치면서 신자유주의에 대한 반성이 이루어지고 있지만, 우리나라의 지배동맹은 이러한 대처주의를 여전히 맹신하고 있다.

2010년 한국방송의 인기 드라마 「추노」와 2009년 박찬욱 감독의 영화 「박쥐」는 우리 현실을 돌아보게 만든다. 「추노」의 등장인물은 각자의 대의, 이익, 원한 때문에 쫓고 쫓기며 죽이고 죽는다. 「박쥐」에서 가톨릭 신부에서 흡혈귀로 변해버린 상현은 인간으로서의 욕망을 추구하며 태주와 금지된 사랑에 빠지지만 그 때문에 고통을 받는다. 두 작품은 다름 아닌 21세기 한국 사회가 쫓고 쫓기는 '추노 사회', 피를 빨고 빨리는 '흡혈 사회'라고 말하는 듯하다. 루쉰魯迅이 1918년에 쓴 『광인일기』에서 봉건 중국 사회를 '식인 사회'라고 통렬히 풍자한 것처럼, 혹시 우리는 "입가에 사람 기름을 번드레하게 발랐을 뿐만 아니라 온통 사람 잡아먹는 생각에 빠져 있는" 것은 아닌가?

'노란봉투 캠페인'

다행히도 작은 변화들이 곳곳에서 눈에 띈다. 2014년 《시사인》의 독자 주부 배춘환 씨는 '불법파업'을 했다는 이유로 손해배상과 가압류를 당한 노동자를 지원하는 데 써달라며 아이 학원비 4만 7000원을 《시사인》에 보냈다. "해고 노동자에게 47억 원을 손해배상하라는 이 나라에서 셋째를 낳을 생각을 하니 갑갑해서 작지만 제가 할 수 있는 일을 시작하고 싶어서 보냅니다. 47억 원… 뭐, 듣도 보도 못한 돈이라 여러 번 계산기를 두들겨봤더니 4만 7000원씩 10만 명이면 되더라고요"라고 적힌 편지와 함께. 배 씨의 이 행동을 시작으로 많은 사람들이 10만 명 중 한 사람이 되기 위해 '아름다운 재단'의 '노란 봉투 캠페인'에 성금을 보냈다. 가수 이효리도 그러한 '호모 엠파티쿠스' 중의 한 사람이었다.

이후 파업노동자에 대한 손해배상을 제한해야 한다는 '노란봉투법' 제정 운동이 벌어졌다. 2022년 대우조선해양이 하청 노조의 파업에 대한 책임을 물어 금속노조 거제통영고성조선하청지회 간부 5명을 대상으로 470억 원이라는 엄청난 액수의 손해배상청구 소송을 제기했고, 이에 '노란봉투법'이 다시 사회적 의제로 부각되었다. 배춘환 씨의 편지 이후 약 9년 만에 국회 보건복지위원회는

'노란봉투법', 즉 노동조합 및 노동관계조정법 개정안을 통과시킨다. 노동쟁의의 범위를 근로조건까지 넓히며 노조의 손해배상 인정을 귀책사유와 책임비율에 따라 산정한다는 내용이었다. 윤석열 정부의 법무부와 고용노동부는 이 개정안에 반대 의견을 냈지만, 법원행정처는 법원이 각 손해의 배상 의무자별로 귀책사유와 기여도에 따라 책임 범위를 정하도록 한 내용에 대해 "근로자 개인에게 과다한 배상책임이 부과되는 것을 막고자 하는 입법 취지에 공감할 수 있다"는 의견을 제출했다.

그리고 2023년 6월 15일 마침내 대법원 3부(주심 노정희 대법관)는 노란봉투법의 취지에 부합하는 판결을 내렸다. 요약하면, (i) 손해배상소송의 대상은 원칙적으로 노동조합이며, (ii) 위법한 쟁의행위를 결정, 주도한 주체인 노동조합과 개별 조합원 등의 손해배상책임의 범위를 동일하게 보는 것은 헌법상 근로자에게 보장된 단결권과 단체행동권을 위축시킬 우려가 있고 손해의 공평·타당한 분담이라는 손해배상제도의 이념에도 어긋난다, (iii) 개별 조합원 등에 대한 책임제한의 정도는 노동조합에서의 지위와 역할, 쟁의행위 참여 경위 및 정도, 손해 발생에 대한 기여 정도 등을 종합적으로 고려해 판단해야 한다. 만시지탄이지만, 파업 참여 노동자에 대한 무차별적 손해배상 청구에 대법원이 제동을 건 것이다. 이에 힘을 받은 국회도 노란봉투법을 본회의에서 통과시켰다.

지그문트 바우만의 표현을 빌리자면, '호모 이코노미쿠스'는 "이 세상을 일회용 물품들, 한 번 쓰고 버리는 물품들―다른 인간들을 포함한 전체 세상까지―이 가득 담긴 용기처럼 보는 훈련을 하고 있다."[3] 그러나 우리 모두가 행복해지기 위해서는 '호모 이코노미쿠스'에 의해 억압된 '호모 엠파티쿠스'와 '호모 심비우스'를 되살려야 한다. 세상은 공감으로 이루어진다. 그것이 타인과 나를 연결시키는 고리가 된다. 그 고리가 늘어나고 튼튼해지면 세상은 변화한다. 새삼 2002년 개봉한 홍상수 감독의 영화 「생활의 발견」에서 주인공이 내뱉은 말이 떠오른다.

"우리, 사람 되기 어려워도 괴물은 되지 말자."

균형

니는 왜 상고를 가노?
'지역·기회균형선발제'의 옹호

내가 어릴 때만 해도 경상도에서 태어난 공부 잘하는 장남이 가야 할 길은 대략 정해져 있었다. 그 시절에는 어린이의 꿈 따위는 그다지 중요하지 않았다. 게다가 장남으로 태어난 아이는 마치 숙명처럼 집안의 대를 이어야 하는 것은 물론이고, 모든 가족이 평온한 삶을 살 수 있도록 헌신해야 하는 의무까지 짊어져야 했다. 특히 공부 잘하는 장남이라면 이른바 '사士' 자가 들어가는 직업을 갖거나 출세를 꿈꾸는 게 당연한 일로 여겨졌다. 나도 고등학교 생활기록부에 장래희망이 '판사'라고 적혀 있다. 1982년 서울대 법대에 입학한 후 이런 기대로부터 자유로울 수 없었다. 대학을 합격하자마자 주위에서는 벌써 내 인생의 다음 무대를 이야기하고 있었다. 판사나 검사가 되어 '영감'의 호칭을 들어야 하는 게 정해진 수순이었다. 그러나 나는 그 길로 가지 않았다. 1980년대 초 군사 독재 시절 대학을 다녔던 많은 사람들처럼, 농촌활동, 빈민구호활동, 반독재 시위참여 등의 길을 택했다.

그런 선택을 하게 된 정신적·심리적 이유의 뿌리를 찾아가다 보면 어린 시절 뇌리에 박힌 몇몇 장면이 떠오른다. 초등학교 저학년 때의 기억이다. 우리 동네에는 지능이 떨어지는 형이 있었다. 이른바 '바보 형'이었다. 덩치는 큰데 머리는 모자라니 철없는 동네 아이들 입장에선 놀려먹기 딱 좋은 대상이었다.

형은 가난했다. 부모님은 안 계시고 할머님께서 홀로 그 형을 키우니 하루 종일 세심하게 돌볼 수도 없었다. 휑하니 텅 빈 집보다 바깥이 좋을 수밖에 없었던 탓에 그 형은 아이들이 짓궂게 놀려도 매번 동네 골목에서 느릿한 황소걸음을 걸으며 놀았다.

"야! 이 바보야!"

그 형이 골목에 보이면 아이들은 마치 약속이라도 한 듯 너도 나도 해코지를 해댔다. 형보다 나이가 어린 아이들도 돌멩이를 던

지면서 놀려댔다. 아이들은 순진하지만 때로는 잔인하기도 하다. 예를 들자면, 나치가 집권하던 독일에서 수많은 아이들이 '히틀러 유겐트Hitler-Jugend'의 단원이 되어 유대인들에게 돌을 던졌다. 히틀러 유겐트의 단원이었던 독일 아이들도 바보 형에게 돌멩이를 던졌던 아이들과 똑같이 순진무구했을 것이다. 의미 없이 하는 행동, 생각 없이 내뱉는 말들을 그저 '순진하다'는 말로 미화하기엔 상대가 받는 상처가 너무 쓰리고 고통스럽다. 생각 없이 던진 돌에 개구리는 맞아 죽는다는데, 상대는 개구리가 아닌 사람이니 말이다. 이유 없이 다른 사람을 괴롭히는 행위는 아무리 아이라고 해도 결코 순진함으로 포장되어서는 안 된다. 하지만 당시 나는 그런 아이들과 적극적으로 맞서지는 못했다. 단지 "느그들 그러지 마라, 와 자꾸 불쌍한 사람을 놀리노!" 정도의 몇 마디를 던졌을 뿐이었다.

이후 언제인지도 모르게 그 형은 동네에서 사라졌다. 그렇지만 보통의 순진한 아이들이 그 형을 왜 그리 잔인하게 대했는지는 오래도록 의문으로 남았다. 오랜 세월이 지난 후 부산에 사는 주변 어른들에게 바보 형 소식을 물어보았다. 길거리에서 객사한 모습으로 발견되어 형의 할머니가 장례를 치렀다고 했다.

당시 시대 상황에서 인권 의식은 높지 않았다. 머리가 크고 보니 세상에는 이런 일들이 만연해 있음을 알게 됐다. 이런 상황을 접했을 때 '이건 아니다'라는 생각에 나서서 항변하면 잘난 체한다는 비아냥거림을 들어야 한다. 하지만 이제는 더 이상 집단성 이면에 가려진 가학성과 잔인성에 대해 침묵할 수는 없다.

"니는 왜 상고를 가노?"

고등학교 진학을 앞둔, 1978년 중학교 3학년 때였다. 친하게 지냈던 같은 반 친구가 상업고등학교로 진학한다는 얘기를 들었다.

"니는 왜 상고를 가노?"
"몰라서 묻나?"
"……."

당시 나는 중학교를 졸업하면 인문계 고등학교에 진학해 대학생이 되는 것을 당연한 수순으로 알고 있었다.

"돈이 없어서 못 가는 거제!"

굳어진 표정으로 무뚝뚝하게 쏘아붙이는 친구를 보며 나는 그제야 친구에게 큰 실수를 했음을 깨달았다. 이후 한동안 머릿속에서는 의문이 사라지지 않았다.

'공부도 잘하고, 공부하는 것도 좋아하는 친구가 왜 돈이 없어서 상고를 가야만 하는 거지?'

그러고 나서 주변의 친인척 중 공부를 잘했는데도 상고나 공고를 선택해야 했던 어른들의 삶을 미루어 짐작해 보았다. 자신의 뜻과 능력과는 무관하게 집안 형편이 안 좋아서 인문계를 포기해야 한다는 것은 부조리한 일이었다. 나는 조금씩 세상에 대한 고민을 하기 시작했다. 책 밖의 세상을 느끼기 시작한 것이다. 누군가에겐 당연하게 주어지는 것들이 또 다른 누군가에겐 그저 바라만 보아야 하는 것이 될 수 있는 세상. 그것은 '세상을 얼마나 성실히, 열심히 사느냐'와는 다른 차원의 문제였다. 어쩌면 어린 시절의 이 경험은 어른이 된 후 진보 성향 지식인으로 살아가는 데 밑거름이 됐던 것 같다.

내 고향은 부산이다. 수많은 사람과 문물이 오가는 항구 도시 부산은 다양한 사람들이 모인 곳이다. 내가 자랄 때만 해도 서울을 제외하고는 부산만큼 다양한 인구 구성을 경험할 수 있는 지역이 드물었다. 여러 계층과 계급의 사람들이 있었음은 물론, 출신 지역과 배경도 매우 다양했다. 바다를 끼고 있는 지역인 데다가, 전쟁의 혼란을 피해 곳곳에서 피난 와서 정착한 사람들, 취업을 위해 '대한민국 제2의 도시'로 온 여러 지방의 사람들 덕분에 부산은 대구와 광주 등 다른 지방 대도시들보다 훨씬 더 다양한 인간 군상이 모인 시끌벅적한 '잡종雜種 도시'이자 '혼성混成 도시'가 되었다.

고교 시절 나는 하굣길이나 주말이면 심심찮게 자갈치시장과 국제시장에 들렀다. 입시 공부를 하다 피곤하거나 지겨울 때 활어시장, 건어물시장, 횟집, 곰장어구이집 등이 모여 있는 자갈치시장과 당시 전국 최대 재래시장으로 미군 군용물품을 비롯해 수많은 물건을 파는 국제시장을 둘러보면 절로 활력이 충전됐다. 어묵이나 물떡을 사 먹는 것도, 다양한 물건을 사는 것도 좋았지만, 인파로 북적대는 거리를 분주히 오가는 사람들을 구경하는 것이 제일 좋았다. 그곳에는 온갖 사람들이 있었다. 생선 비린내가 진동하는 곳에서 좌판을 깔고 억척스럽게 사는 '자갈치 아지매'들, 큰 목소리로 "오이소! 보이소! 사이소!"를 외치는 상인들, 땀을 뻘뻘 흘리며 무거운 짐을 부리는 노동자들, 철가방을 들고 이리 뛰고 저리 뛰며 음식을 배달하는 사람들, 바다 건너 어디선가 왔을 파란 눈의 선원들까지 각양각색 사람들을 보고 있노라면 시간 가는 줄도 몰랐다. 교사 부부의 아들로 자라며 집안에서 접해보지 못한 사람들의 생생한 삶을 그곳에서 배웠다.

중학교 다닐 때 고교 평준화가 이루어졌기 때문에, 나는 추첨으로 배정받은 고등학교를 갔다. 모교인 혜광고등학교는 고교 입시가 있었던 시기의 기준으로 봤을 때 전혀 '명문고'가 아니었다. 부산 지역의 전통 명문고인 경남고, 부산고와 비교할 수 없는 '후진 학교'에 속했다. 중학교를 졸업했을 때 어머니는 "혜광고는 안 되는데…" 하며 걱정하셨는데, 바로 그 학교를 뽑았던 것이다.

혜광고는 보수동 산복山腹도로 위에 있었다. 물론 잘사는 동네가 아니었다. 주먹 잘 쓰는 친구, 공부 잘하는 친구, 잘사는 동네 출신 친구, 못사는 동네 출신 친구가 섞여 있었던 고등학교는 그야말로 우리 사회의 축소판이었다. 친구마다 가지고 있는 삶의 이야기가 다양했고, 생각하는 것과 미래의 목표도 제각각이었다. 고등학교 친구들은 각자의 결핍과 고민을 가지고 있었다. 생활 형편이 어려웠던 친구들의 물질적인 결핍은 바로 눈에 띄었다. 예컨대, 도시락을 싸올 수가 없어 점심때마다 친구들 도시락을 뺏어 먹는 친구들이 있었다. 다행히 생활 환경이 괜찮았던 나는 이런 문제를 겪진 않았지만, 친구들의 상황을 접하면서 나의 내면은 한편으로는 복잡해지고 다른 한편으로는 성숙해졌다.

'지균충', '기균충'?

나는 2001년 말 서울대에 부임했다. 그때 이후 내 수업을 듣는 학생들에게 종종 "과거에 전교 1등 안 해본 학생 있나요?" 하고 묻는다. 당연히 한 명도 없다. 서울대 법대를 들어올 성적이면 저마다 학교에서 몇 번은 전교 1등을 해봤을 테니까. 학생들이 질문의 의도를 몰라 의아해할 때쯤, 나는 다시 묻는다.

"여러분 모두 학교 공부에 자신이 있을 겁니다. 그럼 여러분처럼 공부 잘해서 서울대 법대를 졸업한 대법관, 검찰총장, 변호사, 교수 등의 선배들과 공부와는 거리가 멀었을 것 같은 조용필, 김기덕, 송강호, 김제동 같은 사람들 중 누가 더 성공했다고 볼 수 있을까요? 또 어느 쪽이 더 사람들을 행복하게 만들었을까요?"

그러면 학생들 표정은 떨떠름해진다. 나도 공부를 잘한 축에 속했다. 학교 공부를 잘한다는 것은 능력이다. 또한 이를 위해 바친 노력 역시 인정받아야 한다. 그렇지만 현대 정의론의 거목 존 롤스의 통찰을 빌리자면, 공부 잘하는 능력이나 공부에 집중할 수 있는 배경을 가진 것은 '자연의 복권natural lottery'에 당첨되었기 때문이다.

각종 국가고시를 합격한 한 정치인이 "시험으로 대통령을 뽑는다면 분명 내가 대통령이 됐을 것"이라고 말한 바 있다. 대통령을 시험으로 뽑는다면 그 세상은 매우 끔찍할 것이다. 특히 '명문대'에 다니는 학생들이 이런 생각을 한다면 재앙에 가까울 것이다. 학교 공부를 잘하는 사람과 학교 공부는 못하지만 다른 분야를 잘하는 사람은 똑같이 우수하고 소중하다.

나는 2013년 서울대 학생 온라인 커뮤니티 '스누라이프 SNULife'에서 평소 우려하던 일이 실제로 벌어진 것을 보았다. 어떤 학생이 '지역·기회균형선발' 출신 학생을 비하하는 글을 올린 것이다. 지역·기회균형선발제는 농어촌 등 서울 외의 지역 고교, 저소득 가구, 탈북가정 등 사회·경제적으로 어려운 환경에서 생활하면서도 우수한 성과를 거둔 학생을 선발하는 제도다. 심지어 그 학생은 이런 동료 친구를 '지균충', '기균충'으로 부르며 비하했다. 이 글을 읽고 분노와 동시에 슬픔을 느꼈다. '벌레'라니… 이런 태도는 '반反지성' 그 자체라고 할 수 있다.

물론 이런 현상이 우리나라만의 문제는 아니다. 한때 미국 하버드대학에서 "나도 하버드생이야(I, too, am Harvard)" 운동이 전개되어 미국 대학가에 파문을 일으켰다.[4] 2학년생인 키미코 마쓰다-로렌스Kimiko Matsuda-Lawrence 씨가 일부 오만한 백인 학생으로부터 "글은 읽을 줄 아냐?"라는 모욕을 받은 것이 계기가 되어 이 운동이 시작됐다. "흑인 학생들이 지적 능력은 모자라지만 '적극적 차별시정 정책affirmative action' 덕분에 하버드에 입학했다"는 편견에 항의하기 위함이었다.

적극적 차별시정 정책

이 정책은 1961년 케네디 대통령에 의해 시작되었다. 신입생을 선발할 때 역사적·사회적으로 소수자 또는 약자였던 계급, 계층, 집단에게 일정한 우대를 적용해 입시의 공정성을 높이자는 취지였다. 실제로 이 정책은 대학의 창의성과 다양성 강화 및 사회통합 신장이라는 성과를 거두어왔다. 물론 백인 상류층 등 미국 주류집단 학생이나 학부모 중 일부는 이 정책이 '역차별'이라며 반발했지만, 이 정책은 현재까지 이어지고 있다. 실제 이 정책으로 뽑힌 사람들은 자신이 처한 환경과 기회 안에서 최고 성과를 이룬 학생들이었고, 졸업 후에도 각 분야의 지도자로 활약하고 있다.

미국 최고 명문 사립대 중 하나인 애머스트대학의 앤서니 마크스Anthony Marx 총장은 명문대일수록 저소득층 학생을 더욱더 많이 선발해야 한다고 강조한 바 있다. 그는 SAT 과외를 받고 미리 시험을 치며 연습할 수 있는 부유층 학생과 '세븐일레븐'에서 알바를 해야 하는 학생을 같은 기준으로 볼 수는 없다면서 다음과 같이 말했다.

> "우리(명문대)는 아메리칸 드림의 일부라고, 또한 실력과 기회와 재능에 기초한 체제의 일부라고 주장한다. 그런데 위로부터 3분의 2의 학생이 상위 4분위에서 오고 오직 5퍼센트의 학생만 하위 4분위에서 온다면, 우리는 확장되고 있는 '경제적 격차economic divide'의 해결책의 일부가 아니라 그 문제의 일부다."[5]

고교 졸업 시 성적 우수자들의 재능과 노력은 그 자체로 인정되어야 하지만, 학문 연구와 지도자 육성이라는 역할을 수행해야 할 대학은 성적 우수자들의 독점물이 아니며, 그래서도 안 된다. 학문은 인간과 사회에 대한 이해에서 출발한다. 다양한 계급, 계층, 집단의 경험, 이익, 꿈, 고통을 이해하지 못하고는 제대로 된 학문이 될 리 없다. 대학이 성적 우수자들만의 '동종교배' 집단으로 변질될 때 그 대학 출신이 사회통합을 이루어낼 지도자로 성장할 리 없다. 대학은 계층의 상승을 보장하는 통로이기도 하지만, '큰 공부'를 통해 '큰 사람'을 만드는 곳이기도 하다. '큰 사람'이 되려면 '너른 가슴'과 '따뜻한 가슴'이 필수적이다. 대학이 고교 졸업 시 우수했던 성적을 뽐내는 데 급급한 학생들이 모여 '실력'보다 '연고'를 쌓는 장소로 전락한다면 재앙 중의 재앙이 아닐 수 없다.

'지역·기회균형선발'로 선발된 학생들의 입학 시기 성적은 특목고나 서울 강남 명문고 출신이 많은 '수시·특기선발' 학생의 성적보다 못하다. 그러나 전자의 사회·경제적 환경을 고려할 때 전자의 성적은 이미 충분히 우수하다. 그리고 대학에서 전자가 졸업할 때의 성적이 후자가 졸업할 때의 성적보다 높다는 것이 확인됐다.

'지역·기회균형선발'에 반대하는 사람들에게 묻고 싶다. 당신이 '지역·기회균형선발' 학생의 환경에 처해 있었다면 어느 정도 성적을 낼 수 있겠느냐고, '지역·기회균형선발' 학생이 당신의 환경에서 살았더라면 또 어느 정도 성적을 낼 수 있겠느냐고, 또한 '지역·기회균형선발'로 입학한 학생이 부럽다면 현재 누리고 있는 환경을 완전히 버릴 의향이 있느냐고.

그런데 2023년 6월 29일 미국 연방대법원은 충격적인 판결을 내렸다. 소수인종 우대 입학 제도로 백인과 아시아계 지원자를 차별했다며 '공정한 입학을 위한 학생들Students for Fair Admissions'이라는 단체가 노스캐롤라이나대학과 하버드대학을 상대로 제기한 헌법소원을 각각 6대 3과 6 대 2로 위헌 결정을 내렸다. 존 로버츠 대법원장은 다수 의견에서 "너무 오랫동안 대학교들은 개인의 정체성을 가늠하는 잣대로 기술, 학습 등이 아니라 '피부색'이라는 잘못된 결론을 내렸다"라며, "학생들은 인종이 아니라 개개인의 경험에 따라 대우받아야 한다"고 밝혔다. 이로써 1961년 도입된 '적극적 차별시정 정책'이 종언을 고하게 된 것이다. 트럼프 행정부 기간 연방대법원이 보수 우위로 재편된 결과였다. 이 사례는 미국 사회에서 소수자를 배려하는 연대의 정신이 약화되고 있음을 보여준다. 이 결정 후 하버드대학은 "대법원의 결정을 확실히 따르겠다"고 밝히면서 "향후 교내 구성원들의 지혜와 전문성을 바탕으로 대법원의 결정과 하버드의 가치를 공존시키는 방법을 찾을 것"이라고 덧붙였다.

이 결정은 사회의 보수화가 법과 제도의 보수화를 추동한다는 사실과 함께, 연방대법관을 지명하는 대통령의 역할이 매우 중요하다는 점을 잘 보여준다. 그리고 미국 연방대법원의 이 결정이 우리나라 지역·기회균형선발 제도를 없애거나 축소시키는 쪽으로 영향을 미치지 않을까 우려된다. '공감'과 '연대'가 약화되고 개인이 처한 사회·경제적 배경을 무시하는 '능력주의能力主義, meritocracy'가 사회에 자리 잡으면 공동선common good은 무너진다. 저명한 정치철학자 마이클 샌델Michael Sandel이『공정하다는 착각』에서 지적한 것처럼, '능력주의'란 직업과 기회를 개인의 능력에 따라 배분해 주는 하나의 체제에 불과하다. 대다수의 사람들은 이 세상이 능력과 재능이라는 객관적인 기준에 의해 스스로의 환경을 극복해 나가도록 만인에게 공평한 기회를 제공하고 있다고 믿지만, 이는 능력주의 사회가 공정하다는 착각에서 오는 오만인 것이다. '능력주의'는 신분이나 계급에 따라 지위가 세습되는 봉건체제보다는 우월하지만, 불평등이 심화되고 사회적 계층 이동이 점점 둔화되고 있는 현대 자본주의 체제하에서는 또 다른 '폭정'으로 작동한다는 점을 명심해야 한다.

게으를 권리?!

권력, 부, 지위, 명성이 있는 사람이라고 해서 삶이 항상 행복한 것은 아니다. 이들도 타인이 모르는 자신만의 불행이 있다. 가족 관계에 문제가 있거나, 진심과 사랑을 나눌 수 있는 사람이 없어 힘들어한다. 내면의 공허함이나 더 많이 가지고 더 높이 올라가고 싶은 욕망 때문에 전전긍긍한다. 또한 생산수준이나 소득수준이 높은 나라의 행복 수준이 항상 높은 것도 아니다. 일찍이 고 로버트 케네디Robert Kennedy 미국 상원의원은 "국민총생산 GNP은 삶을 살아갈 가치가 있도록 만드는 것을 제외한 나머지 모든 것을 측정하는 것"이라고 갈파한 바 있다.[6] G20에 속해 있음을 뽐내는 한국 사회의 삶이 MBC 다큐멘터리 「아마존의 눈물」 속 조에족族의 삶보다 행복하다고 할 수 있을까. 2006년 영국 레스터대학의 애드리언 화이트Adrian White 교수가 발표한 '세계 행복 지도'에 따르면, 1인당 국내총생산 2000달러 정도인 부탄의 행복 순위는 조사 대상 178개국 중 8위였지만, 한국은 102위를 기록했다.

이렇게 행복론을 말하는 것은 하루하루의 삶이 고달프고 힘들고 팍팍한 사회·경제적 약자에게 "행복은 마음먹기에 달렸다", "불행한 강자나 부자도 있다"라고 말하며 위로하기 위해서가 아니다. 항산恒産이 있어야 항심恒心이 있지 않던가. 강자나 부자에게도 불행이 있지만, 이들은 그 불행을 상쇄할 많은 것을 가지고 있다. 또한국 사회가 조에족 사회로 돌아가는 것은 몽상임을 알고 있다. 이제 우리는 우리 자신과 한국 사회에 대해 다음과 같은 질문을 던져야 한다. "열심히 사는데 왜 우린 행복하지 않을까?"[7]

OECD 최장 연간 노동시간

나는 우리나라 국민의 행복지수가 낮은 가장 큰 이유가 장기간의 노동시간이라고 생각한다. 실제로 OECD 국가

중 한국은 최장 연간 노동시간을 기록하고 있다. 2023년 4월 국회 예산정책처가 공개한 경제동향보고서에 따르면, 2021년 기준 한국의 연간 노동시간은 1915시간으로 OECD 36개국 중 네 번째로 많다. 한국보다 노동시간이 긴 국가는 멕시코(2128시간), 코스타리카(2073시간), 칠레(1916시간) 등 3개국으로 모두 중남미 국가들이다. OECD 평균 연간 노동시간은 1716시간인데, 한국의 연간 노동시간이 OECD 평균 수준이 되려면 주 평균 노동시간을 3.8시간 줄여야 한다. 바로 이 통계가 우리 불행의 근원을 알려준다.

여전히 많은 사람이 야근과 특근을 밥 먹듯이 하고, 법적 권리인 연차휴가도 제대로 쓰지 못하며, '신성한 노동'을 계속하는 것이 미덕이라고 믿고 산다. 버트런드 러셀의 말을 빌리자면, 우리 사회에서는 "경제적 두려움이 사람들의 사고를 지배하고 밤에는 꿈까지 지배한다."[8] 따라서 일할 땐 초조하고 여가를 즐길 땐 개운치 않다. 아이들은 아침 8시까지 등교해 정규 수업 종료 이후에도 학교 보충수업, 야자, 학원 등의 사교육을 받고 나서 밤 10시 이후에 귀가한다. 어른이나 아이나 하루 최저 14시간 노동을 하고 있는 것이다! 2010년 서울시교육청이 안민석 민주당 의원에게 제출한 자료에 따르면, 교육과학기술부의 교육과정 자율화 조치가 있은 후 서울 지역 초등학교들은 한 해 체육 시간을 평균 4시간씩 줄였으며,

수업 사이의 쉬는 시간을 10분에서 5분으로 줄인 학교도 급증했다.[9] 아이들이 노는 꼴을 못 보겠다는 것이다. 2010년 한국방정환재단과 연세대학교 사회발전연구소의 조사 결과, 우리나라 어린이와 청소년의 '주관적 행복지수'가 OECD 국가 중 꼴찌로 나온 것은 우연이 아니다. 이상의 통계를 변화시키려는 정책 없이는 헌법 제10조의 '행복추구권'은 유명무실하다.

그런데 이명박 대통령은 수면 시간 4시간을 50년 이상 유지했다고 자부하며, 더 열심히 일하는 것이 필요하다고 재촉한 바 있다. 그러면서 그는 청와대 비서관과 공무원들에게 연일 "피곤해하지 마라. 죽겠다는 말도 꺼내지 마라"라고 말하면서 압박을 가했다고 보도되었다. 물론 그의 선의는 '공복'으로서 헌신하기를 요구하는 것이다. 그러나 문제는 국정 최고지도자의 이런 인식 때문에 이미 엄청나게 열심히 일하면서 제대로 쉬지도 못하는 서민 대부분의 상태가 방치된다는 데 있다.

한편 윤석열 대통령은 후보 시절 일주일에 120시간이라도 일할 수 있어야 한다는 발언을 하며 논란을 일으켰다. 윤석열 정부가 출범한 후 정부는 '주 69시간제' 도입을 추진했다. 그러나 노동현장과 청년들의 반응이 매우 싸늘해지자 추진하는 것도 아니고 포기하는 것도 아닌 어정쩡한 태도를 취하고 있다. '주 최대 52시간제'

를 추진한 문재인 정부와의 차이가 분명히 드러나는 지점이다.

이런 대통령들이 카를 마르크스의 사위 폴 라파르그가 말한 '게으를 권리'를 국가와 사회 차원에서 실현할 의도나 계획을 갖고 있을 리 만무하다. '게으를 권리'를 승인하고, 하루 3시간만 일하고 나머지 시간은 여가와 오락을 즐기는 삶을 실현해야 한다는 라파르그의 오랜 염원은 가까운 미래에 실현되지는 못할 것이다. 그렇지만 어린아이부터 어른까지 걸려 있는 일중독work addiction[10]에서는 벗어나야 한다.

'놀금' 도입을 위해

'게으를 권리'가 제도적으로 보장되어야 새로운 일자리가 생겨나 '일할 권리'도 늘어난다. '4조 3교대'에서 '4조 2교대'로 근무 형태를 바꾸어 휴무일을 연간 90일가량 늘리면서 새로운 고용을 창출한 유한킴벌리와 포스코의 노동정책의 성과는 무엇을 말하는가. 포스코 계열사인 삼정P&A의 경우 직원의 연간 근무일이 317일에서 174.5일로 줄고, 휴일은 48일에서 190.5일로 늘어났는데, 이와 동시에 생산성도 대폭 상승했다. 2022년 1월에는 대

일에서의 해방을 외쳤던
프랑스의 사회주의 운동가 폴 라파르그

기업인 CJ가 새로운 시도를 했다. CJ ENM 엔터테인먼트 부문은 2022년 매주 금요일 오후에 사무 공간 밖에서 자율적으로 외부 활동을 하는 '비아이플러스B.I+(Break for Invention Plus)' 제도를 시행했다. 이제 직원들은 주 4.5일(36시간)만 사무실에서 근무하고, 매주 금요일 4시간의 오전 업무가 종료되면 별도의 신청 없이 일괄적으로 업무용 PC가 종료된다. 한국 대표 기업 삼성전자는 노사 협의에 따라 2023년 6월부터 '월 1회 주 4일 근무제'를 시행한다. '쉬는 금요일'이라고 불리는 이 제도에 따라, 매달 필수 근무 시간을 채우면 월급날인 21일이 있는 주 금요일에는 출근하지 않아도 된다.

벤츠, 보쉬 등 독일의 대표적인 기업이 모여 있는 독일 바덴뷔르템베르크주는 2018년부터 '주 28시간 노동제'를 도입했다. 이 주의 노동자들은 자신의 희망에 따라 최대 2년간 주 28시간만 근무할 수 있다. 2004년 프랑스 노동부는 주 35시간제를 시행함으로써 35만 개의 일자리가 새로 창출되었다고 발표했다. 스웨덴 등 북유럽 국가의 기업들은 하루 6시간 노동제를 실험하고 있다. '게으를 권리'에 대한 자각이 국가와 사회 차원에서 이루어질 때, 우리는 강수돌 교수가 말하는 "모두 일하되 조금씩만 일하는 사회"[11]를 향해 한 걸음 내디딜 수 있다.

기업 차원의 시도 말고도 세계 여러 나라의 의회와 정부는 노동시간 감축을 향해 나아가고 있다. 예컨대, 2022년 1월 1일 아랍에미리트는 세계 최초로 주 4.5일 노동제를 도입했다. 2023년 3월 칠레 상원은 만장일치로 주당 노동시간을 45시간에서 40시간으로 단축하는 법안을 통과시켰고, 대통령 서명만 기다리고 있다. 통과된 개정법률은 경과조치로 통과 1년 뒤 주당 노동시간은 44시간, 3년 차에는 42시간, 5년 차에는 40시간으로 줄어드는 방식을 택했다. 카자흐스탄은 2023년 7월 1일부터 주 4일제를 실시한다. 다만, 노사가 합의하면 주 5일 또는 주 6일 근무 등으로 교대 근무를 할 수 있는 권리도 보장된다. 카자흐스탄 노동부 대변인은 "매월 첫째 주는 5일 근무, 둘째 주는 4일 근무 등의 방식으로 주 단위로 번갈아가면서 일하는 형태가 될 것"이라고 발표했다. '놀토'가 도입될 때 경제가 망한다는 비판이 있었지만 망하지 않았다. 이제 '놀금' 도입의 시기와 방법을 고민할 때다.

한편 OECD 최저 수준의 복지만 이루어져 있는 우리 사회를 두고 '복지병' 운운하는 주장이 있다. 가당찮다. 우리 사회의 고질병은 '성장중독증'이다. 서구에서 복지국가가 이루어졌을 때 그 나라의 부는 현재 한국의 부보다 적었다. 한국은 이미 '부자 나라'이며, 더 많은 여가·휴식·오락·복지를 위한 토대는 이미 마련되어 있다. 1인당 국민소득이 4만 달까지 늘어나기 전까지는 더 많이 일해야 한다는 주장도 돌아다닌다. 그럴싸한 논리를 걸치고 다시 등장한 '행복유예론'에 더 이상 속아선 안 된다. 한국과 비슷한 수준의 부와 성장력을 가지면서도, 구성원이 더 적게 일하고 더 많이 쉬고 더 자주 놀 수 있도록 제도와 문화를 형성한 나라가 여럿 있음을 기억하라.

러셀은 일찍이 『게으름에 대한 찬양』에서 다음과 같이 말했다.

"현대의 생산방식은 우리 모두가 편안하고 안전할 수 있는 가능성을 열어놓았다. 그런데도 우리는 한쪽 사람들에게는 과로를, 다른 편 사람에겐 굶주림을 주는 방식을 선택해 왔다. 지금까지도 우리는 기계가 없던 예전과 마찬가지로 계속 정력적으로 일하고 있다. 이 점에서 우리는 어리석었다. 그러나 이러한 어리석음을 영원히 이어나갈 이유는 없다."[12]

우리 사회의 행복 수준이 높아지지 않는 이유는 '게으를 권리'와 행복의 제도화를 이루어내고 발전시킬 정치적·사회적 세력이 약하다는 데 있다. 행복 증진을 국가와 사회의 제1목표로 만들고자 노력하는 '행복 동맹'의 형성과 발전, 이것이야말로 우리 사회의 희망이다. 경영학의 용어를 빌려 말하자면, 효율의 관점에서 세상을 보는 '최고경영자CEO'는 이제 충분히 많다. 행복의 관점에서 세상을 변화시킬 '최고행복담당관Chief Happiness Officer(CHO)'이 국가와 사회를 이끌어야 할 때다.

청소 노동자를
고소한 학생들

우리는 대부분 노동을 하며 살아간다. 육체노동이건 지식노동이건, 블루칼라건 화이트칼라건, 사무실이건 공장이건 상관없이 일하러 가는 사람보다 임대료 받으며 사는 사람들이 더 많을 리는 없다. 과거에도 그랬고, 현재는 물론 미래에도 그럴 것이다. 우리는 노동하며 인생 대부분을 살아간다. 고졸자든 대학생이든 청년들도 거의 다 그렇게 될 것이다. 시민이 노동자이고, 노동자가 시민이다. 우리는 모두 '호모 파베르Homo Faber'다!

그러나 사람들은 '노동자'라는 호칭을 꺼린다. 공산주의 국가에서도 유사한 일이 일어나고 있다. 중국 중난대학 천리陳銳 교수는 책 『NO라고 말하는 아이』에서, 자녀에게 공포심을 심어주기 위해 공사장에 데리고 가서 힘들게 일하고 있는 노동자를 가리키며 "열심히 공부하지 않으면 저렇게 된다"라고 겁을 주고, 거리 청소를 하는 환경미화원을 가리키며 "저건 노예나 하는 일"이라고 멸시하는 중국 부모들을 비판한다.[13] 이런 상황이 중국에서만 일어나는 것은 아니다. 한국의 부모들도 자식들에게 유사한 이야기를 하고 있다.

노동 천시와 노동 적대시

현재 우리나라 노동조합 조직률은 10퍼센트 정도로 OECD 최저 수준이다. 노동자가 노동조합을 만드는 것은 당연한 헌법적 기본권이지만, 이 권리를 현실에서 행사하려면 온갖 난관에 부딪힌다. 합법화된 전교조가 출범할 때도 "교사가 무슨 노동자냐"라는 비난이 엄청났다. OECD 국가들은 물론 대부분의 민주국가에서 교사노조 결성은 그야말로 당연한 것인데도 말이다. 유럽에서는 소방관과 경찰도 노조를 조직하고 파업도 한다. 교사노조 금지를 주장하는 논리 뒤에는 무서운 노동자 천시의 논리가 숨

겨져 있다.

자본주의 종주국인 미국에서 '뉴딜New Deal' 정책을 펼쳐 미국 자본주의의 혁신을 꾀했던 프랭클린 루스벨트Franklin D. Roosevelt 대통령은 다음과 같이 말했다.

"내가 공장에 가 일한다면 제일 먼저 하고 싶은 일은 노동조
합에 가입하는 것이다."

이 말은 포스터로 만들어져 미국 전역에 붙여졌다. 보다 근래의 미국 대통령이었던 버락 오바마Barack Obama는 이렇게 말했다.

"우리는 사람들이 노조에 가입하는 것을 더 쉽게, 더 어렵지
않게 만들어야 한다. 우리는 노동법을 후퇴시키는 것이 아니
라 강화해야 한다."

모든 측면에서 미국을 찬양하는 우리나라에서 이런 미국 대통령의 주장은 알려지지 않는다. 저임금 장시간 노동이라는 노동자의 희생을 통해 경제 발전을 이룬 권위주의 체제의 유산이 아직도 여전하다.

1935년 미국 뉴딜 정책 당시
노동자들에게 노조 가입을 권유하기 위해 제작된 포스터

예컨대, 2013년 폭로된 삼성그룹의 'S그룹 노사전략(2012.1.)' 문건에서 드러난 노조 결성 방해 작업은 가공할 수준이었다. 이 문건이 제시하는 '노사 사고예방(노조 설립 저지)'을 위한 10개 추진 과제의 주요 내용에는 '문제 인력' 노조 설립 시 즉시 징계를 위한 비위 사실 채증 '지속', 임원 및 관리자 평가 시 조직 관리 실적 20~30퍼센트 반영, 노사협의회를 노조 설립 저지를 위한 대항마로 육성, 비노조 경영 논리 체계 보강 등이 들어 있었다. 이 문건은 노조 설립 예방을 위한 핵심 수단으로 '빈틈없는 현장 조직 관리' 등을 통한 '부진, 문제 인력에 대한 지속적 감축'을 제시하고 있었다. 고이병철 삼성 회장은 "내 눈에 흙이 들어가기 전에는 노조를 허용할 수 없다"라는 반헌법적 발언을 공공연하게 했고, 이 유훈은 2020년 6월 당시 이재용 삼성전자 부회장이 무노조 경영 폐기를 선언하기 전까지 충실히 지켜졌다.

'노동 귀족'?

노동자가 뭉치지 못하고 뿔뿔이 흩어져 모래알이 될 때 자본과 기업의 논리는 일방적으로 관철된다. 이를 막기 위해 헌법과 법률은 단결권을 보장한 것이다. 적지 않은 사람들은 파업이 발생하면 불편해하거나 심지어 불온시하며 비난한다. 2013년 코레일 파업이 일어나자 정부와 보수언론은 '노동귀족'들이 돈을 더 받으려 파업한다며 비난을 퍼부었다. 야근과 주말 특근을 해 연봉을 올리는 노동자를 '노동귀족'이라고 비난하는 정당과 언론은 재벌총수 일가의 지분이 많은 법인에 일감을 몰아주어 그 일가가 얻는 천문학적 이익, '전관예우'란 이름으로 행해지는 판검사 출신 변호사의 거대한 수익에 대해서는 시장경제 논리상 문제없다고 외면한다.

공기업의 방만한 운영은 개혁해야 한다. 공기업 노동자의 임금이 상대적으로 높은 것도 사실이다. 그러나 질문 몇 개를 해보자. 코레일의 적자는 노동자 임금 탓이었나? 철도노동자가 19년 근속해 평균 6300만 원 정도 연봉을 받으면 '귀족'이 되는가? 바람직한 사회는 임금이 하향평준화되어 모든 노동자가 겨우 생계만 이어가는 '노동천민'이 되는 세상인가? 재벌 임원처럼 연간 수십 억, 수백 억 원을 버는 진짜 '귀족'에 대해선 비난은커녕 당연시하거나 부러워하면서 왜 이들의 연봉은 비난할까? 철도노동자 파업을 비난하는 사람들은 비정규직 노동자가 파업하면 동조하면서 칭찬할까?

2013년 중앙대에서 일하는 청소노동자들이 비인격적 대우와 업무환경의 개선을 요구하면서 파업에 들어갔다. 이들은 철도노동자보다 훨씬 열악한 노동조건과 환경에서 일하다 파업을 하게 됐다. 이때 정부와 보수언론은 이들 편을 들어줬던가? 어림없는 얘기다.

서글픈 것은 중앙대 총학생회가 파업으로 인한 중앙대의 '브랜드 가치' 하락을 우려하면서 '이 문제는 중앙대와 관계 없는 하청업체의 일일 뿐'이라며 반박했다는 사실이다. 이는 노동계약서에 중앙대 이름이 없으니 중앙대는 책임 없다는 전형적인 형식주의 주장이었다. 조직 브랜드를 위해서 노동자 인권은 부차적 문제로 다뤄야 한다는 경영자 편중의 주장이었다. 미래의 노동자가 자신을 자본가 또는 경영자와 동일시하고 현재의 노동자의 고통을 외면하는 것이다.

2022년에는 연세대에서 청소, 경비 노동자들이 약 5개월간 학생회관 앞에서 구호를 외치는 시위를 벌이자 연세대 학생이 수업권을 침해받았다며 이 노동자들을 업무방해죄로 고소하고, 미신고 집회라는 이유로 집회및시위에관한법률 위반으로 고발한 사건이 일어났다. 이와 별개로 다른 연세대 학생 3명은 청소노동자들을 상대로 수업권 침해에 따른 민사상 손해액 638만여 원을 배상하라는 소송을 제기했다. 업무방해 및 집시법 위반에 대해서는 2023년 경찰이 불송치결정을 내렸지만, 손해배상소송은 진행 중이다. 대학생들의 삶이 아무리 팍팍해졌어도, 또는 자신의 현재와 미래를 노동자와 무관한 것으로 인식·전망하고 있다고 하더라도, 사회·경제적 약자에 대한 공감이 이다지도 약해졌는가 싶어 씁쓸했다.

2002년 소방관 파업이 일어난 영국 사회를 떠올려본다. 당시 영국 정부는 강공책을 전개하며 소방관을 대신해 군인을 보내 소방 업무를 보게 했다. 그런데 대부분의 영국 국민들은 여론조사에서 파업 지지 의사를 표명했다. 투입된 군인들은 화재 현장에 익숙하지 않아 인명사고가 자꾸 늘어만 갔다. 이런 일이 우리나라에서 일어났다면 보수언론들은 가만 놔두지 않았을 것이다. "소방관 파업 때문에 사람이 타 죽다!"와 같은 자극적인 제목을 달고 소방관들을 비난하며 여론몰이에 나섰을 것이다. 검찰은 바로 소방관들에 대한 강제수사에 돌입했을 것이다. 그러나 영국은 정반대였다. 우선 시민들부터 화재 현장에 나타난 군인들에게 야유를 퍼부었다. 그리고 언론들도 소방관의 역할이 얼마나 중요한지 강조하면서 소방관들에게 적절한 처우를 해주지 않아 파업이 일어났고 인명사고마저 난 것이라고 보도했다. 영국이 '선진국'이라고 불리는 이유가 단지 국민소득이 높아서일까. 나라의 근간을 이루는 것은 다름 아닌 노동자이며, 따라서 노동인권은 존중되어야 한다는 의식을 대다수 시민이 공유하고 있기 때문일 것이다.

2003년 10월 17일, 한진중공업 85호 크레인에서 129일 고공 농성을 벌인 김주익 씨(한진중공업 노조위원장)는 "투쟁은 반드시 승리해야 한다"는 유서를 남기고 목숨을 끊었다. 닷새 뒤 10월 22일 당시 MBC 라디오 「정은임의 FM 영화음악」을 진행하던 고 정은임 아나운서는 당일 방송 오프닝 멘트에서 다음과 같이 말했다.

"새벽 3시, 고공 크레인 위에서 바라본 세상은 어떤 모습이었을까요? 100여 일을 고공 크레인 위에서 홀로 싸우다가 스스로 목숨을 끊은 사람의 이야기를 접했습니다. 그리고 생각했습니다. 올 가을에는 외롭다는 말을 아껴야겠다구요. 진짜 고독한 사람들은 쉽게 외롭다고 말하지 못합니다. 조용히 외로운 싸움을 계속하는 사람들은 쉽게 그 외로움을 투정하지 않습니다. 지금도 어딘가에 계시겠죠? 마치 고공 크레인 위에 혼자 있는 것 같은 느낌. 이 세상에 겨우겨우 매달려 있는 것 같은 기분으로 지난 하루 버틴 분들 제 목소리 들리세요?"

정 아나운서는 11월 18일 오프닝 멘트에서 다시 한번 이 사건을 언급했다.

4장 _ 공감하는 인간들의 연대

"19만 3000원, 한 정치인에게는 한 끼 식사조차 해결할 수 없는 터무니없이 적은 돈입니다. 하지만 막걸리 한 사발에 김치 한 보시기로 고단한 하루를 마무리한 사람에게는 며칠을 버티게 하는 힘이 되는 큰돈입니다. 그리고 한 아버지에게는 세상을 떠나는 마지막 길에서조차 마음에서 내려놓지 못한 짐이었습니다. '아이들에게 휠리스(바퀴 달린 운동화)를 사주기로 했는데 그 약속을 지키지 못해 정말 미안하다.' 일하는 아버지 고 김주익 씨는 세상을 떠나는 순간에도 이 19만 3000원이 마음에 걸려 있었습니다. 19만 3000원, 인라인 스케이트 세 켤레 값입니다. 35미터 상공에서 100여 일도 혼자 꿋꿋하게 버텼지만 세 아이들에게 남긴 마지막 편지에는 아픈 마음을 숨기지 못한 아버지. 그 아버지를 대신해서 남겨진 아이들에게 인라인 스케이트를 사준 사람이 있습니다. 부자도, 정치인도 아니고요. 그저 평범한, 한 일하는 어머니였습니다. 유서 속에 그 휠리스 대목에 목이 멘 이분은요, 동료 노동자들과 함께 주머니를 털었습니다. 그리고 휠리스보다 덜 위험한 인라인 스케이트를 사서, 아버지를 잃은, 이 위험한 세상에 남겨진 아이들에게 건넸습니다. 2003년 늦가을. 대한민국의 노동귀족들이 사는 모습입니다."

정 아나운서는 서울대와 미국 노스웨스턴대를 졸업한 엘리트였다. 그러나 그는 항상 사회·경제적 약자의 고통을 공유했고, 그들과 연대하려고 했던 '호모 엠파티쿠스'였다. 그는 2004년 자동차 사고를 당해 37세의 젊은 나이로 유명을 달리했다. 그러나 그의 이 오프닝 멘트는 지금도 나의 마음속에서 사라지지 않는다.

2014년 1월 스페인 프로축구 3부 리그에서 일어난 일도 떠오른다. 수개월째 임금을 받지 못했던 '라싱 산탄데르'의 소속 팀 선수들은 '레알 소시에다드'와의 홈 경기를 거부했다. 11명의 선수 모두 센터 서클에 어깨동무를 하고 서서 경기를 거부했다. 그 결과 경기가 취소됐고 '레알 소시에다드'가 준결승에 올랐다. 흥미로운 것은 이 경기가 열렸을 때 팬들도 "경기하지 마라"라고 외쳤다는 것, 그리고 경기가 취소된 후 감독이 "오늘 경기는 우리 생애 가장 중요한 경기였지만 우리의 존엄성이 경기보다 우선"이라고 말하며 선수들을 두둔했다는 점이다. 이런 일이 우리나라에서 일어났다면 구단, 팬, 언론 등은 어떠한 반응을 보였을까?

1991년에 개봉한 영화 「델마와 루이스」에서 루이스 역을 맡았던 미국 유명 배우 수전 서랜던Susan Sarandon이 지난 2023년 5월 서비스업계 노동자들의 온전한 최저임금 보장을 위해 시위를 벌이다가 뉴욕 경찰에 체포되었다는 언론 보도를 접했다. 뉴욕주법에

2014년 임금 체불에 저항하고자 경기를 거부한
스페인의 축구 클럽 라싱 산탄데르의 팀 로고

따르면 식당 종업원 등 '팁 노동자'에게는 최저임금이 보장되지 않는다. 고용주가 최저임금보다 못한 임금을 지급하더라도 '팁'을 받아서 벌충하라는 것이다. 영화 「델마와 루이스」에서 루이스는 바로 이런 '팁 노동자'였다. 서랜던은 현실에서 '팁 노동자'들과 연대해 시위를 벌이다가 체포되어 수갑을 찼던 것이다. 만약 우리나라의 유명 배우가 비슷한 행동에 나섰다면 어떤 일이 벌어졌을까? '빨갱이 배우'라는 맹비난이 퍼부어지고, 이후 배역을 받는 데 심각한 지장이 생겼을 것이다.

노동자의 경영참여

우리 사회에서는 '합법적 파업'을 하기가 쉽지 않다. 대법원은 구조조정, 합병, 사업 조직 통폐합, 정리해고 등은 '경영권'에 속한 사항이기에 노동쟁의의 대상이 될 수 없다는 입장을 고수하고 있다. 그러나 바로 이 '경영권' 사항은 노동자의 지위와 근로 조건에 즉각적이고 중대한 변화를 일으킨다. 많은 선진국에서 실현되고 있는 노동자의 경영참여와 공동경영 등 '산업민주주의'가 우리나라에서는 교과서에만 있을 뿐이며, '경영권'을 건드리는 파업은 바로 불법이 된다.

이상헌 국제노동기구 고용정책국장은 이러한 사회 분위기를
개탄한다.

> "'노동의 자유'를 내세우며 목소리를 높이고 행동하면 '타인
> 의 자유'를 억압한다는 이유로 금지한다. 하지만 기업의 잘
> 못을 바로잡으려 하면 '기업의 자유'를 억압한다는 이유로 금
> 지한다."[14]

우리나라 여야 유력 정치인이 종종 방문하고 돌아오는 독일의
예를 보자. 독일은 법에 따라 노동자의 경영참여를 보장한다. 독일
기업 이사회는 '경영이사회'와 '감독이사회'로 나뉜다. 전자는 경영
진에 대한 감시와 통제 역할을 하고, 후자는 기업의 장기전략, 인
수합병 등에 대한 사전 승인 또는 사후 보고를 받는 역할을 한다.
BMW, 폭스바겐 등 독일 차량은 세계 최고 수준의 품질을 자랑하
며, 우리나라 거리에도 많이 돌아다닌다. 그런데 우리는 이 차량을
생산하는 기업의 의사결정이 어떠한 구조에서 이루어지는지에 대
해서는 무지할 뿐 아니라 외면한다. 2013년 6월 4일 정의당 주최
로 열린 강연회에서 롤프 마파엘Rolf Mafael 주한독일대사는 다음과

같이 말했다.

"모든 기업은 이윤의 극대화를 추구한다. 다만 국가제도와 사회 시스템이 기업가가 일방적으로 자신이 원하는 모든 결정을 하도록 허용을 하는가, 그렇지 않은가가 중요하다. (…) 독일은 직원 1000명 이상의 대기업의 경우 노동자가 경영에 참여할 수 있도록 법으로 보장하고 있다. 또 노동자와 사용자가 각각 반반씩 참여하는 감독위원회를 구성하게 했다. 가장 성공한 독일 기업 중 하나로 꼽히는 폭스바겐은 노동자들의 경영참여권을 가장 많이 보장하는 곳이기도 하다. (…) 노동자의 경영참여를 사회주의적인 제도로 볼 수 있겠지만, 이 제도 역시 보수정당이 도입했다."

이렇게 노동자의 경영참여가 보장되기에 오히려 파업은 줄어들었다. 예컨대, 폭스바겐은 직원 대다수가 금속노조에 가입해서 활동하고 있는데, 10년간 한 차례의 파업도 없었다. 배제와 억압이 능사가 아님을 보여주는 사례다(OECD 회원국의 노동이사제 현황에 대해선 매일노동뉴스의 "노동이사제, OECD 회원국 58%가 시행한다" 기사를 검색해보기 바란다).

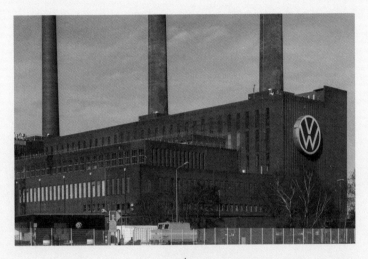

노사 간 협력을 통해 제조업 위기를 벗어난
독일 굴지의 대기업 폭스바겐

이렇듯 독일에서는 노동자가 경영에 참여하는 것을 보수정당이 도입함으로써 노사협력이 더 원활해지고 노사평화가 안착되었는데, 한국에서는 이를 주장하면 '빨갱이' 취급을 받는다. 그리고 한국에서는 '경영권'을 건드리지 않는 파업도 범죄로 처벌된다. 특히 형법 제314조의 업무방해죄는 노동쟁의를 범죄화하는 핵심 도구다. 헌법이 명시적으로 노동쟁의를 기본권으로 규정하고 있음에도, 노동자들이 집단적으로 정시출퇴근을 하거나, 시간외근로를 거부하거나 집단조퇴 및 집단휴가를 사용하면, 폭력·파괴·협박 등이 수반되지 않더라도 업무방해로 처벌된다. 노동쟁의권은 원래 노동자의 일방적인 근로계약의 파기를 보장하는 것임에도, 노무제공거부가 집단적으로 이루어지면 이 또한 업무방해로 처벌된다. OECD 국가에서는 다 허용되는 쟁의전술인데 말이다. 그리하여 2007년 국제노동기구와 2009년 11월 유엔 경제·사회·문화적 권리위원회는 각각 업무방해죄 적용으로 한국 노동자들의 파업권이 약화되면서 안정적이고 조화로운 노사관계의 형성이 막히고 있다고 심각한 우려를 표명했다.

파업노동자에게는 형사처벌에 더해 수십, 수백억 원의 손해배상과 가압류가 가해진다. 형사처벌은 몸으로 때우면 된다 치자. 그러나 월급, 예금, 집, 전세금 등을 다 빼앗아 가는 민사소송은 생계의 뿌리를 뽑아버린다. 가장이 자살하고, 부부가 이혼하고, 아이들이 흩어진다. 중앙대의 경우 청소노동자들이 학내에서 구호를 외치거나 대자보를 붙이면 1장당 100만 원씩 지급하라는 가처분 신청을 법원에 제출한 바 있다. 이 모두가 노동운동을 위축시키고 가정을 파괴하려는 '돈 폭탄'이다. 이 '폭탄'을 맞은 노동자들은 어차피 망한다고 생각해 더욱 격렬한 투쟁을 전개한다. 이를 막기 위한 '노란봉투 캠페인'이 벌어졌고, 마침내 2023년 '노란봉투법'이 국회본회의를 통과했다.

헌법이 보장하는 파업권이 하위 법률인 형법과 민법으로 인해 껍데기로 전락하고 있다. 오랜 세월 동안 시민들의 노력으로 우리의 정치적 민주화는 상당 수준으로 올라섰다. 하지만 정작 먹고사는 문제와 관련된 사회·경제적 기본권은 아직도 취약하다. 이 문제가 하루빨리 중요한 사회의제로 자리 잡아야 한다. 노동자를 '임금노예'로 만드는 법제는 바뀌어야 한다. 우리 사회가 '친노동' 사회는 못 되더라도 '살殺노동' 사회가 되는 것은 막아야 하지 않겠는가. 우리는 자신이 '노동하는 인간'임을 자각해야 한다. 그리고 다른 '노동하는 인간'과 공감하고 연대해야 한다. 노동조합도 파업도 남의 일이 아니다.

청년

지금 청년에게 필요한 것은…

　　우리나라 젊은이들은 OECD 그 어떤 나라보다 고학력이고 문화수준도 높다. 인터넷과 IT 기기 다루는 실력은 세계 최고 수준일 것이다. 오죽하면 게임이나 디지털 기기의 글로벌 성공을 확신하려면 한국에서 먼저 인정받아야 한다는 말이 나왔을까. 기성세대보다 외국어 실력이 뛰어날 뿐만 아니라 글로벌 경험도 풍부함은 물론이다. 단군 이래 이만큼 뛰어난 청년층, 그것도 엄청난 숫자의 청년층이 존재한 적이 있었던가! 청년들의 열정이 부족한가? 그들의 열정은 차고도 넘친다. 대학생들은 물론이고, 대학에 진학하지 않은 청년들도 마찬가지다. 고교 졸업 후 취업을 계획하는 특성화고나 마이스터고 학생들의 재능을 보여주는 프로그램을 보며 "우리나라 10대들 정말 재주와 열정이 많구나!" 하고 감탄한 적이 있다.

단군 이래 최고 스펙

그러나 청년들의 삶은 팍팍하고 불안하다. 김영하의 소설 『퀴즈쇼』에서 '한결'은 다음과 같이 한탄한다.

"우리는 단군 이래 가장 많이 공부하고, 제일 똑똑하고, 외국어에도 능통하고, 첨단 전자제품도 레고블록 만지듯 다루는 세대야. 안 그래? 거의 모두 대학을 나왔고 토익점수는 세계 최고 수준이고 자막 없이도 할리우드 액션영화 정도는 볼 수 있고 타이핑도 분당 삼백 타는 우습고 평균 신장도 크지. 악기 하나쯤은 다룰 줄 알고, 맞아, 너도 피아노 치지 않아? 독서량도 우리 윗세대에 비하면 엄청나게 많아. 우리 부모 세대는 그중에서 단 하나만 잘해도, 아니 비슷하게 하기만 해도 평생을 먹고살 수 있었어. 그런데 왜 지금 우리는 다 놓고

있는 거야? 왜 모두 실업자인 거야? 도대체 우리가 뭘 잘못

한 거지?"

이에 주인공 '나'는 이렇게 말한다.

"우리는 우리 윗세대와는 완전히 다른 나라에서 자랐고

이전 세대에 비하자면 슈퍼맨이라고 할 수 있다. 우리는 후

진국에서 태어나 개발도상국의 젊은이로 자랐고 선진국에

서 대학을 다녔다. 그런데 우리에겐 직업이 없다. 이게 말이

돼?"[15]

이 소설이 발간된 후 16년이 흘렀다. 그러나 이 소설 속 등장

인물들의 불만과 분노는 현재 청년들의 가슴속에서도 쉽게 발견할

수 있다. 그간 정부와 사회가 이들의 목소리에 부응하는 조치를 하

지 않았던 것이다.

2013년 12월 10일 고려대 경영학과 주현우 씨가 대학 후문에

붙인 "안녕들 하십니까?" 대자보는 당시 우리 사회에 큰 반향을 불

러일으켰다. 나는 이 대자보 운동 속에 등장한 "82학번 엄마"가 붙

인 소자보를 접한 후 같은 82학번으로 마음 한편이 저렸다.

"너희들에게만은 인간을 가장 귀하게 여기는 세상을 물려주고 싶었는데, 너를 키우면서 부끄럽게도 성적과 돈에 굴종하는 법을 가르쳤구나. 미안하다. 이제 너의 목소리에 박수를 보낸다."

진보건, 보수건 우리 기성세대의 잘못이 크다! 학생들은 기성세대가 만들어놓은 제도의 희생자다. 독재 정권을 무너뜨리고 정치적 민주화를 이루었다는 자부심에 도취했고, IMF 체제 이후 위축되어 신자유주의에 순응했으며, 뒤늦게 경제민주화에 눈을 떴으나 세력교체에 실패했다. 그래서 다음 세대에게 큰 부담을 넘겨줬다.

로제타 플랜

1999년에 개봉한 벨기에 영화 「로제타」는 청년실업 문제를 다루었다. 주인공 로제타는 계약기간 만료로 공장에서 해고된 후 겨우겨우 와플 가게에 취업하지만, 믿었던 남자 친구에게 일자리를 빼앗긴다. 그녀는 남자 친구의 비리를 폭로해 일자리를 되찾고, 트레일러 집에 돌아가 자살을 시도하다 실패한다. 이 영화가 큰 사회적 파장을 일으키면서 벨기에 정부는 청년실업자 의무고용제를 실시했다. 50인 이상 종업원이 일하는 기업은 3퍼센트 이상 청년실업자를 고용하는 정책이다.

제19대 대선 때 여야는 '로제타 플랜'을 도입하겠다고 앞다퉈 공약했다. 이후 다행히 청년고용촉진특별법이 개정되어 2014년부터 공공기관은 매년 직원 정원의 3퍼센트 이상을 34세 이하 청년 구직자 중에서 뽑아야 한다. 서울시의회도 서울시 청년일자리 기본 조례안을 제정해, 서울시의 17개 투자·출연기관이 정원 2만 명의 3퍼센트인 600명 이상을 청년 구직자 중에서 매년 신규로 채용하도록 했다. 그러나 이러한 흐름이 기업으로 확산되지는 못하고 있다.

우리나라 청년들은 재주와 열정을 분출할 곳을 찾지 못하고 있다. 사회는 이들을 공무원 시험이나 대기업 취직에만 연연하게 만들고 있다. 첫 번째 문제는 국가다. 청년들을 어떻게 쓸지에 대해 제대로 된 정책이 없다. 일자리 문제만 보더라도 국가적 과제니 어쩌니 하면서도 국가기관부터 비정규직의 정규직 전환이 미흡한 실정이다. 국가가 나서서 물꼬를 터줘야 한다. 무엇보다도 먼저 비정규직 해소 정책을 강력하게 펼쳐야 한다. 일부 지방자치단체에서 비정규직의 정규직 전환을 시도하고 있는데, 국가 차원에서 모범을 보여 청년들의 일자리 불안을 해소시켜야 한다. 정규직 채용을 확대하는 기업에는 세제 관련 인센티브를 제공해 사회 전체가 일자리 불안을 해결할 수 있도록 유도해야 한다.

시장의 유연성을 운운하며 엄살 부리는 기업들의 요구로 받아들인 비정규직 제도는 사람을 쉽게 쓰고 쉽게 자르는 '작두'로 전락했다. 비정규직이라는 불안한 신분을 악용해 '견마지로犬馬之勞'식으로 충성을 다하면 정규직이 되게 해주겠다는 것은 야비한 짓이다. 불안과 공포를 활용해 최선을 끌어내는 데는 한계가 있다. 비정규직으로 채용이 될 때는 감지덕지라고 생각하며 고마워하지만, 정규직과의 차별과 언제 잘릴지 모른다는 불안감 때문에 기업이 원하는 애사심은 키울 수 없다. 그런 구조와 환경에서 비정규직 청년들에게 개인의 능력과 책임을 따진다는 것이 얼마나 불공정한가. 개인의 분발을 촉구하기 전에 국가와 기업이 사회적 책임을 다해야 한다.

사회적 기업과 협동조합

말로만 선진국 타령을 하지 말고, 선진국에서는

청년과 관련한 문제를 어떻게 해결하는지 주목하기 바란다. 사회적 기업이나 협동조합은 청년들에게 새로운 도전의 기회를 제공하는 중요한 통로다. 그러나 아직 걸음마 수준이다. 세계적으로 이는 신자유주의를 극복하는 대안으로 인정되면서 확산되고 있지만, 우리나라에서는 '좌파' 운운하는 정치공세를 퍼붓고 있다. 복지 관련 서비스업도 제대로 자리를 잡지 못하고 있다. 제19대 대선 이후 '복지국가'의 필요성에 대해서는 진보와 보수가 모두 공감했지만, 대선이 끝나자 복지는 세금 낭비라는 둥, 게으른 자들을 양산한다는 둥 엉터리 주장이 되살아났다. '복지의 생산성'에 대한 무지를 넘어선 왜곡이다.

현재 사회적 기업은 장애인이나 노인들이 근무하는 곳이라는 인식이 퍼져 있다. 사회적 약자에게 경제활동 기회를 주는 것은 물론 필요하다. 그러나 사회적 기업은 그에 그치는 것이 아니다. 정부도 사회적 기업이 사회적 약자를 채용하면 인건비를 지원해 주는 식의 정책에만 머물러서는 안 된다. 이러한 정책만으로는 사회적 목적을 추구하며 일자리 창출과 더불어 시민 전체의 삶의 질을 높인다는 기본 취지를 충족시킬 수 없다. 오히려 사회적 기업이 자립하는 것에 족쇄를 채울 수도 있다.

일본 요코하마시의 사회적 기업 정책을 보자. 요코하마시는 일본에서 보육시설이 가장 적은 곳으로, 젊은 맞벌이 부부들의 어려움이 많았다. 시 정부는 보육서비스를 제공하는 사회적 기업을 대대적으로 지원했다. 약 4년간 160곳의 보육원이 새로 생겼고, 보육 대기 인원은 0명이 됐다. 좋은 일자리 창출, 복지 수요 충족, 출산율 증대 등의 효과가 동시에 이루어진 것이다. 이러한 정책이야말로 창의적이지 않은가! 정부의 인건비 지원이 없더라도 수요가 있으므로 사회적 기업이 자립할 수 있고, 아이를 안심하고 맡길 수 있는 보육서비스가 지역 사회에 생겨 삶의 질도 높아지니 말이다. 청년들이 자신의 지향, 흥미, 전공에 따라 환경, 생태, 복지, 문화, 오락, 예술, 체육 등 다양한 분야의 사회적 기업 창설로 뛰어들 수 있도록 중앙과 지방정부가 적극 지원해야 한다. 이렇게 되면 청년 실업 해결과 사회복지망 강화라는 두 마리 토끼를 다 잡을 수도 있을 것이다.

한편, 청년들이 꿈을 펼칠 수 있는 곳을 찾는 동안 국가가 다양한 방식으로 최저 생활을 유지할 수 있도록 지원해야 한다. 일단 대학생의 경우 '반값등록금' 정책을 실현해 학비 부담을 줄여야 한다. "우리는 학부모의 지갑에 기댄 고등교육이 실패하도록 놔둘 수 없어서 등록금을 폐지했다"라며 2014년 가을학기부터 학기당 500유로(약 70만 원)의 대학등록금을 완전 폐지한 독일 사례에 귀를 기울

여야 한다. 그리고 OECD 최저 수준의 시급을 OECD 권고에 따라 전체 노동자 평균임금의 50퍼센트 수준으로 상향 조정해야 한다. 이 정도는 되어야 청년 학생들의 숨통이 트이고, 자신의 미래도 설계할 수 있을 것이다.

그럴 돈이 어디 있느냐고 반문하는 것은 후안무치한 짓이다. 지금도 눈먼 돈이랍시고 줄줄 새는 세금이 한두 푼 아니다. 어디 새는 세금뿐인가? 우리나라는 벌면 벌수록 세금을 상대적으로 덜 내는 이상한 나라다. 가진 자들만을 위한 정책을 펼치며 돈을 낭비하는 정부를 감시하고, 부익부 빈익빈을 방치하는 조세제도를 고치고, 또 법으로 정한 최저생계비조차 떼어먹는 악덕 기업인을 제대로 처벌하는 것만으로도 청년들의 최저생계는 지켜줄 수 있다.

대다수 청년 학생들이 전체 기업의 1퍼센트, 일자리의 12퍼센트밖에 안 되는 대기업 취직을 위해 달려가고 있는 것이 우리 현실이다. 왜 청년 학생들이 중소기업으로 가려 하지 않을까? 대기업과 중소기업 사이의 '갑을 관계'를 잘 알고 있기 때문이다. 중소기업에 취업해 열심히 일해도 그 성과를 '갑'에게 빼앗기는 상황 자체를 해결해야 한다. 그 방안은 다름 아니라 제19대 대선 시기 여야 후보 모두가 약속한 '경제민주화'다. 규모는 작지만 중소기업도 대기업만큼이나 청년들의 큰 꿈을 펼칠 수 있는 곳이라는 믿음이 안착

하도록 법과 제도가 바뀌어야 한다. 이러한 '경제민주화' 없이 청년 학생들에게 중소기업으로 가라고 훈계하는 것은 기성세대의 오만이다.

고졸 취업 활성화 정책도 적극 추진되어야 한다. 대학등록금이 무료이거나 매우 저렴한 유럽의 경우 고졸자의 대학 진학률은 40퍼센트 수준이다. 그 이유는 고등학교만 졸업해도 취업이 되고 차별받지 않는 제도가 자리 잡았기 때문이다. 사실 고졸자 대다수가 대입 시험에 매달리는 나라보다 대학을 가지 않아도 먹고살 수 있고 존중받을 수 있는 나라가 더 좋은 나라 아니겠는가.

그런데 기업은 고졸자가 입사 후 1~2년 내에 군대에 들어가므로 채용을 꺼린다. 고졸자 입장에서는 취업을 하더라도 야간대학 등에 진학해 취업과 학업을 병행하고 싶지만 중소기업에선 이런 기회를 거의 주지 못하고 있다. 고졸 취업률도 높이고 중소기업 인력난도 해소하려면, 이런 구체적인 문제까지 해결해야 한다. 현실에서 활용 가능한 것들은 바로 이런 사안들이기 때문이다. 특성화고나 마이스터고 졸업자들 중에서 일정 요건의 중소기업에서 일하는 산업기능요원(병역특례)을 대폭 선발하는 것, 그리고 중소기업들이 지역 대학과 연계해 고졸 직원들의 근무 중 진학을 보장해 주고 배려하는 조치 등 방법은 다양하다. 이미 포화 상태에 이른 대학은 스스로 방향 재조정을 통해 취업 중심 고등교육기관으로 변신해야 한다.

국가와 기성세대가 이 정도의 조치는 마련해 놓을 때 비로소 청년 학생들에게 "눈높이를 낮춰라"라고 훈계할 자격을 갖출 수 있다.

"나의 가장 중대한 잘못 탓입니다"

나는 풍진세속風塵世俗에 살고 있으며 탐진치貪嗔癡, 즉 '탐냄', '성냄', '어리석음'에서 자유롭지 못하다. 또한 "사랑도 명예도 이름도 남김 없이"(노래 「임을 위한 행진곡」에서 발췌) 버리고, 처렴상정處染常淨(더러운 곳에 살지만 항상 깨끗함을 유지한다)의 길을 걷고 있다고 전혀 말할 수 없다.

　냉정히 돌아볼 때 나는 실력이나 기여에 비해 과대평가되어 왔다. 인품, 실력, 덕성 등에 있어서 나보다 훨씬 뛰어난 지식인들이 많이 있지만, 대중적 노출이 많은 '정치전선'에 서다 보니 내가 눈에 띄었을 것이다. 서울대 출신 미국 박사에다 서울대 교수라는 학력과 경력도 중요한 요인이 됐을 것이다. 사실 다른 나라에 비해 한국 사회에서 교수의 발언권이나 영향력은 매우 강하며, 사회적 평가도 후한 편이다. 조선시대 '학자정치인'의 전통 때문인지, 스승을 존중하는 유교문화 때문인지, 지식 엘리트가 부족했던 개발도상국 상황의 여파 때문인지 정확히 알 수는 없다.

내가 사회적 주목을 받게 된 것은 깊숙한 정치 개입 때문이었다. 나는 2010년 오마이뉴스 오연호 대표와 함께 대담집 『진보집권플랜』을 준비하는 것을 계기로 현실 정치에 본격적으로 개입하기 시작했다. 당시 범민주진보 진영은 2012년 총선과 대선을 거의 포기한 듯한 심리상태에 빠져 있었고, 여기에 충격을 주기 위해 이 책을 기획했다. 출간 후, 나는 전국을 돌면서 경제민주화와 복지국가 건설이 진보의 과제이며 연합정치를 통해 이 과제를 해결해야 한다고 얘기했다.

이후 몇 번의 큰 선거에 개입했다. 2011년 서울시장 재보궐선거에서는 박원순 후보의 멘토로, 2012년 국회의원 총선에서는 범민주진보 진영 여러 후보의 후원회장 또는 지지연설자로 활동했고, 2012년 제18대 대선에서는 '정권 교체와 새 정치를 위한 국민연대' 상임대표를 맡아 야권단일후보 문재인 후보의 TV 찬조연설자로 나섰다. 2017년 제19대 대선에서도 문재인 후보를 지지하는 활동을 벌였다. 그리고 고 노회찬 의원(민주노동당-진보신당-정의당)의 후원회장을 맡아 강연이나 유세를 갔고, 2014년 7월 30일 경기도 평택을 재보궐선거에 나선 김득중 후보(금속노조 쌍용자동차지부 지부장)의 후원회장을 맡기도 했다. 나는 양당 체제가 안착된 현실에서 민주당의 역사, 경험, 역할을 존중하면서도, 민주당의 왼쪽에 서 있는 소수정당이 필요하다는 신념을 갖고 있다. 그래서 여러 당에 걸쳐 좋은 정치인들을 돕는 일에 나섰던 것이다. 그리고 총선이 있을 때 지역구에서는 민주당 후보를 찍으면서도, 비례대표는 민주노동당이나 열린민주당을 찍었다. 지난 총선 후 열린민주당이 민주당과 합당을 선택했지만, 나는 굳이 단일 정당으로 합칠 필요가 있었는지 의문을 갖고 있었다.

이런 나의 활동을 싫어하는 세력은 내게 '폴리페서politifessor'라는 딱지를 붙였다. 새누리당과 후속 정당 당적을 가지고 이미 정치활동을 하고 있거나, 당적은 없어도 보수정당 대선캠프에 들어가 활동하고 있는 교수들에 대해서는 아무 말이 없었다. 그러나 나에 대해서는 온갖 꼬투리와 트집을 잡아 공격했다. 학계의 기준에 무지하거나 또한 그 기준에 관심 없는 자들이 정치적 목적으로 내 학위논문과 학술논문이 '표절'이라고 헐뜯는 일도 있었다. 이 모두 정치참여의 필연적 비용이라고 생각하며 감수했다. 우리 모두는 '호

2012년 문재인 민주통합당 대표대행과
함께 이야기를 나누는 모습(위)

2017년 대선에 출마한 문재인 후보와 함께
지지자들에게 인사를 하는 모습(아래)

2014년 노회찬 전 의원 후원회장을 맡아
함께 선거 유세를 돌던 때의 모습(위)

2014년 재보궐선거에 나선 무소속 김득중 후보의
후원회장이 되어 선거를 돕던 모습(아래)

모 폴리티쿠스Homo Politicus', 즉 '정치적 인간'이다. "나는 정치에 무관심하다"라고 말하고 행동하는 사람도 많다. 하지만 그 역시 정치적 입장의 하나다. 브라질 출신으로 저명한 하버드 로스쿨 법철학 교수이며 브라질 룰라 행정부 아래에서 장관을 역임한 로베르토 웅거Roberto Unger의 말을 빌리자면, "냉소적 거리 두기는 투항과 죽음을 의미할 것이다."[1]

내가 '호모 아카데미쿠스Homo Academicus', 즉 '공부하는 인간' 임과 동시에 '호모 폴리티쿠스'를 추구하게 된 데는 청년 시절 심취했던 몇몇 현대 서양 철학가·사상가들의 영향이 있었다. 물론 이 서양인들 외에도 '시대의 스승' 리영희 선생, '분단시대'라는 화두를 던진 강만길 교수, '정의의 구도자' 함세웅 신부 등의 영향도 지대했다. 여기서는 나의 정신세계의 구조와 논리를 잘 드러낼 수 있는 서양 철학가·사상가 네 사람을 소개한다.

참여와 저항

먼저 장 폴 사르트르Jean Paul Sartre는 반나치 저항운동에 참여했을 뿐만 아니라, 프랑스 식민지배에 대항해 무장

맺으며 _ "나의 가장 중대한 잘못 탓입니다"

투쟁을 벌이던 '알제리해방전선FLN'에 자금을 지원하며 조국 프랑스에 대한 '반역'을 저질렀다. 또한 노동운동을 지지하고 공산당과도 연대했다. 소련을 과도하게 우호적으로 평가하는 실책을 범했으나, 시대적 요구에 항상 주저하지 않고 온몸을 던졌으며, 그 과정에서 온갖 비난과 공격을 기꺼이 감수했다. 1945년 제2차 세계대전이 끝난 후 프랑스 정부가 최고훈장인 '레종 도뇌르Légion d'Honneur'를 수여하려 했으나 거부했음은 물론, 1964년 노벨문학상 수상자로 선정됐지만 이 역시 단박에 거절했다. 권력이나 돈의 유혹만큼 강한 것이 명예임에도 말이다. 그가 상을 거절한 이유는 다음과 같았다.

"나는 공식적인 영예를 항상 거부해 왔다. (…) 우리가 '121명의 성명서'에 서명하며 지지했던 알제리 독립해방 기간에 노벨상이 주어졌더라면 나는 감사히 상을 받았을 것이다. 그 경우 나에 대한 노벨상은 단지 나만이 아니라 우리가 얻기 위해 투쟁하고 있던 자유를 기릴 수 있기 때문이다."

프랑스 공안당국이 '알제리해방전선' 자금 지원을 이유로 사르트르를 구속해야 한다고 드골 대통령에게 말했을 때 드골은 "볼테

반나치 저항운동에 동참하며 현실 정치에도
적극적으로 참여했던 시대의 지성 장 폴 사르트르

르Voltaire를 바스티유 감옥에 가둘 수는 없다"라며 불허했다. 드골의 말처럼 사르트르는 당대의 볼테르였다. 그의 처벌을 막았던 드골도 위대했다. 사르트르가 남긴 책『지식인을 위한 변명』에 나오는 이 구절은 내가 가슴에 간직하는 구절이다.

"지식인이란 자기 내부와 사회 속에서 구체적 진실(그것이 지니고 있는 모든 규범과 함께)에 대한 탐구와 지배자의 이데올로기(그 안에 담긴 전통적 가치체계와 아울러) 사이에 대립이 존재하고 있음을 깨달은 사람이다. (…) 지식인은 그가 누구로부터 위임장을 받은 일도 없고 어떤 권력으로부터도 자리를 배당받은 적이 없다. (…) 특권 계급으로부터 추방되고 그러면서도 혜택받지 못한 계급으로부터는 수상쩍은 눈길을 받으면서 지식인은 이제 자신의 일을 시작할 수 있게 된다. (…) 지식인의 역할은 모든 사람을 위해 자신의 모순을 있는 그대로 받아들이는 것이며, 모든 사람을 위해 근본주의적 태도로써 그 모순을 초극하는 것이다."[2]

'세 가지 열정'

버트런드 러셀 또한 내가 사랑하는 지식인이다. 그는 『러셀 자서전』에서 자신이 세 가지 열정에 사로잡혀 떠돈 나그네라고 말했다. 지식인이라면, 누구나 이 세 가지 열정에 대해 공감할 것이다.

> "단순하지만 누를 길 없이 강렬한 세 가지 열정이 내 인생을 지배해 왔으니, 사랑에 대한 갈망, 지식에 대한 탐구욕, 인류의 고통에 대한 참기 힘든 연민이 바로 그것이다. 이러한 열정들이 나를 이리저리 제멋대로 몰고 다니며 깊은 고뇌의 대양 위로, 절망의 벼랑 끝으로 떠돌게 했다."[3]

러셀은 왜 자신을 방황하는 나그네라고 표현했을까? 그는 영국 명문 귀족 집안에서 태어나 순수학문인 수학과 철학을 연구한 최고 수준의 학자였지만, 세상을 외면하지 않고 과감하게 개입했다. 사회민주주의자, 무정부주의자, 무신론자, 반전·반핵운동가, 여성해방론자로 맹활약하며 세상의 모순과 부조리에 맞서 싸웠다. 보수적 성윤리를 거부한 사람으로 네 번의 결혼을 했고 여러 여성들과 염문을 일으켰다. 1906년 하원의원 선거에 나가 당시로는 혁명적인 여성참정권 보장을 주장해 달걀 세례를 당하는 등 엄청난 비난을 받았다. 제1차 세계대전이 발발하자 반전·징병거부 운동을 벌이다 유죄판결을 받고 투옥됐던 그는, 1960년 노벨문학상을 받고 난 후에도 정치활동을 멈추지 않았다. 그는 1961년 핵무기반대운동을 펼치며 영국 국방성 앞에서 연좌농성을 벌이다 징역 2월을 선고받는다. 그의 나이 89세였다! 에리히 프롬의 말처럼, 그는 "이념을 자신의 삶을 통해 표현했으며, 인류의 역사적 상황에서 교사에서 예언자로 변신한 몇 안 되는 사람 중 한 명"이었다.**4**

스탈린주의와 소련 비판

이들과 함께 조지 오웰과 알베르 카뮈Albert Camus도 나에게 큰 영향을 줬다. 냉전 체제가 본격적으로 시작되자 지식인의 상당수는 공산당으로 달려갔다. 그리고 소련에 대해서도 옹호 일변도의 입장을 유지했다. 그러나 오웰과 카뮈는 달랐다.

조지 오웰은 영국 식민지였던 인도에서 하급관리의 아들로 태어났다. 영국인이었던 그는 미얀마에서 제국경찰로 근무하다 제국주의의 악행을 경험하고 문필활동에 집중하기 시작했다. 1936년 스페인 내전이 터지자 반파시즘 의용군으로 자원하면서 스탈린주의에 입각해 있던 스페인 공산당의 문제점을 직접 경험한다. 이 일을 계기로 그는 사회주의자로서 신념을 지키면서 '호모 폴리티쿠스'로 살았다. 에세이집 『나는 왜 쓰는가』에서 그는 이렇게 말했다.

> "내 작업을 돌이켜 보건대 내가 맥없는 책들을 쓰고, 현란한
> 구절이나 의미 없는 문장이나 장식적인 형용사나 허튼소리
> 에 현혹됐을 때는 어김없이 '정치적' 목적이 결여되어 있던
> 때였다."[5]

그는 당대의 진보적 지식인과 달랐다. 소련과 그에 동조하는 영국 사회주의운동을 매섭게 비판했고, 권력의 속성을 적나라하게 고발했다. "네 다리는 좋고 두 다리는 나쁘다"라는 슬로건이 "네 다리는 좋고 두 다리는 더욱 좋다"로 바뀌고, "모든 동물은 평등하다"라는 슬로건이 "모든 동물은 평등하다. 어떤 동물은 더욱 평등하다"로 바뀌는 상황에 대한 『동물농장』의 비판과 경고는 지금도 여전히 유효할 것이다.

알베르 카뮈는 프랑스 식민지였던 알제리에서 프랑스계 이민

조국 프랑스에까지 반기를 들며 모든 폭력에 저항했던
'반항하는 인간' 알베르 카뮈

노동자의 아들로 태어났다. 어려운 생활환경 속에서 알제리에서 대학을 다니고 알제리 공산당에 가입했는데, 스탈린주의 노선에 반발해 관계를 끊고 우파가 됐다. 이후 프랑스로 건너가 제2차 세계대전 기간 동안 반나치 저항운동에 참여했고, 유럽 지성계에 퍼져 있던 친소련 경향을 강력하게 비판했다.

단, 카뮈는 사르트르와 달리 모든 폭력에 반대한다는 신념을 가지고 있었기에 알제리 독립과 '알제리해방전선'의 무장투쟁에 반대했고, 프랑스 정부를 옹호해 자신의 한계를 드러냈다. 그러나 "반항하는 인간"[6]으로 "우리는 결정적 혁명을 믿지 않는다. 모든 인간적인 노력은 상대적이다"[7]라는 신념을 가졌던 카뮈가 고립을 자초하며 스탈린주의 및 프랑스 공산당의 문제점을 용감하게 지적했던 것은 용기 있는 행동이었다.

오웰이나 카뮈의 스탈린주의 및 소련 비판에 대해 당시 유럽의 공산당과 좌파 지식인 다수는 일제히 비난을 퍼부었다. 그 비난 뒤에는 파시즘과 제국주의와 싸워야 하는 상황에서 스탈린주의와 소련의 문제점을 덮고 넘어가자는 생각이 깔려 있었을 것이다. 그러나 오웰과 카뮈 같은 독립적 지식인들은 굴하지 않고 진정으로 이상적인 사회, 모두가 평등하고 공정한 사회를 만들기 위해 목소리를 높였다. 토니 주트의 표현을 빌리자면, 이들은 정적이나 지적

맺으며 _ "나의 가장 중대한 잘못 탓입니다"

인 적수를 반대할 때만이 아니라 "'자기 편'을 반대할 때도 그 용기의 진가를 발휘했다."[8]

내가 이들만큼 '정치적'인가? 이들만큼 뜨거운가? 이들만큼 한결같은가? 나를 돌아보면 전혀 그렇지 못하다. 이들은 언제나 나를 반성하게 한다.

2007년 《경향신문》은 기획연재 "민주화 20년, 지식인의 죽음"에서 나를 '탈민족주의 진보적 시민사회론자'로 분류했다. 미국과 영국 유학을 마치고 돌아온 1998년 이후 약 10년간 나의 좌표를 적절하게 요약한 것 같다. 권위주의에 맞서는 진보적 자유주의, 자본주의의 모순과 대결하는 사회주의 모두 한국 사회의 진보와 개혁을 위한 핵심 사상이라고 생각하지만, 스탈린주의·김일성주의 등 '국가사회주의'적 이론과 실천에는 반대한다. 나는 진보적 자유주의와 사회(민주)주의를 다 추구하는 정치적 지향을 가지고 있다. 1987년 6월 항쟁이 탄생시킨 1987년 헌법은 부족하나마 이러한 지향을 담고 있다. 그러나 이러한 헌법정신은 1990년 '3당 합당'으로 기습적 일격을 맞았고 1997년 IMF 위기로 치명타를 입었다. 이후 지금까지 수구보수동맹은 신자유주의의 기치 아래에 똘똘 뭉쳐 있다. 이틀을 깨는 것이 시대적 과제다. 민족통일의 과제를 생각할 때 여전히 민족주의는 소중한 가치지만, 수많은 이주노동자가 한국 사회에 들어와 일하고 있는 이 시대에 폐쇄적 민족주의는 위험하다고 생각한다. 대의정치와 정당정치의 중요성을 인정하지만, 동시에 '촛불시민'으로 표상되는 직접민주주의의 중요성을 잊지 않는다.

더 베이고 더 찔리고 더 멍들더라도

이렇게 '탈민족주의 진보적 지식인'으로 살다가 2017년 문재인 정부 출범으로 공직에 진출했다. 대통령 민정수석비서관으로 국정원, 검찰, 경찰, 기무사 등 권력기관 개혁작업에 매진했다. 격무로 힘들었지만 행복한 시간이었다. 2019년 8월 9일 내게 검찰개혁이라는 과제가 부여되었고, 나는 법무부장관 후보로 지명되었다. 하지만 그와 동시에 나와 내 가족에게는 무간지옥無間地獄의 시련이 닥쳐 지금까지 진행 중이다.

윤석열 검찰의 의도와 목적에 대한 비판과 별도로, 내 말과 내 행동이 온전히 일치하지 못했던 점을 반성하고 있다. 정치적·사회적으로 공적 발언을 해온 교수이자 지식인으로서 나 자신과 가족의 일에 대해 더 엄격한 잣대를 가지고 철저히 관리했어야 하는데 그렇게 하지 못한 잘못이 있었다. 과오와 허물을 자성하고 자책하며, 고통과 시련을 인고忍苦하고 감내하고 있다. 이 점에서 내게 가해진 "내로남불"이라는 비판도 달게 받는다. 민정수석 재직 시 당정청을 설득해 더 철저한 검찰개혁을 추진하여 검찰공화국의 출현을 막았어야 했는데 그렇게 하지 못했던 점, 국민 앞에 사과한다. 가톨릭 고백 기도 문구를 빌려 말하고 싶다. 남 탓 하지 않으려 한다.

"나의 가장 중대한 잘못 탓입니다(Mea maxima culpa)."

지난 몇 년 동안 법무부장관 사임, 구속영장 피청구, 기소, 재판 등의 과정을 겪고 있다. 현대 중국 문학을 대표하는 루쉰은 제자이자 연인인 쉬광핑許廣平에게 보낸 편지에서 이렇게 말했다.

"'갈림길'을 만나면, 울지도 되돌아오지도 않고 먼저 갈림길 어귀에 앉아서 좀 쉬거나 한잠 자고 나서 갈 만해 보이는 길을 선택하고 계속 걷습니다. '막다른 길'을 만나도 같은 방법을 취해 계속 앞으로 나아가 가시덤불 속으로 헤치고 들어갑니다."⁹

순간순간 '갈림길'과 '막다른 길'을 만났다. 힘들고 지쳐서 무너질 것 같은 때가 있었다. 퍼붓는 폭우를 같이 맞으며 위로와 격려를 해준 시민들, 벗, 친구, 동지들 덕분에 견디고 버틸 수 있었다.

나는 흠결과 한계가 많은 사람이다. 나의 "중대한 잘못"을 직시하고 성찰하면서 '갈림길'에서는 쉬고 '막다른 길'에서는 길을 내며 걸어갈 것이다. 누가 나를 위해 '꽃길'을 깔아줄 리 없고 그것을 기대해서도 안 된다. 이제 내 앞에 멋지고 우아한 길은 없다. 자갈밭과 진흙탕이 기다리고 있음을 직시한다. 『삼국지연의』 속 문구를 빌리자면, "봉산개도逢山開道 우수가교遇水架橋", 즉 "산을 만나면 길을 만들고 물을 만나면 다리를 놓아 건넌다"가 나의 모토가 될 수밖에 없다. 더 베이고 더 찔리고 더 멍들더라도. 미국 민권운동의 지도자 마틴 루서 킹Martin Luther King Jr. 목사는 말했다. "날지 못하면 뛰어라. 뛰지 못하면 걸어라. 걷지 못하면 기어라. 무엇을 하든 계속 전진해야 한다." 등에 화살이 박히고 발에는 사슬이 채워진 몸이라 날지도 뛰지도 못하지만, 기어서라도 앞으로 가려고 한다.

이 책에 실린 글 중 일부는 과거 필자가 작성했던
외부 칼럼 중 일부를 가져와 새롭게 작성했다.
그 외부 칼럼의 제목과 출처는 다음과 같다.

· '중용'은 '양비론'이나 '양시론'이 아니다

《위클리경향》(2009년 6월 2일)

· '생활보수파'가 된 것을 환영합니다

《시사IN》(2010년 1월 21일)

· '삼성왕국'을 넘어 '발렌베리 모델'로

《프레시안》(2010년 5월 20일)

· 게으를 권리!

《한겨레》(2009년 1월 29일)

· 무상급식을 찍고 첼로까지 나아가자

《한겨레》(2010년 3월 5일)

· '디케'가 울고 있다

《한겨레》(2010년 4월 1일)

· 개의 권리와 사람의 권리

《한겨레》(2010년 4월 23일)

미주

1장

1 https://www.hani.co.kr/arti/opinion/column/1082568.html? fbclid=IwAR1AL4CCZB0e4lfeE_RgnrEJOmQChoC-tbYXcqu 7kF92ebKW3jpTOu4d3JA (최종 방문: 2023년 6월 27일)

2 이건개 검사의 부친 이용문 대령은 일본 육사 50기 출신으로, 해방 후 육군본부 작전교육국장이 되었을 때 일본 육사 57기 출신인 박정희를 차장으로 발탁했다.

3 법률상 경찰청 국가수사본부장을 '비경찰 출신' 인사로 임명할 수 있다. 이는 경찰의 수사 능력이나 정치적 중립성이 문제가 되는 상황에서 가능한 선택이다. 그러나 이런 상황이 없는데도 경찰에 대한 검찰의 통제를 복구하기 위해, 그리고 대통령의 의중을 경찰 수사에 관철하기 위해 검찰 출신 인사를 국수본부장으로 임명하는 것은 법의 취지에 반한다.

4 https://theintercept.com/2019/06/09/brazil-lula-operation-car-wash-sergio-moro (최종 방문: 2023년 6월 27일)

5 검찰청의 수장이 다른 청의 수장처럼 '청장(廳長)'이 아니라 '총장(總長)'

으로 명명된 것은 입법 당시부터 다른 부처 위에 서려는 검찰의 욕망이 반영된 것으로 보인다.

6 제24조(다른 수사기관과의 관계) ① 수사처의 범죄수사와 중복되는 다른 수사기관의 범죄수사에 대해 처장이 수사의 진행 정도 및 공정성 논란 등에 비추어 수사처에서 수사하는 것이 적절하다고 판단해 이첩을 요청하는 경우 해당 수사기관은 이에 응하여야 한다. ② 다른 수사기관이 범죄를 수사하는 과정에서 고위공직자범죄등을 인지한 경우 그 사실을 즉시 수사처에 통보하여야 한다. ③ 처장은 피의자, 피해자, 사건의 내용과 규모 등에 비추어 다른 수사기관이 고위공직자범죄등을 수사하는 것이 적절하다고 판단될 때에는 해당 수사기관에 사건을 이첩할 수 있다. ④ 제2항에 따라 고위공직자범죄등 사실의 통보를 받은 처장은 통보를 한 다른 수사기관의 장에게 수사처규칙으로 정한 기간과 방법으로 수사개시 여부를 회신하여야 한다.

7 https://www.thecolumnist.kr/news/articleView.html?idxno=1981&fbclid=IwAR3SF4qVjHbLNg-9FuR05v_XraGBsbU-MVqCO-vvD-OxqzEinT8odaxf8Wc

8 https://www.hani.co.kr/arti/society/ngo/1081655.html

2장

1 김용민, 『누가 죄인인가』, 돌베개, 2023, 263~264쪽.
2 https://www.hankookilbo.com/News/Read/A202306111 7470000301?did=DA1 (최종 방문: 2023년 6월 27일)
3 장은주, 『정치의 이동』, 상상너머, 2012, 149~150쪽.

4 대전고등법원 2006나1846 판결(재판장 박철 부장판사).

5 라과디아에 관해 참고할 만한 책으로는 '하워드 진, 박종일 옮김,『라과디아』, 인간사랑, 2011'이 있다.

6 마사 누스바움, 박용준 옮김,『시적 정의』, 궁리, 2013.

7 알비 삭스, 김신 옮김,『블루 드레스: 법과 삶의 기묘한 연금술』, 일월서각, 2012, 84쪽.

8 조국,「'아내강간'의 성부와 강간죄에서 '폭행·협박'의 정도에 대한 재검토」,『형사정책』제13권 2호, 2001.

9 대법원 2012도14788 전원합의체 판결.

10 조국,「'비범죄화'의 관점에 선 간통죄 소추조건의 축소해석」,『형사법연구』제26권 1호, 2014.

11 조국,「낙태 비범죄화론」,『서울대학교 법학』제54권 3호, 2013.

12 https://www.mk.co.kr/news/contributors/8750588 (최종 방문: 2023년 6월 27일)

13 강남순,『정의를 위하여』, 동녘, 2016, 267~268쪽.

14 헨리 데이비드 소로, 강승역 옮김,『시민의 불복종』, 은행나무, 2011, 21쪽. 역자는 'subject'를 '국민'으로 번역하고 있으나 '신민'이 정확한 역어다.

15 마사 누스바움, 박용준 옮김,『시적 정의』, 궁리, 2013, 193쪽.

16 존 롤즈, 황경식 옮김,『정의론』, 이학사, 2003, 107쪽.

17 Iris Marion Young, *Justice and the Politics of Difference 3*, 16, Princeton University Press, 1990.

18 존 롤즈, 황경식 옮김,『공정으로서의 정의』, 서광사, 1988.

19 토머스 모어, 주경철 옮김,『유토피아』, 을유문화사, 2007, 122쪽.

20 신영복,『처음처럼』, 랜덤하우스, 2007.

21 순자, 김학주 옮김, 『순자』, 을유문화사, 2009, 716~717쪽.

22 최상용, 『중용의 정치』, 나남출판, 2004, 35쪽.

23 헨리 데이비드 소로, 김대웅·임경민·서경주 옮김, 『시민불복종』, 아름다운날, 2020, 57쪽.

24 서울대학교 법과대학, 『법률가의 윤리와 책임』, 제2판, 박영사, 2003, 24쪽에서 재인용.

3장

1 김동춘, 『1997년 이후 한국사회의 성찰』, 길, 2006.

2 서경식, 『고통과 기억의 연대는 가능한가』, 철수와영희, 2009, 240쪽.

3 이태광, 『무례한 복음』, 난장, 2009, 183쪽.

4 버트런드 러셀, 이순희 옮김, 『왜 사람들은 싸우는가?』, 비아북, 2010, 118~119쪽.

5 낸시 프레이저, 장석준 옮김, 『좌파의 길』, 서해문집, 2023.

6 샹탈 무페, 이보경 옮김, 『정치적인 것의 귀환』, 후마니타스, 2007, 18쪽.

7 "한겨레가 만난 사람: '정부 압력·사퇴설' 전 금융연구원장 이동걸 씨", 《한겨레》, 2010년 5월 5일.

8 구영식, "동료가 동료를 감시... 삼성 SDI의 '무노조 노하우'", 《오마이뉴스》, 2007년 11월 21일; 권박효원, "전지현폰보다 삼성폰 수사가 급하다", 《오마이뉴스》, 2009년 2월 23일.

9 여정민, "삼성특검, '무조건 경영'까지 확대해야", 《프레시안》, 2008년

1월 14일.

10   토머스 모어, 주경철 옮김, 『유토피아』, 을유문화사, 2007, 152쪽.

11   윤홍식, 『이상한 성공』, 한겨레출판, 2021, 260쪽.

12   발렌베리가에 대해서는 '장승규, 『존경받는 기업 발렌베리가의 신화』, 새로운제안, 2006; David Bartal, *The Empire: The Rise of the House of Wallenberg*, 2001' 등을 참조하라.

13   '차등의결권'은 주식마다 다른 수의 의결권을 인정하는 제도로 지배주주의 경영권 방어의 수단으로 작용한다. 예컨대, 1주당 균일하게 의결권 1개를 부여하는 것이 아니라 '초다수의결권'을 가진 주주에게 1주당 10표를 보장하는 것이다. 우리 상법은 "의결권은 1주마다 1개로 한다"(제389조 제1항)라고 규정하여, '차등의결권'을 인정하지 않는다. 독일, 오스트리아, 이탈리아, 스페인 등도 인정하지 않는다. 반면, 미국, 영국, 일본, 스웨덴 등은 인정하고 있다.

14   잉그바 카를손·안네마리 린드그렌, 윤도현 옮김, 『사회민주주의란 무엇인가』, 논형, 2009, 90쪽.

15   로버트 라이시, 형선호 옮김, 『슈퍼 자본주의』, 김영사, 2008.

16   프레시안 특별취재팀, 손문상 그림, 『삼성왕국의 게릴라들: 삼성은 무엇으로 한국사회를 지배하는가』, 프레시안북, 2008.

17   http://en.wikipedia.org/wiki/Fran%C3%A7ois_Guizot (최종 방문: 2023년 6월 27일)

18   지그문트 바우만, 안규남 옮김, 『왜 우리는 불평등을 감수하는가?』, 동녘, 2013, 59쪽.

19   토니 주트, 김일년 옮김, 『더 나은 삶을 상상하라』, 플래닛, 2011, 228쪽.

20   조지 오웰, 정영목 옮김, 『카탈로니아 찬가』, 민음사, 2001, 140~141쪽.

21 http://www.hani.co.kr/arti/culture/religion/566013.html (최종 방문: 2023년 6월 27일)

22 리영희, 『반세기의 신화』, 삼인, 1999, 362쪽.

23 홍기빈, 『비그포르스, 복지국가와 잠정적 유토피아』, 책세상, 2011, 295쪽.

24 같은 책. 322쪽.

25 고원, 『대한민국 정의론』, 한울, 2012, 265쪽.

26 상세한 내용은 '조국, 『가불 선진국』, 메디치미디어, 2022'를 참조하라.

27 조국 엮음, 『사회권의 현황과 과제』, 경인문화사, 2017, 5~8쪽.

28 문창극, "공짜 점심은 싫다", 《중앙일보》, 2010년 3월 7일.

29 2010년 10월 김황식 국무총리가 65세 이상 모든 노인에게 지급되는 노령연금과 지하철 무임승차 혜택을 '과잉복지'라고 비판하면서 자신은 '보편적 복지'와 무상급식에 반대한다는 소신을 밝혔던 것도 같은 맥락이다. 이러한 시각은 공짜 밥 먹는 학생과 돈 내고 밥 먹는 학생을 나누어 복지를 운영하겠다는 무상급식 반대론자의 시각이 반복된 것이다. 먼저, 이명박 대통령은 후보자 시절 기초노령연금으로 월 20만 원을 지급하겠다고 공약했지만 이후 이를 월 9만 원만 책정해 노령연금을 축소시켰던바, 김 총리는 이러한 복지 축소 정책을 옹호한 것이다. 둘째, 김 총리는 지하철 적자를 공짜 표를 받는 노인 탓으로 돌리고 이들에게서 1000원씩을 받아 적자를 메우겠다는 계획을 밝혔다. 부자 노인이 혜택받는 것을 문제 삼으며 노인복지 예산을 줄일 경우, 실제 피해를 보는 층은 빈자·중산층 노인이다. 왜냐하면 부자 노인은 애초에 연금 걱정이 없고 지하철 탈 일이 많지 않기 때문이다. 소수의 부자 노인이 노령연금이나 무임승차의 혜택을 받더라

도 보편적 복지 정책을 유지할 때만 빈자·중산층 노인의 복지가 보장될 수 있다. 그리고 김 총리는 11월 국회 대정부질문에 대한 답변에서 "능력이 되든 안 되든 노인 부양을 국가와 사회의 책임으로 돌리는 국민의 생각은 (…) 우리나라의 품격, 전통이나 국가 장래를 위해 과연 옳은지 사회적으로 검토를 해야 하는 문제", "가족 내 문제는 경제적인 문제를 떠나 가족 내에서 도와주는 게 건전한 사회를 위해 바람직하다"라고 답했다. 국가와 사회가 노인을 부양하는 것이 국격을 떨어뜨리고 전통을 무시하는 것이라고 보는 그의 시각에 동의하기 어렵다.

30 노회찬 외, 『진보의 재탄생』, 꾸리에, 2010, 7쪽.

31 복지국가SOCIETY 정책위원회, 이성재 엮음, 『복지국가혁명』, 밈, 2007, 38쪽.

32 진보정치연구소, 『사회 국가, 한국 사회 재설계도, 후마니타스, 2007, 106쪽.

33 토머스 모어, 주경철 옮김, 『유토피아』, 을유문화사, 2007, 151쪽.

34 폴 라파르그, 차영준 옮김, 『게으를 권리』, 필맥, 2009, 145~146, 151쪽.

35 이계안, 위즈덤하우스, 『누가 칼레의 시민이 될 것인가?』, 2009, 22쪽.

36 박노해, 『그러니 그대 사라지지 말아라』, 느린걸음, 2010, 368쪽.

37 손낙구, 『부동산 계급사회』, 후마니타스, 2008, 218~233, 291~292쪽.

38 김상조·유종일·홍종학·곽정수, 『한국경제 새판짜기』, 미들하우스, 2007, 183쪽.

1 버트런드 러셀, 송은경 옮김, 『러셀 자서전(상)』, 사회평론, 2003, 14쪽.

2 http://www.margaretthatcher.org/document/106689 (최종 방문: 2023년 6월 27일)

3 지그문트 바우만, 이일수 옮김, 『액체근대』, 강, 2005, 258쪽.

4 http://itooamharvard.tumblr.com/ (최종 방문: 2023년 6월 27일)

5 http://www.nytimes.com/2011/05/25/business/economy/25leonhardt.html?pagewanted=all&_r=0 (최종 방문: 2023년 6월 27일)

6 이정전, 『우리는 행복한가』, 한길사, 2008, 37쪽에서 재인용.

7 이는 '한홍구 외 5인, 『1%의 대한민국』, 철수와영희, 2008'의 부제로 뽑혀 있는 문구다.

8 버트런드 러셀, 송은경 옮김, 『세으름에 대한 찬양』, 사회평론, 2005, 187쪽.

9 윤근혁, "쉬는 시간 5분까지 빼앗은 '잔인한 초등학교'", 《오마이뉴스》, 2010년 4월 14일; 윤근혁, "놀 시간 없는 초등학생들, 체육 시간도 빼앗겼다", 《오마이뉴스》, 2010년 4월 20일.

10 강수돌, 『일중독 벗어나기』, 메이데이, 2007, 22쪽.

11 강수돌, "모두 일하되 조금 일하는 사회로", 『리얼 진보』, 레디앙, 2010, 253쪽.

12 버트런드 러셀, 송은경 옮김, 『게으름에 대한 찬양』, 사회평론, 2005, 33쪽.

13 천뤄, 정주은 옮김, 『NO라고 말하는 아이』, 쿠폰북, 2011.

14 이상헌, 『같이 가면 길이 된다』, 생각의 힘, 2023, 15쪽.

15 김영하, 『퀴즈쇼』, 문학동네, 2007, 193~194쪽.

맺으며

1 로베르토 웅거, 이재승 옮김, 『주체의 각성』, 앨피, 2006, 408쪽.

2 장 폴 사르트르, 조영훈 옮김, 『지식인을 위한 변명』, 한마당, 1982, 34, 37, 59, 65~66쪽.

3 버트런드 러셀, 송은경 옮김, 『러셀 자서전(상)』, 사회평론, 2003, 13 쪽.

4 에리히 프롬, 문국주 옮김, 『불복종에 관하여』, 범우사, 1996, 28쪽.

5 조지 오웰, 이한중 옮김, 『나는 왜 쓰는가』, 한겨레출판, 2010, 300쪽.

6 알베르 카뮈, 김화영 옮김, 『반항하는 인간』, 책세상, 2003.

7 에릭 베르네르, 변광배 옮김, 『폭력에서 전체주의로: 카뮈와 사르트르의 정치 사상』, 그린비, 2012, 45쪽에서 재인용.

8 토니 주트, 김상우 옮김, 『지식인의 책임』, 오월의봄, 2012, 39쪽.

9 노신문학회 편역, 『노신 전집 4: 서간문·평론』, 여강출판사, 343쪽.

디케의 눈물(리스타트 에디션)

초판 1쇄 발행 2023년 8월 29일
초판 31쇄 발행 2024년 5월 31일

지은이 조국
펴낸이 김선식

부사장 김은영
콘텐츠사업본부장 임보윤
책임편집 성기병 **책임마케터** 배한진
콘텐츠사업1팀장 성기병 **콘텐츠사업1팀** 윤유정, 문주연, 조은서
마케팅본부장 권장규 **마케팅2팀** 이고은, 배한진, 양지환 **채널2팀** 권오권
미디어홍보본부장 정명찬
브랜드관리팀 안지혜, 오수미, 김은지, 이소영 **뉴미디어팀** 김민정, 이지은, 홍수경, 서가을, 문윤정, 이예주
크리에이티브팀 임유나, 박지수, 변승주, 김화정, 장세진, 박장미, 박주현
지식교양팀 이수인, 염아라, 석찬민, 김혜원, 백지은
편집관리팀 조세현, 김호주, 백설희 **저작권팀** 한승빈, 이슬, 윤제희
재무관리팀 하미선, 윤이경, 김재경, 이보람, 임혜정
인사총무팀 강미숙, 지석배, 김혜진, 황종원
제작관리팀 이소현, 김소영, 김진경, 최완규, 이지우, 박예찬
물류관리팀 김형기, 김선민, 주정훈, 김선진, 한유현, 전태연, 양문현, 이민운
외부스태프 표지 디자인 유어텍스트 **본문 디자인** 데일리루틴 **사진** 오주헌 **조판** 김연정

펴낸곳 다산북스 **출판등록** 2005년 12월 23일 제313-2005-00277호
주소 경기도 파주시 회동길 490
대표전화 02-704-1724 **팩스** 02-703-2219 **이메일** dasanbooks@dasanbooks.com
홈페이지 www.dasan.group **블로그** blog.naver.com/dasan_books
용지 아이피피 **인쇄** 상지사 **코팅 및 후가공** 평창피앤지 **제본** 상지사

ISBN 979-11-306-4546-9 (03800)

다산북스(DASANBOOKS)는 독자 여러분의 책에 관한 아이디어와 원고 투고를 기쁜 마음으로 기다리고 있습니다.
책 출간을 원하는 아이디어가 있으신 분은 다산북스 홈페이지 '투고원고'란으로 간단한 개요와 취지, 연락처 등을 보내주세요.
머뭇거리지 말고 문을 두드리세요.